U0901912

魅丽文化
飞言情工作室

月亮，亲一口

Give me a kiss

大西瓜皮 / 著

江苏凤凰文艺出版社
JIANGSU PHOENIX LITERATURE AND ART PUBLISHING

图书在版编目（CIP）数据

月亮亲一口 / 大西瓜皮著 . -- 南京 : 江苏凤凰文
艺出版社 , 2020.12
ISBN 978-7-5594-4182-9

Ⅰ . ①月… Ⅱ . ①大… Ⅲ . ①长篇小说 - 中国 - 当代
Ⅳ . ① I247.5

中国版本图书馆 CIP 数据核字 (2020) 第 220546 号

月亮亲一口

大西瓜皮 著

责任编辑　张 倩
特约编辑　胡 月
装帧设计　苏 荼
出版发行　江苏凤凰文艺出版社
　　　　　南京市中央路 165 号，邮编： 210009
网　　址　http://www.jswenyi.con
印　　刷　湖南天闻新华印务有限公司
开　　本　880mm × 1230mm 1/32
印　　张　9
字　　数　210 千字
版　　次　2020 年 12 月第 1 版，2020 年 12 月第 1 次印刷
书　　号　ISBN 978-7-5594-4182-9
定　　价　42.80 元

目录
CONTENTS

目录

CONTENTS

楔 子

“Kiss Cam”，接吻游戏。

当现场的摄像机对准观众席时，出现在屏幕上的两位观众就要亲吻。

姜意作为Senior TT比赛首位夺冠的中国选手，在国内赛车主场上，猝不及防地被大屏幕的镜头捕捉到。

彼时，她的长发微散在腰际，唇色红艳，看见大屏幕里的自己时明显慌了一下。

而她身边的那位是京州圈内高高在上的沅家少爷，别人都说他性格冷淡。偏偏在大屏幕的镜头里，他看向她的时候，温柔无比。

除了姜意，沅辞眼中再无他人。

第一章

再遇心上月

摩托车车身贴着地面飞驰而过，随着细碎的火花和穿堂风的尖厉吼叫，摩托车的轰鸣声如同要爆炸了一般。

沿路过去，当地居民与外来游客在拍照记录摩托车选手驾车飞驰的瞬间。这条赛道全程60千米，有上百个弯道。

Senior TT赛没有奖金也没有奖杯，却几乎是所有职业摩托车手的梦想。

车速超过每小时300千米的时候，风似乎也在倒退，时间像是被按了暂停键，直到最后一刻。

穿过市街地、山路，到最后一圈结束的时候，女人从摩托车上下来，帅气地摘下头盔，然后抱着头盔靠着摩托车，对前来摄影、拥抱、问话的每一个人礼貌地回答："中国，SA-Jiang。"

这是她的荣耀，曾经想送给一个人的荣耀。

比赛结束后，姜意直接回了国，到京州机场的那天，她接到了陈拙言打来的电话，可惜不是来祝贺她的，而是冷冰冰地问了句："你怎么偷偷去参加Senior TT赛了？"

Senior TT赛的比赛场地地形奇特惊险，是圈内伤亡率最高的赛事之一，却吸引了大批追求刺激和挑战极限的赛车手。陈拙言作为她所在的SA赛车队的队长，得知消息的时候差点把车把捏碎了。相比之下，姜意反倒冷静许多，她只是简单地回了句："一切都好，不用担心。"

陈拙言大概是被气到了，没有再开口，姜意等了一会儿看他没有挂断，就自己结束了通话。退出通话界面后，她才看到在过去的半个月里，有数通未接来电和一堆未读短信。这些日子她忙着训练，手机几乎每天都处于关机状态，所以就没看到这些消息提醒。

这些电话、短信大多都是来自陈拙言和SA赛车队的队友。

姜意坐上来接她的车，一条一条地回着消息，车行驶到半路遇到红灯停了下来，这个时候她突然抬头往外看了一眼——

巨大的显示屏横置于商场外最显眼的地方，屏幕上正在直播某场摇滚演唱会。就在姜意抬头的那一瞬间，镜头突然拉近，台上主唱的模样清晰地出现在她的眼前，简直避无可避。

主唱的身后是由荧光棒聚成的光海，而他微微垂着头抱着一把吉他，似乎正在享受着音乐带来的激情和快乐，薄薄的汗水覆上了他的眉眼。

至情，至性。

他长得十分好看，即便随意地抱着吉他，都充满了野性和桀骜感，那双手长得更是漂亮，仿佛天生就是为乐器而生的。镜头持续拉近，他左手手腕上戴着的一条黑色发筋，显得格外惹眼。

姜意看见他的时候呼吸一滞，心跳猛地乱了起来。

司机也看到了显示屏上弹着吉他的歌手，他乐呵呵地提了句："我家的小姑娘也很喜欢他。"

姜意难得走神，迟钝地"嗯"了一声。

沉辞，一位出道即在巅峰的摇滚歌手，他才华横溢，长得也好看。不只是在摇滚圈，放眼整个音乐圈，他都是近几年人气最高的一位歌手。令人艳羡的是，他站上这个旁人难以触及的位置，才花了不过两年的时间。

对于他，姜意原本是很熟悉的。

她闭了下眼，低头看了会儿自己的手，想起离开沉家前的那个夜晚，她的手腕被他牢牢地抓在手心……姜意懊恼地皱了皱眉。

她觉得……沉辞应该再也不想见到她了。

为了获得参加Senior TT赛的资格，姜意大三的时候办了休学手续，专心进行了两年的高强度训练。在这期间她参加了不少在世界各地举办的比赛，都是为了这次的Senior TT赛做准备，而她也是Senior TT赛历史上第一位夺冠的中国女选手。

这两年，姜意为了训练和比赛，一直在各地飞来飞去，很少回京州，偶尔回去几次也是和赛车队的同伴见一面就走。

她也不敢在这里多待，她怕待的时间长了会遇见沉辞，自己就会不想走了。

现在姜意夺冠回国，曾经跟她一起在京州训练的队友和SA赛车队的其他队员都纷纷发消息祝贺她，有人牵头组了个局，说要给她接风。

这些热爱摩托车的人第一时间就收到了姜意夺冠回国的消息。姜意刚到酒店才两天，还没来得及和她曾经的朋友联系，就被拉着去参加了饭局。现在是七月初，包厢里的冷气开得很足，姜意靠着沙发看着眼前群魔乱舞的一大群人，感到兴致索然。回到京州后她的状态一直不太好，尤其是今天，总感觉有什么事要发生。

一旁的人在玩转酒瓶的游戏，闲聊时一个女生说道："刚刚我来的时候在走廊上看到一个男人的背影，那肩颈线，绝了！虽然只是穿着简单的黑色T恤，但那大长腿，那窄腰，还有那侧颜，简直是神仙级别的！

可惜好像有女朋友了，我看到他手腕上还戴着女朋友的发筋呢。”

“能有多帅？少传播不实消息，我们队长坐在这儿难道还不够艳压群芳吗？”

他们说的队长就是陈拙言，当初大家第一眼看到陈拙言的时候都以为他是来给他们俱乐部做宣传的模特。现在他就坐在姜意的旁边，长腿交叠，半边身子微微倾向姜意，和她低声说着话。

“以后不许再参加这么危险的比赛。”

姜意有些困，桃花眼微微抬了下又闭上，脱口而出道：“才不听。”

她整个人窝在沙发的一角，长发随意地散在肩侧，一双眼眸漂亮得不像话，包间内金黄的微光落在她的额前，衬得那双眼睛更加好看。

在场的人都知道，SA-Jiang 在赛场上最擅长极速提速，油门到底、挡位爆表，一旦上场，所有比赛路线都是她征战的沙场。

她赛车方式一向很凶，从不避让，敢逼她车的人，要么引擎咆哮轰鸣被逼停，要么反应不及车损人伤。但她下了场脱了头盔，露出一头长发，便会礼貌地跟前来祝贺的人道谢，看起来温柔极了，和她在赛场上时凶悍的样子判若两人。

陈拙言清楚，她赛车时和平时的性格截然不同，赛场下的她对亲近的人十分温柔。

喜欢她的人都觉得她又酷又帅，很难想象她也会发出这种……像是撒娇的语气，尾音落在陈拙言的心头上，软软的。

他刚刚一愣，就听见回过神来的姜意解释：“那个……咳，我刚刚走神想到了其他的事。队长说的话，我会好好考虑的。”

在她这里，考虑就等于拒绝。陈拙言很了解她，整个赛车队里就数她最倔，想要的就一定要拿回来，谁都说不动。

陈拙言握着啤酒罐的手指下意识地收紧了些，想问她说的“其他的事”是什么事，只是话到嘴边又收了回去。

清醒了些的姜意喝了一点冰水，转头看他还拿着那听啤酒，伸手拿了过来，问他：“你不是喝不惯啤酒吗？想喝酒的话我给你调别的。”

原本在唱歌的沈柔听到这话立马拉着周东昀凑过来要酒喝。SA 赛车队原本有六个主要成员，一个受伤退役，一个转行从商，现在也就只剩陈拙言、周东昀、沈柔和姜意四个了。他们这么一闹，俱乐部的其他人也跟着想尝尝姜意调的酒。

姜意也不嫌麻烦，让服务生送来了基酒，芬芳金酒、烈性龙舌兰，还有朗姆酒、威士忌、白兰地等，另配辅料。她习惯自由调酒，尊重每一种味道和口感。

姜意在专注地调酒，而陈拙言在专注地看着她。沈柔看见了也不敢提，只能和性格跟木头一样闷的周东昀说：“队长真有耐心，能忍这么长时间不表白，如果是我早就等不了了。放长线钓大鱼是这么用的吗？我就不会，我觉得富贵险中求才是硬道理。”

沈柔以为他们队长担心表白会被姜意拒绝，所以才选择维持现状，试图放长线钓大鱼。

周木头本来不想说话，但还是接了句：“你都知道队长喜欢姜意了，她本人会不知道？”

沈柔困惑地“啊”了一声。

“姜意不知道，只能说明她并不喜欢队长，再说，说不定姜意心里早已经有喜欢的人了呢，所以才不会分心去在意别人的感情。蠢！”

被骂蠢的沈柔想打人。

姜意赛车技术一流，调酒技术也是一流。沈柔最喜欢喝她调的酒，此刻她捧着酒杯幸福满满地说：“我们的SA-Jiang 太棒了，我都想嫁了。”

沈柔一向皮，姜意笑了下没接话，她把手里的酒分出去，然后把最后一杯单独调的酒推给陈拙言，看向他道：“你不能喝太烈的酒，这杯适合你。”

陈拙言接过酒杯时还是不免皱了皱眉，目光微沉。

姜意一向很关心朋友，他一直都很清楚。但他想要她的眼里只有他一个人，其他的谁也不要管。

SA 最稳重淡然的队长，原来也会有这么自私的一面。

聚会进行到一半时，姜意发现手机落在车上了，她和身边的人打了声招呼后，便急急忙忙地跑了出去。这个山庄会所很大，周围的环境秀美幽静，私密性也很好。

组局的是俱乐部的一个普通队员，但包场的是陈拙言。其实几年前姜意就跟着别人来过这里，来看这里黄昏下的蔷薇。

那时候，她和他都还年少，他抬手摘下了一朵花，丝毫不在意花梗上的刺，拧掉花梗，把剩下的花放在了她的手心里。彼时是阴天，可黄昏下蔷薇的颜色像是能染暖这一片花园。姜意抬头看他，他眼尾眉梢上的笑意，简直好看得夺人心魂。

重回故地，姜意有些心不在焉，频频出神，电梯在她面前停了有几秒她才反应过来。低头的时候她先看见的是电梯中那人的手，骨节分明、修长白皙，指甲也被修剪得干干净净，末端圆润，颜色是浅浅的珊瑚红。

有一句话是这么说的，他连指尖都泛出好看的颜色。

——像他这样。

姜意抬头，猝不及防地撞上了那人的视线。

他的左手腕一直都戴着那根黑色发筋，表情非常冷淡。四目相对，只一眼，她就避开了视线，原本准备要踏进电梯的脚一顿，停在了原地。最后是沉辞的经纪人容久疑惑地问了一句：“不进来吗？”

姜意摇了摇头，下意识地选了一个很蹩脚的理由：“不好意思，我只是路过。”她没想到会突然和沅辞重逢，她努力维持着表面的平静，实际上恨不得转头就走……只是在走之前还是想多看他一眼。

姜意转头就要离开，电梯门刚好在这个时候开始缓慢地闭合，在即将完全闭合时有人抬手挡在了中间，修长有力的长指泛出青白的颜色。

沅辞出声道：“过来。”

音色极好，低沉，微哑，听起来像是感冒了。

姜意诧异地看向他，视线落进对方黑亮的眼睛里，而沅辞没有其他动作，只是这么静静地看着她，抵在电梯门上的手也一直没有收回去。此刻站在他身旁的都是京州投资圈里有头有脸的人物，却没有人敢出言询问。

合作商彼此面面相觑，姜意只好在众人的注视下走了进去，站在他身边的时候还有些紧张，只能说：“我朋友还在等我。”

沅辞只是很轻地“嗯”了一声，再没有开口。

姜意的心忽然就乱了。

她不敢靠近他，担心他讨厌自己，但又想离他再近一点点。

沅辞带她上了三楼，进入走廊第三间包厢，包厢里的氛围很特别。

也是坐了一会儿后，姜意才从经纪人容久和其他人的谈话中得知，他们是来谈合作的。京州名门圈里想要结识沅家的人不在少数，当然，和乐坛新星合作是假，认识沅家的少爷才是真。

旁人及大多数粉丝可能都不了解，国内音乐界那个以一场摇滚表演就出道的艺人背景到底有多深。他本就光芒万丈，在这个名门圈里，即使是和他年纪相当的见到他也会喊一声“哥”。姜意之前就沾了他不少光，算得上是狐假虎威。

她这么一想，没忍住又抬头看了身边的沅辞一眼。

她不清楚他为什么会去当个歌手，他这个人随性桀骜惯了，按理来说不会喜欢这种充满奉承和虚伪的场合，在这个圈子里各种各样的纠缠也多，他分明是不喜欢的。这次的合作，都是沉辞的经纪人在谈，他全程没有说过一句话，眉眼间有着淡淡的躁意。

容久偏头看了一眼自家艺人，心中有些了然。

这种场合沉辞其实是不必来的，先前他也从来没有来过，所有合作都是由经纪人出面商谈，他只需要点头同意。但这次他突然改变了主意。

席间大家都十分热情，因为姜意是跟着沉辞一起过来的，大家连带着对她也是十分客气。一旁的侍者倒了杯冰酒，刚想递给她的时候，沉辞才开口说了今晚的第一句话：“换果汁。”

周围的目光顿时汇聚了过来，姜意有些无奈，温声道：“其实……我是可以喝酒的。”沉辞皱了下眉，转头看向她。

周围人屏息，有点捉摸不透他们之间的关系。

但最后他还是同意了，淡淡地说了一句：“少喝点，待会儿要回家。”

回家？

姜意愣住，一旁听见这句话的容久也愣了一下，自家祖宗怎么这么不按套路出牌？

有个一直注意着姜意的人在这时候说了一句：“这个小姑娘也是艺人吗？感觉好像在哪里看见过。”

沉辞回道：“她是今年 Senior TT 赛的冠军。”

刚刚问话的人也是个爱玩车的，那么一问也只是试探，现在听到沉辞的回大后表情认真了起来，夸赞了一句：“怪不得我觉得眼熟，年纪轻轻的，真是了不起！”

而姜意没想到沉辞居然知道她夺冠的消息。

摩托车赛车圈如此小众，如果不是爱车又或者是特意关注的，怎么可能会知道这个圈子里的事情？姜意刚想问沉辞怎么会知道，放在一旁的手机屏幕突然亮了，跳出一条消息，是聚会上的人问她怎么还没有回来。

她停顿了下，还是没有把话问出口，而是说：“我朋友找我了。”

“朋友？”他的声音很好听，微显低沉，咬字分明，“是这两年认识的？”

姜意很早以前就在俱乐部练车，这件事沉辞知道，但后来她加入SA并代表战队打比赛的事情没有告诉过他。她知道沉辞不喜欢她参加这种危险的比赛，也曾试探地跟他提过一两句。那时候是在射击场，沉辞刚刚结束和别人的对局，取下拾音降噪的耳机低头看她，空气中仿佛还残留着子弹出膛的硝烟味，等了许久，他才说：“赛车锦标赛？不可以。”

姜意问道：“为什么？”

沉辞那时候并没有回答她，但她其实是知道答案的。如果只是加入俱乐部，和朋友在训练场上玩玩，倒也没什么。每一次提速、挂挡、过弯道，每一次贴地飞行，她都会注意分寸。而正式比赛不一样，赛前训练频繁，压力大不说，赛况还十分复杂危险，赛场上常常出现竞争对手相互逼车的情况。这几年摩托车赛场上发生意外的例子太多了，平时沉辞再追求刺激，也舍不得姜意去参加这么危险的比赛。

沉辞喜欢攀岩，学过射击，也参加过地下拳击的比赛。姜意到现在都还记得那天她瞒着长辈们去地下拳击场看那场比赛的场景。台上气氛热烈，赛况激烈，沉辞的额头上布满了汗珠，他举起手，眼神定定地看向对手的样子，像只勇猛的豹子。

台上的沉辞气场强大，锋芒外露。他的每一招都出其不意，他不讲规则道理，带着很强的攻击性，整个人看起来十分危险。可下了台，面对一脸紧张的她时，他却是温柔的，和台上的他判若两人。

即使戴着拳套，沉辞的手还是受了伤。可那双手伸向她，揉她发顶的时候却温柔无比。

他说：“我送你奖杯，你要不要？”

鲜衣怒马，年少独有。

而现在，姜意坦诚地说道：“是以前打比赛的时候认识的。”

沉辞没有说话，眉头微皱，显然是不太高兴，她也没有再开口。一顿饭吃得差不多了，合作的问题也谈得差不多了，只剩下一些合同上的细节问题，沉辞让经纪人留下跟他们继续沟通，自己则带着姜意先离开了。

姜意亦步亦趋地跟在沉辞的身后，没想明白他现在对她到底是什么看法。姜意想起她离开沉家前，被他明确拒绝的表白。这几年她瞒着他打了许多比赛，他应该是不高兴的，也一定不会喜欢。

“你知不知道那个比赛有多危险？”最后，沉辞在一个拐角处停下，冷声问她。他说的是Senior TT赛，刚刚在席上的时候姜意就知道这件事肯定不会被一言带过。

沉辞一旦生气是很难哄的，她立马认错道：“我错了。”

在聚会上陈拙言也这样责备过她，可那时候她觉得无所谓，但在沉辞这里她认错道歉比谁都快。

“其实比赛也没有你想的那么危险，你看，我没有受伤，还得了冠军，沉辞……”

毫无联系的两年里，姜意在心里念过千千万万次他的名字，而今天重逢，这是她第一次喊出他的名字，他却皱着眉头，一脸躁郁。

他问：“这两年，就没受过一点伤？”

姜意的话猛地止住。

离开沉辞的这两年，她一点伤都没有受，一点苦都没有吃吗？当然不是。国外并没有那么安全，她参加比赛的时候也不是没和人起过冲突。

她第一次拿冠军的时候，还没有什么名气，刚一下场就被好几个人团团围住。

她的格斗本领，每一招、每一式都是沉辞教会她的。沉辞只会前进从不后退，姜意也是。

沉辞没有教她退让，她也学不会。

动手的结果就是有一个人进了医院，而剩下的人进了当地警局，还是陈拙言收到消息，从酒店赶来将她保释出来。

此时此刻，姜意再一次回忆起这两年发生的事，想说的话憋了又憋，最后只是淡淡地说道："只受了一点小伤，都是很轻的磕碰。"话音刚落，她的手机就响了起来，是陈拙言打来的，问她是不是遇到了什么麻烦。

姜意看了看身旁面色冷淡的沅辞，估计自己是回不到聚会现场了，抿了下唇，说："没有。我临时有事要先离开，你跟大家说一声。"

通话结束后姜意犹豫了下，对沅辞说道："我这几天都有事，没什么时间……"她想起刚刚那个局上沅辞说的回家，就紧张不安。之前她离开京州去打比赛的时候，除了俱乐部里的几个队友，她谁都没有告知，包括对她一直照顾有加的沅家长辈。因为她清楚，不论是沅辞还是沅家父母，都不会同意她去参加这种危险性极高的赛车比赛。

沅辞没有理会她的说辞，只是淡淡地道："跟我回沅家。"

姜意还想说什么，沅辞就又说道："你以为你回来，我爸妈不知道？还是你想让他们以为我们之间有什么，以为你是因为我才不敢回来？"

他眉眼冷淡，说后半句的时候垂目看着她，姜意下意识地想要反驳："我没有不敢——"

"那最好。"

沅辞语气平静，不急不缓，让姜意忽然意识到自己好像掉进了对方的圈套。

十五岁时的某个黄昏，姜意在沅家后院初见沅辞，他站在泳池岸边，遥隔光影朝她看过来一眼。

只是平淡的一瞥，却撩拨了她的心。

也是从这一天开始，姜意住进了沅家，却在五年后不告而别，一个人离开京州去了国外参加摩托车锦标赛，那也是她的首秀。

之后她不断参加各类大大小小的比赛，拿下不少冠军和荣耀，才终于拿到了参加 Senior TT 赛的资格。她没想过能夺冠，也更没想过回京州后，她还能回沅家。

准确地来说，她不敢想。

即使现在沅辞好像已经原谅了她，甚至可能不记得那天的事了，她还是连只言片语都不敢提起。

今天姜意是自己开车来山庄会所的，这几年她拿了不少奖金，这辆车也是俱乐部出资以她的名义买的。毕竟，自从首秀开始，她代表 SA 打比赛，赢得的荣誉数不胜数，算得上是俱乐部的摇钱树了。

而从山庄会所回沅家是沅辞开的她的车，姜意原本没觉得有什么问题，直到车子发动，车载音乐跟着响起来的时候她才反应过来——

车上放着的是沅辞的清唱，伴着吉他声。

姜意一僵，都来不及注意沅辞的神色，回过神来，手忙脚乱地就要关掉车载音乐的时候，沅辞按住了她的手。

音响里他刚好唱到那一句：至此，我十二万分地爱你。

姜意的心蓦地一跳，紧接着沅辞的声音淡淡地响起："你在听我的歌？"嗓音微低，声色慵懒动人。

那句"我十二万分地爱你"惹得姜意心慌意乱。她认识沅辞这么多年，不可能听不出他藏在歌词里的喜欢，像沅辞这般冷静自持的人，是有多喜欢，才会藏不住爱意？

此刻姜意的手还是被他牢牢地按在中控屏幕上，指尖的温度冰冷得过分，一如她慢慢沉下去的心。姜意抬头迎上沅辞的视线，他眸色漆黑，眼睛深邃而漂亮，让姜意猜不出他在想些什么，她抿了下唇也只是"嗯"了一声。

而沅辞什么都没有说，听到她的回答后就松开了手，开车驶出了山庄会所。姜意看向窗外，皱紧了眉，思绪乱得很。

她一直都在听他的歌。

他站在万丈光芒里，而她避无可避。

沅宅在十二云栖，这里曾经是皇家园林中心，历史文化色彩十分浓重。回到了沅家，姜意站在空无一人的别墅客厅里怔了好一会儿，才反应过来似的，问道："叔叔阿姨不在家吗？"

沅辞从她后面走进客厅，看着她"嗯"了一声。可能姜意本人都没有意识到，在沅家她是很放松的，即使两年没有回来，她对这里还是有熟悉感的。

原本以为要见叔叔阿姨的姜意迟疑了一下，说道："那我还是等叔叔阿姨回来了，再过来吧。"在山庄会所遇见沅辞本来就在姜意的意料之外，更别说稀里糊涂地跟着他回沅家，她这么说着转身就要走时，沅辞开口道："他们明早回来。"

"我可以明早再过来。"

沅宅的阿姨晚上不住在这里，这么大的别墅就她和沅辞两个人，她肯定会胡思乱想。短短一个下午发生了太多事，姜意没空整理思绪，心跳声扑通扑通的，满脑子想的都是两年前，她一个人在沅家哭了一晚上的糟糕画面。

最主要是她很少哭，她从小到大哭的次数屈指可数，没什么经验，即便再难过也不敢发出声音。

"不用，你今晚先住在这里。"

"我行李什么的都在酒店，得回去拿一下。"

"你房间里什么都有。"沅辞解开了袖口，并没有抬头看她，"至于行李我可以让人现在就过去取。"

姜意站了一会儿，意识到自己会的很多东西都是沅辞教的，她根本反驳不了他，只好一个人生着闷气上了楼，进了她在沅家的房间。二楼的卧室只有两间，一间是她的，另一间是沅辞的。

房间里的东西都没有变化，窗台上的仙人掌和多肉也被照顾得很好，应该是阿姨经常来打扫通风。俱乐部经理在这时候给她打了电话，说是过几天有个杂志拍摄和采访活动。

姜意表示知道了，结束通话后坐在沙发上看手机微信群里的消息，几个小时过去，俱乐部成员群的群消息已经翻了好几页。

很多人给她私发了消息，姜意回复了几个比较重要的人后，刚准备放下手机，陈拙言就发来了消息："公寓租下来了，在你大学附近。你是打算九月初复学吗？"

现在是七月中旬，八月办复学手续，算算时间差不多是九月初复学。

姜意回复："嗯，麻烦队长了。"

陈拙言："需不需要我陪你？你一个人拿行李可能不太方便。"

姜意婉拒了。

行李多她可以多拿几次，俱乐部最近人员变动比较大，他作为SA的队长这段时间并没有多少空闲时间，更何况姜意听说他有退役的打算。

想到这里，姜意直接问出了口，陈拙言一时没有回复，大概几分钟后才打了电话过来。

"姜意，我不会这么快退役。"

他大概是在室外，姜意听到了风声。她没有多在意，而是说道："早点退役也是好的，毕竟陈家那边是不会同意你一直玩车的。"

陈拙言是SA车队的队长，也是俱乐部最大赞助商陈家的二少爷，只不过这件事只有俱乐部少数几个人知道。

"你呢？"

他说的是退役这件事，当初姜意是休学去打的比赛，现在决定复学，重心转移到学业上，赛车大概是要被放在一边的。

"大学毕业前我就会退役，那之后也会退出俱乐部。"这两年她在世界各地到处跑，参加过很多比赛拿了很多奖项，但也发生过意外。她不止一次地从车上摔下来，打职业赛其实并不适合她。一开始她只是要积累荣誉，换来去参加Senior TT赛的资格，现在实现了愿望，以后就不再打职业赛了。

在那之后她可能会去当解说员，也可能会在学业结束后去当图书管理员，从事一份比较闲散轻松的工作。

“你准备退役的时候，跟我说一声。”

“好。”

结束通话之后，姜意房间的门被敲响了。她走过去开门，沅辞站在门外，让她下楼吃夜宵，说阿姨熬了些粥。

今天一整个下午姜意除了喝了点酒，几乎什么都没有吃。听到有夜宵，她踩着拖鞋就想下楼，走出几步回头看还在原地的沅辞，问道：“你不一起吗？”

沅辞淡淡地道：“胃口不好。”

然后他转身去了音乐室，开门的那一瞬间，姜意看到了一整面墙的黑白字符。沅辞精通密码学，而她并不了解这些，只看了一眼就下了楼。

这个阿姨不是两年前在沅家工作的那个，但可能从沈阿姨沅叔叔那里听说过她，刚一见面就叫出了她名字。

“阿姨好。”

阿姨笑着叫她意意小姐，让她过来趁热喝一碗粥，姜意乖巧地坐到桌边。

海鲜蔬菜粥很鲜，姜意忍不住多吃了一点。她回头看了楼上一眼，有些犹豫要不要给沅辞也盛一碗，一旁的阿姨道：“意意小姐，麻烦你待会儿上去提醒一下少爷记得吃药，再不吃药，又该睡不着了。”

姜意愕然道：“什么药？”

“安神药，这两年少爷睡得不太好，有时候在音乐室里一待就是一整晚。看医生也起不了什么作用。”阿姨不住在沅家，提醒完就收拾东西回家了。

姜意一边想着安神药的事，一边不知不觉地就走到那间音乐室门外。

音乐室的隔音效果很好，她听不到里面的声音，只能通过门缝里透出的斑驳灯光得知他还在里面。

姜意一直不明白他为什么会进入音乐圈，以姜意对他的了解，他并没有多喜欢音乐。姜意曾经在网上看到过一条关于他的评论：我之前一直认为，摇滚是一场欲望的表达，在炸裂的音乐背景里，被欢呼和激情包裹。可在沅辞这里，他就是欲望本身。

不敬畏规则，不沉迷于胜负。

姜意在音乐室门口站了好几分钟，才敲了下门。

半分钟后门被打开，他站在门边，音乐室里的灯璀璨明亮，一时之间分不清是他的眉眼更夺目，还是灯光更璀璨。

"有事？"

姜意点了点头，看着他问道："听说这两年你的睡眠一直不太好，是……怎么回事？"会是因为我吗？这一句，她没有问出口。

沅辞的视线落在她的身上，没有回答她，只是淡淡地出声问道："这很重要？"

姜意的心一提，收回了原本要说的话，故作平静地道："其实你不用自责，我当初也不是因为你拒绝了我才离开沅家的。"

沅辞反问："那你知道我为什么拒绝你吗？"

为什么拒绝？不就是因为不喜欢她吗？姜意咬了下唇，没再继续这个尴尬的话题，而是说："那你现在要吃药吗？我去给你倒杯水。"

她心跳得很快，沉闷的感觉只增不减，满脑子想的都是那天在沅辞的房间里她向他告白的场景。是她一时冲动，贪求的东西太多，所以才会在被拒绝的那一刻乱了心神，连补救的办法都没有。

"不用了，药物对我不起任何作用。"

药物成瘾这种事就好像不会发生在沅辞身上一样，不仅成不了瘾，他的抗药性也远比常人高出很多。

而罪魁祸首就是她。

回到沅家的第一天姜意很晚才睡，只睡了四五个小时，她醒得很早，洗漱完下楼时发现已经有人在客厅了。

沅争和沈苏绾原定下午的飞机，在知道姜意回来后换了更早的航班，半夜就坐飞机回来了。到家的时候才六点多，因为不想吵醒她，他们就在客厅等了一个小时。

姜意下楼的时候沈苏绾像是刚哭过，抬眸看到她的时候，眼眶很快就又红了，上前轻轻地把她拉到身边坐下。

虽然姜意只是因为二叔的原因住在沅家，可沈苏绾和沅争一直都把她当作亲生女儿来照顾。姜意有点愧疚，那时候的不告而别是真的伤了两位长辈的心，可她没有办法，如果他们知道她是要去参加赛车比赛，那说什么都不会同意她去的。

在客厅沙发上，沅争说道："意意，我和你绾姨想将你的户口迁进沅家。"

沈苏绾也说："我之前一直在想，是不是沅家让你没有归属感，你待在这里很不自在，不想打扰我们才要离开？意意，我很喜欢你，我很希望你能是我的女儿。"

将户口迁进沅家，成为真正的沅家人，然后和沅辞当兄妹吗？

姜意整个人都僵住了，然而她还没有想好该怎么开口，刚下楼的沅辞皱着眉快速道："不可能。"

他看了姜意一眼，姜意立马明白了他的意思，连忙解释道："我父母和二叔都不在了，现在姜家就只有我一个人，我不能再离开了。"

姜意的父母是在一场车祸中离世的，此后她的监护人就变成了二叔姜白，但后来姜白也意外离世，姜家就只剩下姜意一个人了。

沅争和沈苏绾有些遗憾，但很快就又岔开了话题，问起了姜意这两年的生活。姜意不想再骗他们，主动坦白自己这两年是去打比赛了。

听完后，沅争和沈苏绾的脸色都不太好了，但更多的是心疼。沈苏绾温柔地摸了摸她的发顶，有些无可奈何，却也没有责怪她。

姜意感觉更愧疚了。

姜白年轻的时候曾是车坛上赫赫有名的职业车手，但后来因为要照顾她，就选择了退居幕后。他为了姜意搁浅了自己热爱的事业。后来姜意知道了姜白一直以来的遗憾，那年正逢日本铃鹿八小时耐力赛即将举行，于是就劝姜白回到赛场上。

摩托车比赛是姜白一生的事业，更是热爱与梦想。

沅家和姜家是世交，后来因为事业发展，姜家举家搬去了京州。因为拗不过姜意劝他去比赛的想法，姜白深思熟虑后决定把姜意带回京州拜托沅家照顾她。

但是姜白最后还是没能前往日本铃鹿参加比赛，训练场上他驾驶的摩托车突发爆炸，当场车毁人亡。

之后转眼就是五年过去了。

姜意与姜白相见的最后一面，他说：等叔叔夺冠回来，就把奖杯送给你。

那是他的热爱和荣耀，也是他的梦想和坚守。

为此，姜意耿耿于怀许多年。

陈拙言曾经说她是天才型选手，天资卓越。其实不是的，只是因为她心怀愧疚，所以每次上场都不顾一切，只想赢。

下午的时候，姜意去了趟俱乐部，俱乐部老板和经理都在等她。

俱乐部老板想跟她签长期合同，只要她代表俱乐部参赛，俱乐部就会提供各方面的赞助。姜意拒绝了，说：“我记得我当初加入 SA 的时候就说过，我进的是SA，不是什么俱乐部，也不想签什么合同。”

在姜白转为幕后的那段时间，她常常跟着姜白来训练场，她很有天赋，也是因为这样，她后来加入SA的时候，俱乐部给了她很多优待和特权。

姜意很冷静，反观俱乐部老板的脸色却不是很好看，经理在一旁打圆场："姜意啊，你在俱乐部这么久，也知道我们俱乐部的待遇一向很好，你要不还是先看看合同？”

姜意能理解俱乐部老板想要跟她签合同的急切心情，她作为第一个在Senior TT赛上夺冠的中国选手，短短一个月里就有无数国内外的摩托车俱乐部向她抛出橄榄枝。但那场比赛，冠军不应该是她的，有个英国车手远远领先于她，但因为求胜心切，操作失当发生了意外，不得不提前终止了比赛。

赛道只有两车道宽，公路赛道的边上不是民房就是悬崖，在这里几乎每年都有事故发生。

“那场比赛我并不是名副其实的冠军。”姜意还是拒绝了俱乐部的签约要求，直接承诺道，“而我也不会加入其他俱乐部，经理放心。”

何止是不会加入其他俱乐部，她都已经打算退役了。

离开会议室，姜意刚出门就碰见了陈拙言，他问："他们想让你签合同？”

姜意点点头，没有隐瞒，摊手道："我拒绝了，我还是想早点退役。”

“他们把你当摇钱树，你拒绝是对的。”陈拙言停顿了一下，语气认真地说，“就我私心而言，为了你的安全，我也不想你再上赛场了。”

姜意眨了下眼，笑着说："那队长也要早点退役。”她边看时间边和陈拙言一起进了电梯，也是这时候她才反应过来，陈拙言应该是特意在会议室外等她的。

姜白是在她住进沅家半年后出的事，也是当年年底，她加入了SA，开始瞒着沅辞打比赛。陈拙言和她认识也有好几年了，知道姜白是她的二叔，也知道她父母很早就离世了，但并不清楚这几年她住在哪里，一直以为她还有其他亲人。

电梯里，陈拙言问道：“你是打算这段时间先住在亲戚家里，等开学了再搬去公寓？”

“可能过几天就会搬过去，一直打扰他们也不太好。”尤其是打扰沅辞。

姜意有些走神地想，这几年她是不是给沅辞带来了很多困扰？沅辞不讨厌她，可也不喜欢她。只是因为她住在沅家，所以他才对她特别照顾、格外纵容，然而这一切在她的告白之后就被打乱了。

姜意很懊恼，可思来想去，还是觉得如果不能和他在一起，那界限分明一点也好。他不喜欢她，留在他身边也是自欺欺人。

姜意在沅家住了三五天，想等一个合适的机会跟沅家长辈说一下自己要搬出去的想法。只是这几天每当她要开口时，对上沈苏绾关心的目光，她总是说不出口。

姜意难得迟疑犹豫，行李都没有收拾出来还跟三天前一样被放在门边，她想着自己要怎么开口才不会伤沅家长辈的心。

说她平日早出晚归，怕影响到他们的作息时间？可沅家家大业大，这点几乎不用考虑。或者是开学了学业繁忙，她住在学校附近的公寓可能会更方便一点？可之前沈苏绾就提过，可以让司机专门接送她。

姜意后悔自己当初学理不学文，语言表达能力差得要命。

这一天俱乐部没什么事，沅争带着沈苏绾去外省出席一个重要的会议，好几天都不会回来，而沅辞这两天去了美国，阿姨也不在，整个沅宅只有姜意一个人。她索性从早上睡到了傍晚，中间就喝了杯牛奶，傍晚醒来后洗了个澡，湿着长发出了浴室。

姜意洗完澡有不穿拖鞋的习惯，脚踩在深色的地毯上留下浅浅的水印。她去阳台落地窗那边吹头发，吹风筒温热的风带着噪声，以至于她没有听见沅辞回来的动静。

沅辞一步一步走上二楼，在路过姜意的房间时停了下来。

她在房间外的阳台上吹头发，门只是半掩着，而那堆从酒店带过来的行李就放在门边，没有丝毫打开整理过的痕迹。

姜意根本就没有在这里长住的打算。

沅辞的目光瞬间沉了下来。

另一边，吹风筒的声音依然响着，姜意注意到这边的动静的时候，沅辞已经走到了她的身边。她刚放下吹风筒转过头来，就被他扣住手腕从小凳子上拉了起来。

“沅辞？”

姜意只来得及叫一声他的名字，而后就被抵在了阳台栏杆旁，下一秒他弯下腰吻上了她的唇，带着十足的掠夺意味。他一只手按住她的后脖颈，加重了这个吻，从唇珠到齿关，像是警告似的，他轻轻地咬了她。

姜意的心突突地跳，章法全乱，她手足无措，连想推开他的手都是软的。

落地窗的纱帘被风高高吹起，最后落在身上。姜意抬头，见到的是薄而朦胧的纱帘，还有沅辞微皱的眉，眸光是冷的。

她心跳节奏骤乱。

一面似是天上人间，一面似是万丈深渊。

姜意听见沅辞声音沙哑地问她：“你根本就没打算住下来？”

“我毕竟不是沅家人，而且我住在学校附近会更方便……”

姜意试图解释，但沅辞冰冷的声音打断了她的话：“你现在搬出沅家，是想让我爸妈知道两年前那天到底发生了什么吗？”

他声音平静，垂眼看着她，眼尾眉梢仿佛沾染着黄昏的光。而姜意呼吸一滞，微微仰着脸迎上他的视线，细白的手指揪紧了沅辞腰侧的衣服，表情有显而易见的慌乱。

两年前，他们之间不只是告白。

而是像刚刚一样，他们接了吻。

彼时姜意刚上大三，一个人办完了休学手续，然后去图书馆还之前借的书。沉辞来找她时，她正准备出图书馆，无意中看见某排书架后有情侣在接吻，她吓了一跳，尴尬又慌乱。

然而姜意转身没走几步远，就看见了沉辞，她瞬间面红耳赤，更紧张了。

沉辞问她怎么了，她支支吾吾的，半晌后也只是含糊其词地说："那边有人……"

姜意有些不敢直视沉辞的眼睛，因为刚刚那个男生的侧脸有一点像他。她明艳又漂亮，可很少会露出这样无措的表情，又乖又甜，连声音都是轻软的。

沉辞心头一跳，而后挑唇笑了一下，低头在她唇边落下一个吻，借着书架的遮挡和光的暗影。他声音低哑，带着笑意，仿佛漫不经心、恣意又惑人："是这样？"

姜意瞬间就不知道手脚该往哪里摆了，心跳声骤然放大。沉辞看了她一会儿，见她彻底惊慌失措起来，才决定不逗她了。

"别咬了，会留齿痕。"

他低笑出声，伸手点了点她绯红的脸颊。

姜意羞恼，抬眸想很凶地瞪他一眼，结果撞进他含笑的眼睛里，他微微挑起嘴角，眉梢眼尾都是笑意，有着不明的宠溺。

他的漫不经心，轻易地打乱了她的方寸。

就如同此时此刻，姜意不明白，沉辞是一时情迷才吻自己，还是其实他也有一点喜欢自己？可后面这一点，她根本不敢想。

第二章

心动难逃

姜意让步了。

她读的大学是京州名校，离十二云栖很远，开学后估计只能周末回来。学校附近的那套公寓她还是打算继续租着，毕竟是个休息的地方，学业繁忙的时候在学校和十二云栖之间来回跑也很麻烦。

这样的话……她和沅辞应该也不会有太多交集，而且他作为一个歌手，行程应该很满，就算在沅家，他们见面的次数也不会很多。

姜意这几天也忙，俱乐部给她安排了个杂志采访活动，还要拍摄一组照片。俱乐部买了一批新的重型摩托车，她在训练场试了下手，开了一圈，下场的时候杂志社的人刚好也到了。

姜意换下赛车服去了采访地点，杂志工作人员看见她都有些兴奋。Senior TT 赛成名已久，而姜意是首位夺得 Senior TT 赛冠军的中国人，再加上她的长相实在漂亮，笑时桃花眼微弯，明艳动人。

“你们好。”姜意先打了招呼，杂志社的工作人员对她的好感度瞬间就噌噌噌地上去了，主要是气质和举止都很加分。

拍摄安排在采访之后，采访内容也主要是有关比赛的一些常规问题，其中包括：“SA-Jiang是抱着什么目的参加的Senior TT赛？参赛前有想过夺冠的可能吗？”

“我的叔叔是一位很优秀的赛车手，Senior TT赛是很多职业赛车手的梦想，也是他的。”姜意没说自己的梦想也是Senior TT赛，而是回答了下一个问题，“至于夺冠，那是最好的结果。”

采访很快就结束了，接下来是拍摄。

拍摄场地在一个中式四合院，陈拙言和沈柔也来了。陈拙言是SA车队队长，采访的时候他就在，沈柔则是一早就想来这个四合院，顺路过来的。

化妆师给姜意上妆的时候，她的脸不能动，就看着沈柔双手背在身后，一副指点江山的模样站在一面古典风格的屏风前，感慨道：“王公贵族啊，我什么时候才能一夜暴富过上这样的生活啊？啧，明天就去找人算下命。”

姜意没忍住笑，将视线移回化妆镜前。化妆师压低了声音跟她说：“哎，那个是你们车队队长吗？好帅啊，让人想到那个什么词，禁欲清冷系帅哥？这样的男人对喜欢的人一定很温柔吧。”

姜意想了想，陈拙言平时话少，有时候看起来冷冰冰的，确实还挺禁欲的。至于对喜欢的人温柔……这是本能吧？而且不论是谁都如此。

化妆师还说：“他有女朋友吗？真的好让人心动啊。”她也没想要姜意回答的意思，自顾自地聊着天，接着提起了自己的初恋，无比怀念，连声音都不自觉地轻了起来，到最后快化完妆了，又问姜意：“姜小姐有没有喜欢的人，是什么类型的啊？”

“那个人……万众瞩目。”姜意停顿了下，又道，“年少的时候看一眼，就很难逃得过。”

像那句歌词一样：初初见你，人群中独自美丽。

姜意想，她还真的逃不过，即使再来一次，结局也还是这样。

在中场休息的时候，姜意收到一条沅辞发来的消息："在哪儿？"

今天下午沅争和沈苏绾从外省回来，就算有公事，她也不好晚归，毕竟她有不告而别的"前科"。沈苏绾不在沅家的这几天，几乎是一天一通电话，主要是聊一些家常，倒也挺温馨的。

沈苏绾是真的很喜欢姜意，虽然她对姜意两年前不告而别的事只字不提，但姜意感觉得出来，她是很伤心的。沈苏绾一直觉得大概是自己对姜意的关心和照顾不够，她才会偷偷跑出去不回来。

这么想想，姜意觉得自己有点小没良心。

她回复沅辞："东区这边的四合院。"

沅辞知道她今天要接受杂志社的采访。

摄影师调整好镜头后，和灯光师交流了下，说可以开始拍摄了。这一场拍摄到下午三点才结束，姜意拿回手机时才看见三十分钟前沅辞的回复："我在巷子后面等你。"

姜意换了套衣服，和大家打了声招呼就匆匆离开了。四合院外有一条巷子，一辆保姆车停在巷尾，姜意过去的时候就看见沅辞的经纪人容久在车外抽烟。

容久看见她，指了指车上，说："他等你很久了，难得见这个祖宗有这么好的耐性。"

姜意点头示意了下，上了车。

保姆车里只有司机和沅辞，后者靠着椅背闭目养神，听到车门被打开的动静，眉头轻皱了一下，才睁开双眸。

"拍摄结束了？"

保姆车就这么大，姜意要是坐远了未免显得太刻意，索性坐在了他对面，回答道：“嗯，刚结束。”

像演戏一样，她压着性子，在他面前扮演一副温和安静的模样，不敢张扬，更不敢像以前那样借着他的名头在京州名门圈里狐假虎威。

姜意低着头，视线落在了他手腕上的那根黑色发筋上。她记不太清楚沅辞是从什么时候开始戴这根黑色发筋的，可能是她离开沅家前，也可能是之后，这根发筋的意义显然是不同寻常的，但她现在不好多问。

保姆车外的容久抽完了烟，散了会儿味道就上车了，他坐在副驾驶座上，问沅辞：“接下来去哪儿？”

沅辞说了个酒楼的名字，这地方离东区有点远，不堵车的话也要一个小时。

姜意问：“不去接叔叔阿姨吗？”

“飞机晚点，他们约了人，让我们先过去招待一下。”沅辞解释，视线落在她脸上，“化妆了？”

姜意点点头。今天的妆化得有些浓，她怕他等久了，妆都没来得及卸。她正要问这样的妆容见叔叔阿姨的朋友是不是不太好，要不要卸掉的时候，沅辞探过身来，指尖点了点她的眼尾，低声道：“这里有点花了。”

姜意眼睫微颤，说：“那我卸掉吧。”

“不用，很好看。”沅辞说，她眼尾有一点红晕，有些像在哭。但其实除了姜白意外离世的那天，沅辞再没见她哭过。

她脾气倔，骨子也硬……这点有时候挺好，有时候又很让人头疼。

沅辞拿她挺没办法的。

到了酒楼门口，沅辞戴好口罩和帽子后才下车，以防万一，他给姜意也戴上了口罩，指腹摩挲过她耳后，有点烫。

下车之前，容久提醒沅辞：“明早飞海市，要忙个十几天，八点我去半岛公寓接你。”

“不用，我最近住在十二云栖。”

容久有些意外，本想问什么，但看了一旁正在整理口罩的姜意一眼，便没有问。也是容久这么一提醒，姜意才知道沉辞先前不住在沉宅。

进了酒楼，电梯里就他们两个，姜意问：“你之前没住在家里？”

沉辞没摘口罩，声音更加低沉：“前段时间忙，住在外面方便些。”

姜意抿了抿唇，觉得这个理由合情合理，但她就是感觉有哪里不太对劲，又说不上来。她想了想，中规中矩地说道：“辛苦了。”

沉辞低头看了她一眼，淡淡地道：“你不惹我生气就好。”

姜意不知道怎么回答，她哪里敢惹他生气？

姜意转过脸不再看他，看着电梯数字在跳动，她希望快点到。只是事与愿违，电梯刚上一层就停了，从外面走进来一行人，有男有女，差不多快把电梯空间占满了。

每个楼层都被按了个遍，而电梯也不知道是不是出了故障，在上升的过程中突然停住不动了。

有人按了紧急按钮，呼叫了控制室，值班的人很快就赶了过来，但修好电梯还需要再等一会儿，也不知道什么时候才能好。

姜意站在沉辞的对角位置，往他那边看了一眼，他站在角落低着头，姜意几乎能想象得到他皱眉的表情。他不太喜欢和陌生人近距离接触，再加上他现在又是公众人物，被认出来的话麻烦也不小。

她在心里叹气，和身前人说了声“借过”，挪到他跟前，低声道：“换个位置，我站在里面，你背对着他们。”

沉辞照做了，一只手微屈着抵在她身后的电梯壁上，弯腰低头，姜意一抬头就能看清他深眸里的自己。

电梯里的其他人在聊天，可能是氛围太好，姜意没忍住问他：“你明天要去海市吗？”

沉辞“嗯”了一声，长指压上她的发顶揉了下，道：“要出席那边的一个展览，你想去？”

姜意立马摇摇头道："马上要开学了，我要准备一下，回校报到。"

她是读完大二后休的学，现在回去也是从大三开始读，再过两年就要毕业了。她上的大学也是沅辞的母校，不过他只读了第一年，剩下的三年去了国外的一家私立大学学习。

"回校那天，我和你一起去。"

"不用了，我一个人可以。"姜意不想再麻烦沅辞，连忙拒绝。况且以他现在的身份也不方便出现在大众面前。

沅辞皱了下眉，没有再开口。

好在电梯很快就被修好了，重新恢复运行。

虽然两个人在电梯里耽搁了一些时间，但好在时间还早，姜意便跟着沅辞在屋子里等客人。直到外面有人推门进来，姜意才知道，沅家人约的是她的死对头一家。

准确地来说，这个"死对头"是单方面的，主要是对方喜欢找她麻烦。沅家先前住在大院里，后来才搬到十二云栖，姜意跟着沅争回去过一次，不知道怎么回事招惹到了贺沉山。一开始他们还相安无事，但接触稍微多了一点，问题就出来了。

京州名门子弟多，阶层分明，矜贵傲气、自恃背景的人不在少数，这样就导致几乎没有谁在这个圈子里可以说一不二，但沅辞是个意外。东富西贵，京州沅家在"贵"字头上，但这倒是其次，主要是沅辞这个人——没人招惹得起。

他根本不讲规则，在某些时候更是离经叛道得厉害。

如果旁人对他只是畏惧，那也不算什么，让姜意觉得最不可思议的是，几乎没人对他有异议，不管他提什么，他们都无条件地相信并且听从。

这人人格魅力强到不行。

而这个贺沉山貌似就是沅辞的脑残粉，大概是看不惯她借着沅辞的名头狐假虎威，所以十分热衷于找她的不痛快。又或者还有一个原因，京州几大高中经常有联赛，姜意物理成绩很好，常常代表学校去参加竞赛，每次竞赛她都能遇见贺沉山，而且她永远都是第一名，贺沉山永远第二。

每次公布结果，贺沉山都是阴沉着脸，恨不得活吃了姜意，显得十分不成熟。

后来到了大学，有一场全国比赛，姜意也参加了，对手还是贺沉山，结果是他们并列第二，这下贺沉山更生气了。

此时此刻，姜意跟贺家长辈问了好，贺阿姨只稍微夸了她几句，贺沉山的脸色就不太好看了。只是因为沅辞在，他才忍住没发火，而是问了一句：“哥，你怎么把她带过来了？”

贺阿姨立马教育了他一句：“你这孩子是怎么说话的？”

“不是，我怎么了？我是你捡来的，她才是亲生的啊？”

姜意没忍住，弯唇笑了下，然而一转头就看见沅辞站在窗边漫不经心地看着这边。她走过去，轻声问：“你怎么不说话？”

他早就摘了口罩和帽子，漆黑的发丝有些乱，不说话的时候整个人看起来冷淡又一身匪气。

姜意停顿了下，又问：“我做错了什么吗？”

“没有。”沅辞看她，低声道，“欺负贺沉山，很开心？”

贺家人站在一边，由贺叔叔和贺阿姨轮流批评贺沉山，姜意往那边看了一眼，就被眼尖的贺沉山发现了，他气呼呼地瞪了她一眼。

“是啊，”姜意说，“谁让他一直找我麻烦。”

她很坦诚，正在想着沅辞会不会觉得她很小气的时候，沅辞意外地说了这么一句：“那就再多欺负一点。”

姜意愣了一瞬，随后某种不知名的情绪疯狂涌了上来。

姜意觉得，自己和贺沉山大概真的是冤家路窄。她只是出去洗个手，就被尾随其后的贺沉山给堵住了。她打量了下贺沉山的脸色，以为他又是来找麻烦的，开口道：“现在在外面，动手的话不太方便，你要不要换个方式？”

“谁要和你打架？”贺沉山冷哼了下，怪凶的，嫌弃又厌恶地看着她，“你怎么还敢回来？说离开就离开，你到底把辞哥放在哪里？”

贺沉山这一通指责下来，姜意脸色一沉道：“你什么意思？”

贺沉山愤愤不平道：“你知不知道你走后，到底发生了什么？”

她那时候不告而别，沅辞陷入失眠，连着五天没睡好，直到第六天他突然跑去参加了极限攀岩。他是那批业余攀岩选手里速度最快的，但他到最高点的时候突然停了下来，并取下了安全锁，就那么徒手攀登，完全不考虑自身安危。

姜意整个人僵在原地。

贺沉山还在指责她，可她突然像是耳鸣了，听不清他说的话，满脑子都是他那句“他取下了安全锁”，她浑身发冷，胸口发闷。

姜意一个字都反驳不了贺沉山，甚至听不清他指责的话，思绪乱成了一团，似乎从很遥远的地方传来雪崩的声音，耳鸣不止。

说着说着，贺沉山停了下来，迟钝如他也感觉到了姜意的状态好像不太对劲，他怔了下，道：“姜意？”

“姜意！”

沅辞出来时看到的就是这一幕，她发着愣站在墙边，表情迷茫又无措，让沅辞心惊了一下。他上前拉住了她的手，发现她的手心冰得过分，神情微变，转头看向贺沉山，问道：“你跟她说了什么？”

他少有这样冷厉的时刻，贺沉山青白着脸没敢开口，气氛僵持的时候，耳鸣渐消的姜意揉了下耳朵，声音听起来很平静：“他没说什么……我们回去吧。”

她看起来与平时没有什么不同，谁都没看，转身先往回走，只是没几步就被沅辞重新扣住了手腕。他声音低沉，让人感觉到无形的压力：“姜意，说实话。”

姜意固执地不想提这件事，道：“我们回去再说，好不好？”

沉辞拒绝了她：“不可以。”

姜意欲言又止，纠结到最后索性破罐子破摔。

“你是不是心情不好？”姜意胸口起伏，闷得慌，耳鸣感还在，耳边像是蒙了层水雾，让她依然有些听不清周围的声音，她问道，“因为我回来，你不开心，是不是？”

贺沉山说的每一个字都刺在她的耳边，让她一遍遍地思考真假，一遍遍回想和沉辞重逢后他的神情与态度。

她选择回京州，对于他来说是不是一个天大的烦恼？

沉辞皱紧了眉，否认道：“没有。”

他还否认！

他一点都不坦诚！一直想要靠近他的是自己，一直不得不躲开的也是自己！

“那你为什么要这样？我是对不起你，我不告而别，我错了……我不知道你会自责失眠，我不知道，如果我知道……”姜意咬着牙，被压抑了很久的郁闷一下子爆发出来，眼眶都是酸的，“你不要不高兴好不好？沉辞，我不知道会这样……”

她红着眼尾，生沉辞的气，更多的是气自己。

他怎么能解开安全锁？

她又凭什么让他因为自己的离开而内疚自责？

沉辞意识到姜意的情绪不对劲，他上前几步，捧着她的脸。

“意意，”自从她回到京州，沉辞是第一次这么叫她，让她感觉仿佛一下子回到了最初的时候，他说，“我没有不高兴，你为什么会这么觉得？”

“那你笑一下啊，为什么自从我回来，你就没有笑过？”姜意伸手拽住了他的袖口，声音里带着乞求，看向他的眼眸里落满了水光，“沉辞，你笑一下好不好？”

沉辞愣住了。

几步之外的贺沉山更是不敢开口。

姜意所有的负面情绪都暴发了出来，从回到京州的那一刻起，她的噩梦从来就没有消失过。

今夜想梦见他，今夜却失了眠。

看见沉辞愣住的时候，姜意就反应过来自己说错了话，她不该这么冲动。她闭了闭眼，松开拽着他袖口的手道：“我不该说这些……”

“意意。”他叫她的名字，“我们先回去。”

姜意迟疑了下，点了点头。她也清楚自己现在的状态不对，回到席上也只会出错，还好沉争和沈苏绾已经下了飞机，马上就到酒楼了。

只是沉辞并没有带她回十二云栖，而是去了离这里比较近的半岛公寓，公寓楼十分安静，他们上来的时候没有遇到其他人。

进客厅后，沉辞让姜意先坐，他去倒了杯水给她，回来的时候就见她窝在沙发边上，抱着膝盖，大概是先前情绪波动太大，再加上忙了一个下午，有些没精神。

接过沉辞递来的水后，她低着头一口一口很慢地喝着，不知道是妆的缘故还是其他原因，眼圈还是有些红。

“意意。”

他叫了一声她的名字，她很久才反应过来，微微仰着头看着站着的沉辞，眼里似含着一片水光。

姜意以为自己离开沉家两年，她的心不会再这么软弱，她也不会因为他的三言两语就方寸全乱……可时至今日，她知道自己错了。

她不知道该说什么才好，只能一味地沉默。

还好，他还有话说：“我没有不高兴，你能回来，我很开心。”沉辞停顿了下，在姜意面前半蹲下来，一只手抚上她的侧脸，指尖在耳后，缱绻温柔。

“我只是患得患失，怕你还会离开。”

最后，他轻笑一声，像是自嘲。姜意摇摇头，很认真地承诺道：“我不会再不告而别了，真的不会了。”

“错了，”沅辞说，“我的意思是，你不能离开我身边。”

姜意愣了一下，心中有些动摇，道：“可你有工作，我不可能一直都在你身边……”在这一个瞬间，她甚至想直接答应他。

沅辞轻轻地弯了下唇，声音低柔，宠溺万分：“嗯，所以我的失眠大概一直都不会好了。”

姜意哑然，皱了下眉，半晌后她轻轻地问他：“那我要怎么做？”

“你什么都不用做。今晚先住在这里，好不好？我待会儿给爸妈打电话。”

“不回十二云栖吗？”

沅辞站起身看她，身形遮住了大半的光线。背后是落地窗，公寓外是万家灯火，他弯唇，耐心地解释道：“你在这里，我才不会失眠。”

次日，沅辞就飞去了海市。

姜意在主卧睡了一夜，沅辞则是睡在书房，第二天他很早就离开了，姜意只来得及见他一面。彼时她刚醒，走出主卧的时候沅辞在玄关口换鞋正准备离开，看见她时，停下了动作。

沅辞没开口，姜意自然地朝他走了过去，问道：“你要走了？”

她下意识地对沅辞表现出了依赖，经过昨天晚上，有些事已经悄然发生改变。她不会再想着躲他，她和沅辞能保持之前的关系就已经很好了。

沅辞不清楚她的想法，“嗯”了一声后，道：“早餐和钥匙都在桌上，你要是困就再睡一会儿。”

姜意本来是有些困的，听到这句话后，瞬间清醒了，疑惑道：“钥匙？”

“如果不想住在十二云栖，你可以住在这里。”他道。

姜意想了想，道：“叔叔阿姨很好，我没有不想住在沅宅。”

沅辞没再说什么，刚好容久打来电话，说车在楼下了。

离出发的时间只剩下几分钟，但沅辞现在忽然没有了动身的打算，心里某些情绪难以克制，忽然就很想亲一下她的眼尾。

半睡半醒，眼尾若带桃花……而她这个人，是他难以解开的执念。

海市一行结束后，沅辞又飞去了东浙，他再回到京州已是一周后了。其间，姜意去看了沈柔的友谊赛。

参赛的大多都是业余选手，也有职业选手过来指导训练。

因为周东昀和陈拙言前几天去了外地，所以SA来捧场的就只有姜意一个人。当天她穿着大T恤和运动裤坐在终点旁边的观众席角落，还戴着帽子。

训练场很大，坐在最角落里也只能看清一侧车道，而解说员也是业余的，解说不专业，姜意也没有了听下去的兴致，正打算闭目养神一会儿，就有人气势汹汹地找上门来了。

说实话，姜意刚刚加入俱乐部的那一段时间，是她最冷漠的时候。姜白的突然离世让她整个人都很阴郁，除了和熟悉的人在一起时好一点，其余时间都不爱说话，在别人眼里显得很孤僻。

最主要的是，那一段时间也是她赛车方式最凶猛的时候，引起了很多人的不满。不过，这些人大多都看在沅家的分上，表面上对她还算客气。

也有个别人因为输给一个女性，觉得颜面上过不去，蠢蠢欲动到现在都想找她的麻烦。吴丞就是其中的一个。他早就听说姜意两年前就离开了沅家，两年里京州都没有她的消息，他以为她和沅家再没半点关系了。

此时再一次见到姜意，吴丞觉得是时候新账旧账一起算了。他带着几个跟班找上来，自上而下俯视着姜意，要和她单独比一场。

“不比。”姜意对这个人连眼熟都算不上，只知道是同一个俱乐部的，她淡淡道，“打架可以，但赛车没必要，浪费时间。”

吴丞最看不惯她这种态度，之前比赛赢了自己的时候也是这样，下了场一句话都不说，神情冷漠得要命，这是看不起人啊！

“你以为还有沅家能护着你？要不是沅辞，几年前你就——”吴丞目光阴鸷地看着她。在他以为她依旧不为所动、油盐不进的时候，姜意忽然出声问：“几年前？”

吴丞当她终于怕了，嗤笑着和身边人嘲讽了几句，又回过头看向她道：“你不知道？几年前要不是有沅辞，你的腿早就断在训练场上了。”

姜意没来之前，吴丞的赛车水平在那群业余的富家子弟中也算得上名列前茅，走哪儿都有颜面，直到他输给了来训练场练车的姜意，让他在一干狐朋狗友面前丢尽了面子。他咽不下这口气，就在她的车上动了点手脚，虽然出不了人命，但伤筋动骨是肯定的。

他花了一大笔钱托人去办这件事，但不知道怎么回事，最后出事的是他自己，断了腿在医院足足休养了两个月。

也是在医院里，被人警告后他才知道，姜意居然和沅家有着亲密的关系。

如果没有沅辞，她又算是个什么东西？

姜意听到沅辞的名字时，整张脸都冷了下来，率先下了观众席，留下一句：“跟我比一场可以，你知道规则吧？赛场上的任何意外，除非人为，一概不用负责。”

沈柔参加的友谊赛很快就结束了，她一下场就听说姜意要和人比赛，摘了安全头盔就跑了过来。

姜意没换赛车服，正抱着头盔往外走时，迎面撞上了沈柔。

沈柔又急又慌道：“你答应和那吴丞比赛了？他有病吧，他肯定比不过你，不知道又要用什么手段了！”

吴丞就是个刺儿头，在训练场上赛车时不止一次靠玩弄手段来取胜。姜意听说过，也知道这次吴丞怀着什么目的，而沈柔还在劝她：“你别比了，和他这种人有什么好比的，他要是动手怎么办……”

“他最好动手，”姜意没有多说别的，“否则我找不出一个理由，让他彻底滚出这里！”

这是姜意第一次在Senior TT赛后和人比赛，还是单人对局。

在场的人其实都知道吴丞不可能赢，但保不准有意外出现，吴丞的肮脏手段多，好几次了，都没让人抓住把柄。

训练场上有个拐角很大的弯道，一路上姜意都有意放缓速度，想着如果吴丞不动手，她这次也就放过他。

然而离她只有一个车距的吴丞见她在弯道放缓了速度，两眼发光，脸上带着狰狞的表情用力地踩下了油门。

弯道加速，极其危险不说，还很容易因为前后车逼车发生意外。

车道两侧都有路障，吴丞猛踩油门在一瞬间把她往路障边逼，车轮都摩擦出了火花，这时候车身已经很贴近地面了，吴丞料定了姜意不敢做什么，只能被迫减速，然后撞上路障。

但是，没有。

她没有减速，反而在即将驶过弯道时暴力提挡，轰鸣声震耳。吴丞没想到会出现这种局面，吓了一跳，手一抖整个车身斜向了一边，他刚踩猛了油门，把不住车，车头不稳直接撞上了路障，连人带车摔了出去。

撞到坚实的地面时，吴丞痛喊出声，车尾砸到他腿上的瞬间更是连叫的力气都没有了，他疼得眼眶几欲裂开，冷汗瞬间冒了出来。

过了几秒，他缓过那阵痛，才有力气叫了起来。

“我的腿！”

姜意已经停好了车，踩着撞落在地面上的车身零件朝他走了过来，冷声问他："之前你都是这么赢别人的？"

吴丞疼得脸上的青筋都暴了出来，被压在他自己的爱车下动弹不得，只能连连喊痛，求姜意放过他。

"比赛前我就说过，赛场上的所有意外，除非人为，一概不用负责。"姜意说，"你敢耍手段，就应该想到自己的下场。"

"姜……姜意！"

车道离观众席有些远，但现在那边的人似乎是意识到了这边的不对劲，俱乐部的经理也正在往这里赶。

有人打电话叫了救护车，也有人打算报警。

姜意无所谓地笑了一下，从容道："报警吧，这里刚好有监控。我倒想知道，他蓄意伤人未遂，我正当避让，能有什么过错？"

于是当天下午，姜意在警局接受笔录和询问，又填了一些表，两个小时后才出来。沈柔在外面等她，见她出来，紧张兮兮地问："你没什么事吧？"

相较之下，姜意就显得淡定极了，她道："蓄意伤人的是他，我应该算是受害者吧？"

沈柔这才放松一点点，可随后不知道想起什么又紧张了起来，小心翼翼地道："那个，我怕你有事，就给队长打了电话，估计现在他正在往这边赶……"

姜意往外走的脚步停了一下，回身无奈地看着沈柔，沈柔抱住头，委屈巴巴地道："我错了，呜呜呜，我不是故意的。"

姜意叹气。

完了，她又要挨陈拙言的训了。

出了警局，姜意和沈柔在附近的店里坐着等了一会儿，陈拙言就开车赶了过来。

沈柔一看到队长那张冷脸，整个人就慌了，支支吾吾地找话题：“那个……队长好久不见？呃，不是，我是想问周东昀人呢？”

她绞尽脑汁，打算说些什么缓和一下现在快结冰的气氛，却在陈拙言一个眼神下乖乖住了嘴。唉，她惹不起队长，小命要紧。

陈拙言冷声道：“上车。”

姜意一脸淡定地和低着头的沈柔坐在了后座，一开始谁都没开口，直到车停在红灯前，陈拙言绷着下颌，几秒的停顿后，出声道：“如果出了事怎么办？”

沈柔缩在车座角落，力求不要卷入两位的风波中。而姜意从头到尾都没担心过这些，只是说：“他主动挑衅，我没理由退缩。”

陈拙言的长指扣在方向盘上，骨节分明，捏得很紧，明显已经得知了训练场上发生的事，他舍不得对她发火，只能克制住情绪道：“下次有这种事，等我来处理。你有没有受伤？”

这句话说出来，差不多就意味着他不会训她了。姜意看了眼后视镜，陈拙言长眉微皱，也不知道是第几次为她的事烦心了，她想了下，下次有这种事还是别让队长知道了。她道：“没有。吴丞呢，进医院了？”

“小腿骨折，擦伤。我会跟经理说，让他离开俱乐部。”如果吴丞不招惹 SA 的人，陈拙言原本也是打算睁一只眼闭一只眼的。

闻言，姜意眨眨眼笑了一下，笑容张扬，语调轻松：“那谢谢队长了呀。”

眼前恰好绿灯亮起，陈拙言握着方向盘的手指收紧了下。

八月酒会的时候，沅辞回了京州。这个晚宴由一个慈善家牵头，沅家自然也在受邀之列，不过沅争和沈苏绾都没有去的打算，只让沅辞带姜意出席。

来的还有沉家的旁支。

姜意和他们不熟，进场后沉辞又遇见了顾家的小公子，这是沉辞为数不多的至交好友。姜意不想打扰他们，就走到了大厅外的露天区，打算吹一会儿风再进去。

星光疏淡，露天区连着一片小树林，姜意左前方不远处有一个男人在打电话。

“沉家太子？年纪轻轻能是什么厉害角色，也就在京州有点权势，到了我的地界不还得看我的脸色？他要是在美国，靠唱几句歌，还会有人给他面子吗？”

姜意无意去听旁人的电话内容，准备转身走远几步时，却陡然听到了这几句，脚步不由得一顿。

男子继续打着电话：“京州沉辞能有多了不起？在我面前，他能掀起多大的浪？就像我在其他地方，跟他一样玩了不少小女生，不也没人敢找上门来。”这个人也没想到，他说完这段话没多久，电话挂断，自己的肩膀一痛，整个人一个踉跄差点栽进一旁的景观喷泉池里。

“谁啊？神经病？”

男子稳住身形，骂骂咧咧地看向眼前的人。

姜意知道对方只是在散播谣言，也没几个人会信，但她就是不想听到这么一个渣滓在背后诋毁沉辞，这种小人行径最可耻。

她抬手狠狠拽起男子的衣领，警告道：“别再让我听到你有关于他任何不好的言论，否则——”指间收紧，似乎她稍微一用力，就会有什么即将支离破碎。

然而姜意一松手，男子便故态复萌，他捂着脖子，脸色十分狰狞地道：“你知不知道我是谁？你以为自己是什么东西，也不掂量一下背后的人能不能护住你！”

听到这里姜意稍微迟疑了下，她倒也不想因为自己一时冲动又给沉辞添麻烦。

就在她迟疑没有应声的这会儿工夫，那个男子拎着喷泉台上的一个观赏花瓶就要朝她砸来，所幸她反应快，及时往后退了几步，然后撞到了一个人的胸膛。姜意一抬头就看见了沅辞那张脸，与她四目相对的时候，他的嘴角微微扬起。

“才不过两年，你就忘记怎么动手了？”

他倾身靠过来，从后扣住了她的手腕，眸色逐渐变得晦暗不明。

“我教过你的，如果有人欺负你，你可以反击回去。我沅辞，就是你的后台。”即使捅破了天也没关系，他有的是办法给它补上。

“当然，如果我在的话，你可以什么都不用做。”

动手这种事，他来就可以。

除了那次在地下拳击场，姜意再没有见过沅辞动手的模样，就连这次，他动手前都脱下了外套盖在她的头上。等她反应过来扯下他的外套时，一切都已经结束了。

男子痛苦地瘫坐在喷泉水池里，沅辞则站在离他两步远之外，表情冷漠。

“你本家在美国？行，我知道了。”

彼时姜意还不知道沅辞这句话里暗藏的意思，只是在他转身走向自己时，担心地皱起了眉头，十分不理解他的做法，问道：“你为什么要动手？你这样会给自己惹麻烦的。”

姜意像是忘了，她也动了手，却没想过这样也会给自己招惹麻烦。

沅辞目光带笑地看着她，缓缓道：“你维护我，我很高兴。”

姜意以为这一切算是过去了，自己和沅辞的关系也会重归从前，殊不知，瞬息有万变。

酒会上沅辞遇见了顾岷，后者看见了他，也看见了他身边的姜意，顾岷眉头紧皱。在姜意主动离开留给他们一个交流的空间时，顾岷的脸色更差了。

顾岷的第一句话是："我以为你好起来了。"

沅辞看着姜意离开的背影，她长发微卷，侧脸在灯光下如同画一般，明艳动人。他笑了一下，道："你清楚结果，我也一样。"

最坏不过之前。

第三章

她心甘情愿

姜意回校的那一天是沅家司机送的她。

正逢新生开学典礼，礼堂那边十分热闹。姜意不算新生，只是刚巧遇到了以前的导师，导师正好负责开学典礼的事情，就拉着她一起过来了。

姜意原以为只是要她帮忙，就跟了过来，直到被拉着坐在一群老师中间，她才知道什么叫后悔也来不及了。在百无聊赖中，姜意听身边坐着的老师们谈起今年学校的重要科研项目，说是某知名企业赞助了学校很大一笔经费。

起初姜意不知道老师们说的是哪个企业，紧接着她就看到几个西装革履的人在一众校领导的陪同下入了场，坐在第一排。

姜意和其中一个人四目相对的时候，彼此都愣了一下，显然都没想到会在开学典礼这种场合遇见对方。

那人是陈拙言，姜意一方面是惊讶赞助学校的竟然是陈家，另一方面是惊讶陈拙言居然会来。在她的印象里，陈拙言和陈家的关系并不好，只跟陈家大哥关系还算可以。他很少回陈家，宁愿在俱乐部当一个职业赛车手，也不愿意回陈家接手部分家业。

开学典礼开始后，作为学校今年最大的赞助商，陈家企业代表上台发言。姜意的位置在第三排，前后左右不是老师就是校领导，好不容易等到开学典礼结束，离场的时候她的导师又叫住了她，问她有没有时间陪一个赞助商参观校园。

姜意想起在校期间她的导师就对她颇多照顾，心里想着一点小忙而已，便答应了。出了礼堂，姜意才知道要参观校园的那位赞助商就是陈拙言。

九月初，天气还有点热，他穿着西裤与白衬衫，显得气质清新冷淡。

姜意走近他，揶揄道："是你要参观校园啊。"

"我没来过这里。"陈拙言没理会她的调侃，原本就是他私下找了姜意的导师，特地要求让姜意带他参观的。虽然这有点不太正大光明，但他想跟姜意单独聊一聊，他很想向她求证自己刚刚收到的消息。

陈拙言眉峰微拢，片刻之后，还是问出了口："你之前说的亲人，其实……是沅家人？"陈拙言原本也没想过姜意会和沅家有什么关系，只是刚刚大哥陈覃无意中提了句："那个坐在第三排的女生也是你那个俱乐部的？听说沅家待她不错。"

陈拙言对陈覃知道姜意这件事很意外，但他更意外的是姜意居然和沅家有关系。陈家的根基在东市，直到近几年才来京州发展，陈拙言不太了解京州的局势，但也知道沅家在京州举足轻重的地位，更是听说过沅家的沅辞。

姜意说了声"是"后，陈拙言才不得不相信，陈覃说的是真的。他停顿了下，又问道："那时候在国外你跟我说的你有喜欢的人，是沅辞？"

那时候SA参加了一场联赛，姜意作为一个新人意外夺得了个人赛的冠军。彼时她还没什么名气，这让不少老赛车手觉得不服气，她刚一下场就被人团团围住。

其他的SA队员见情况不对，上前护住姜意。双方一来二去就生了摩擦。有几个沉不住气的，直接扭打在了一起。直到警察来了才把他们分开。虽然主动挑衅的不是姜意他们，但也在警局接受了几个小时的询问和教育，最后是陈拙言把他们保释出来的。

陈拙言想起那次他从警局把姜意带出来时，她手腕带着伤，袖口处也沾上了血迹，坐在警局的长椅上安安静静地等待，看起来又乖又漂亮。

可一旦动起手来，她又比谁都张狂，明明人数上不占优势，却没有落了一点下风。

“为什么不给我打电话，非要自己动手，不怕受伤吗？”

不只是这件事，在很多次她需要帮助的时候，她都没有想过要求助别人，是她从不会依赖谁，还是她可以无条件依赖的人并不在身边。

“这种小事就不用麻烦别人了。虽然我也很怕受伤。”她解释道，“我怕他会不高兴。”

陈拙言皱起了眉，问：“他？”

姜意坦承：“我喜欢的人。”

她坐在车里，街道两旁的梧桐树枝叶繁茂，细碎的光斑驳地落在她的长发间，整个人看起来有一点心不在焉，而陈拙言从她的声音里听出了一点难过。

时至今日，一切倒转回来，姜意依然坦承：“嗯，是他。”

陈拙言沉默良久，知道不应该在背后议论别人，但低头与她目光交错间，他还是开了口：“沅家的人不简单，沅辞更是。”

“我知道。”姜意笑了，微微偏头看着陈拙言，道，“其实我现在会的东西，像格斗、射击，都是他亲手教我的。”

陈拙言想，即使现在他确凿地说出沅辞的可怕之处，估计她也只会说一句“前事不提，既往不咎”。认识她这么久，他或多或少也清楚，她很护短，也很固执，心如磐石、屹立不动，要么从头到尾简简单单地喜欢着一个人，要么就釜底抽薪，彻底放手。

陈拙言不知道这对于她来说是好还是不好。此刻他只觉得胸口一阵沉闷，还不能表现出来，到最后也只能说一句：“在沅家你要照顾好自己，如果遇到问题记得找我。”

姜意点了点头，说了声“好”。

当天只是举行了开学典礼，没有正课，中午的时候姜意和陈拙言一起吃了个饭，中途他接了个电话之后眉峰就一直紧拢着。

姜意思忖了下，问道：“陈家那边打来的电话？”

“嗯，公司那边有急事。”陈拙言抬手揉了下眉峰，脸色不是很好，“先前说的退役，可能要提前了。”

姜意对陈拙言和陈家的情况有一点了解，陈拙言和他大哥陈覃是同父异母的兄弟。陈拙言的母亲是陈家现任家主的原配，但在结婚之前他的父亲其实另有喜欢的人，陈覃就是那个人的孩子。陈拙言的母亲大气端庄，遇到这种情况却十分决绝，知道这件事后她瞒着所有人，带着年幼的陈拙言头也不回地去了另一座城市生活，直到她生病将要离世之时，陈家的人才找到她。

名流圈子里的秘密一直不少，姜意在沅家的那段时间，接触过不少这个圈子里的人，多多少少也会听到一些。她也听说过陈拙言和陈家所有的人都合不来，唯独和陈覃亲近。

“早点退役也好。”姜意说，“至少这几个月我都会在俱乐部，会照顾好沈柔他们的，队长放心。”

陈拙言笑了笑，又交代了些别的事。

时间差不多了，陈拙言要先回公司，没想到姜意突然起身，又叫住了他："队长，我支持你所有深思熟虑后的决定。"

陈拙言看了她很久。

初秋九月，京州的风依旧温柔，让人有些微醺，而这段时间他一直在抗拒陈家，有些心浮气躁，但他又不得不回去拿回他母亲留下来的东西。

"如果我为了争权夺势，变得不择手段，你还当我是SA的队长吗？"

"SA只是车队的名字，代表不了什么。即使你和我都退役了，你也是我的队长，也一直都是我的朋友。"末了，她扬唇笑了下，笑容动人，"而且我相信，你做任何事都有自己的道理。"

几年前姜意刚认识陈拙言的时候，她孤僻又不爱说话，常常一个人在训练场练车。有一天，车子被送去定期维护修理，她也没有借用别人的车，就一个人在观众台上看其他人训练。

车道上尘土飞扬，摩托车的轰鸣声不断，在这么嘈杂的情况下她走神了，她想起了姜白。可能是那段时间哭得太多，她觉得眼睛干得发疼。

陈拙言就是在那时候走到她身前，低声问了句："请问，你是前几天申请加入SA的Jiang吗？你好，我是SA队长，陈拙言。"

姜意抬头看他，他有一张好看的脸，但她也只是瞥了一眼，说了句："姜意。"她当时很难去顾及别人的心情，只能尽量保持着礼貌。

过了几个月，她才逐渐从阴郁的心情中调整过来，从沈柔无意的一句话中得知，因为她那段时间的冷漠和孤僻，队友们都对她有些不满，甚至还有队员向经理反映，希望能换掉她这个主力成员，但被陈拙言第一个否决了。

他的理由是，Jiang能力出众，如果只是和大家相处不来，她可以不参加团队赛，但这并不是拒绝一个优秀队友的理由。

这些事情陈拙言从来都没有跟她提过。

SA的队长有时候真的很会照顾人，姜意也真的把他当作很好的朋友。

和陈拙言告别后，姜意拿着钥匙第一次去了陈拙言帮她租下的那套公寓。公寓就在学校附近，位置环境很好。她来之前就请阿姨打扫过一遍，在收拾行李的时候又简单整理了一下。

她原先没想过要在沅家长住，本来的计划是开学后就住在公寓，偶尔回去看看沅家长辈。现在事情有所变化，她原本的打算也变了。学校离十二云栖实在太远，不堵车的话，车程也要将近两个小时，每天在十二云栖与学校之间来回跑不切实际，她只能每周回去一趟。

公寓里还有个小厨房，但她的手艺实在不怎么样，只会熬点粥，做一些简单的菜。她正准备点外卖应付一下晚饭的时候，沈苏绾忽然给她打了电话，问她想吃什么，又问学校附近哪里有大型超市。

姜意回答完后，在电话里还听见了沅争的声音，她问道："阿姨你是要过来吗？"

"你回校这么大的事当然要庆祝一下。要吃甜点吗？前面有一家西点店……"

感动之余，姜意轻声说了句"谢谢"，以为沈苏绾没有听到，电话那边静了几秒，才传来沈苏绾温和的声音："意意，阿姨是不是一直没有说过？是阿姨应该谢谢你才对，如果没有你……"

后半句沈苏绾并没有说出口，那边传来车门关闭的声音，接着沈苏绾叫了声沅辞的名字，问他："最近很忙？"

沅辞声音低哑地"嗯"了一声。

姜意也不知道沈苏绾要谢她什么，而这件事很快就被她忘记了。

估算好了时间，姜意提前十分钟下楼等他们。沈苏绾买了很多东西，有熟食，也有新鲜的食材。沅辞最先下车，戴着黑色口罩去后备厢提东西。

姜意连忙上前帮忙拿剩下的袋子，但被沅辞抬手挡了一下，示意她去拿边上最小的那个纸袋："去拿你的礼物。"

那是一个黑色纸袋，有金色的暗纹，看起来很轻。

姜意好奇地问了一句："是什么？"

沉辞低头看她，露在口罩外的眼眸漆黑，姜意的身影撞进他的眼里，她尴尬地笑了笑，道："不能说吗？"

这时沉争和沈苏绾也下了车，拎着东西在车边等他们。沉辞没回答，只是说："先上楼，风有些大。"

九月的京州昼夜温差有些大，她下来的时候又只穿了一件短袖薄衫，刚刚她拿袋子的时候碰了他一下，手指都是冰的。

姜意没在意，一门心思想的是这个时间段可能有不少夜跑的人，沉辞要是刚好被认出来就不好了。等到上楼进了公寓，沈苏绾让她拆开礼物看喜不喜欢时，她才知道纸袋里的盒子里装的是一条吊坠手链，主色是银河般的璀璨蓝色，吊坠是颗蔚蓝的小星球。

"戴上看看？"

彼时沈苏绾已经拎了食材走进小厨房，姜意原本是来帮忙洗洗菜什么的，现在要戴手链，她一只手有些不好戴，就在沈苏绾要上前帮她戴上时，一双修长漂亮的手出现在姜意的视线里，沉辞轻轻松松地帮她戴上了手链。

璀璨的银河蓝，衬得她的手腕很白。

他退开了一些，说道："很漂亮。"

姜意眨了下眼，又看向沈苏绾，嘴角微扬道："我很喜欢。"是真的很喜欢。也是刚刚那一瞬间，她可以确定，这条手链是沉辞挑选的。

她很喜欢无垠的宇宙，包括其中的恒星与尘埃，而这件事只有沉辞知道，她也只告诉过沉辞。

姜意公寓里的东西不是很齐全，几个人忙活半天，快做好晚饭的时候才发现冰箱里没有饮料，姜意换了鞋准备去楼下的小超市买。

她刚打开门，身后就传来了动静，回头一看原来是沅辞跟了上来。姜意犹豫道：“你要跟我一起？不怕被人认出来吗？”虽然她要去的那个超市就在楼下。

沅辞拨了下额前的碎发，露出了光洁的额头，随手就拿过挂在一边的帽子戴在头上，低头一边换鞋一边道：“天黑了，没什么关系。”

姜意也不好再说什么，只好同他一起出了门，但到了楼下，姜意还是没敢让沅辞进超市，让他站在超市外那棵大树下等着。

姜意买好了东西很快就出来了，远远地就看到，戴着帽子和口罩、一张脸被包裹得严严实实的沅辞还是被人搭讪了，只见那个穿着校服的女生红着脸，害羞地问他：“你好，你是隔壁那所大学的吗？我……我梦想的大学也是那一所。”

沅辞没回答，只低声说了一句：“加油。”

女生还想说什么，刚要开口，沅辞就打断了她：“抱歉，我等的人出来了。”说着，便绕过女生径直朝姜意走过来，接过了她手里的购物袋。

姜意往那个女生的方向看了一眼，她揪着衣摆站在原地，有些腼腆。姜意问：“你被认出来了？”

隔着口罩，他的声音有些闷：“应该没有，走吧。”

上楼的时候，姜意想起她拿出手链礼盒时，纸袋底静静躺着的一张银行卡，问沅辞是怎么回事。其实刚看到的时候她就想问了，只是那时候沈苏绾正一脸期待地等她戴上手链，她也不好意思问。

“争叔给的？”

“嗯。”

“我不缺钱，我有奖金的。”

沅辞看了她一眼，问：“很多？”

姜意说了个大概的数额，沅辞没反应，姜意就知道卡里的数额远高于她的奖金了。她顿时觉得那个装着银行卡、现在身处玄关处的黑色纸袋都无比金贵了起来，只是她不能要，她低着头道：“我不能收。”

“他给了你就收下。”沅辞停下，偏过脸看向微微落后半步的她，“还是说你想用迁入沅家户口这种方式让他们安心？”

姜意没再话说了。

周围传来“砰砰砰”的礼花声，还在纠结思考的姜意抬头往那边看了一眼，不远处有零星的火花光芒。是学校为了迎接新生放的烟火，这里也能听到一点声音。

看着看着，她说了一句：“远远地看着，好像星星啊。”

夜色漆黑，灯光暗淡，在这夜幕之下一点火花的光显得温暖又璀璨，就像她高二那年学校放的烟花。

那时候姜意第一次参加全国性的物理竞赛，成绩是在元旦那天公布的，她是第一名，可惜的是，只差一点点就打破了沅辞当年的成绩纪录。沅辞比她高一届，那时候他已经被保送名校可以不用来学校了，但那天他陪她一起在教学楼的天台待到深夜。

新年的零点到来之前，她说了很多很多愿望，还有学业上的计划，最后问沅辞有没有要许的愿望。

彼时他靠着天台护栏，背着风，笑得恣意道：“许愿吗？那我希望你所有的愿望，都是我帮你实现的。”

零点钟声响起，周围火花不断，在天穹边染成星光与月色。漫天烂漫下，他单眼眨了下。

“新年快乐，意意。”

她心动不已。

远方的天穹安静下来，夜风依然冷冽清寂，火花也燃尽了烂漫，只有少数几栋教学楼依然灯火通明。

现在，姜意的身边人依然是沅辞，只是有许多事不再像从前那样。在离开京州前，她还意外弄伤了沅辞……谁都没有提及，谁都好像已经忘记了那段过往。

看着与高二那年相似的烟火，姜意轻声道："要是能摘下一颗星星就好了。"

姜意收回视线，抬步准备离开的时候，沅辞叫住了她，问："想要星星？"

想要星星，更想要他，于是她转移话题道："我想要的东西有很多。"

"你可以提，我对你有求必应。"

仿佛回到那年新年的零点，姜意的心跳猛烈得止都止不住，现在更是，感觉胸腔里闷闷的。

为什么有的人明明不喜欢她，却能对她这么温柔？因为他们是青梅竹马，还是因为她曾经离开，他一直都在自责？

姜意并不明白。

回到公寓后，沈苏绾在厨房里准备甜点，沅辞被沅争叫到了阳台上，姜意则抱了瓶红酒坐到沙发上，拿了个杯子，打算尝一点。

她会调酒，但不太能喝。

说起来她会调酒，还是因为沅辞。有一次她跟着沅辞去了一家清吧，有个调酒师调出来的酒颜色特别好看，那时候她就想尝一点点，但沅辞拦住了她，说是度数高，不适合她。后来沅辞问了吧台后的调酒师，亲自给她调了一杯度数很低的果酒，有点甜，有一点像樱桃的味道。

沅辞也是第一次给人调酒，在吧台聚拢的灯光下，他垂眸的模样太动人。

后来姜意在外地比赛，一个人在酒店房间休息的时候，就会坐在酒柜旁的高脚凳上，一杯一杯地练习着调酒，不断调整着鸡尾酒的配比。

从她瞒着沅辞打比赛开始，再到她离开京州又回来，不知不觉中已过去很长一段时间了。

沅辞站在阳台上，望向楼底下的篮球场，大晚上还有人在打篮球。

沅争找沅辞有话要谈，只是不太方便说出口，沉默半晌后才开口："还是很喜欢那个女孩？"

"是。"

沅争问他："那你是怎么想的，不去争取？"几年过去了，他一直都是一个人，即使进入和娱乐相关的音乐圈，也从未传出过半点绯闻。

"祖父说我和他太像，或许也会爱而不得。"沅辞很平静地说，"我不相信，但也不敢贸然争取。"

沅辞一向懂事，这些年没有让沅争费过半点心，就是因为这样，他反而担心更多。

沅辞站得太高，在京州他这一辈的人际圈子里，有无数人在拥护他。他天生就是优秀的上位者，他的性格有些像沅争的父亲，也就是沅辞的祖父。

沅争最怕的也是这一点，听到回答，他更是后悔当初没有亲自带大沅辞。他不太了解自己这个唯一的孩子，如果不是无意间看见他书房里的一沓文件，也不会知道他有了喜欢的人。

沅辞的经济已经完全独立，也有了自己的人脉圈子，正因如此，沅争不知道沅辞和一家商业航天科技公司有了合作。

那一沓文件里，除了一份资金入股合同，最底下还有一份赠予协议。赠予人签的是沅辞的名字，而被赠予人的名字还空着，签下的时间是一年前。

所以，沅争既不知道他着手准备了多久，也不知道被赠予人是谁。

在沅辞离开后，沅争待在阳台上静静地思考了一会儿。沅辞从小就在他的父亲身边被作为继承人培养，父亲对沅辞的教育十分严格。

沅辞是多年来最被看重，也是最被寄予厚望的沅家后辈。

一切都在往最好的方向发展，直到沅辞的祖父去世。整理父亲的遗物时，沅争才知道父亲患了多年的心理疾病，他极端厌恶周围的事物。

无数的诊断报告，都指明他有严重的厌世倾向，并且极易将这种负面情绪传染给旁人。

而沅辞是离他最近的人。

沅争不敢想象，沅辞是在什么环境下长大的。

沅辞从阳台走进客厅的时候，姜意正在一小口一小口地喝着红酒，仿佛稍微靠近一点，就能闻到馥郁的酒香。

这是名庄酒，有一点黑莓的香气和雪松的风味，但沅辞记得，她是不怎么喝红酒的。

“什么味道？”他问。

有点走神并没有在认真品酒的姜意答：“有点酸。”

“不喜欢就少喝一点。”沅辞在她身边坐下，看了看红酒瓶上的标签，没再多说什么。只是姜意觉得，他的长指衬着酒瓶里黑红的酒液，有一种说不出来的贵气和雍容。她想了想，问道：“你要喝一点吗？”

沅辞看了她一眼，倒没拒绝，放下酒瓶后伸手拿过了桌上她的杯子，抿了一口。有些晕乎乎的姜意哪里会注意到，整个晚上，沅辞只碰了她的这杯酒。

第二天姜意刚在学校上完绪论课，就接到了俱乐部那边打来的电话，说是要和SA车队的成员就退役问题开个会讨论一下。时间比较赶，是周东昀开车来接的姜意，沈柔也在。之前姜意接受拍摄的杂志出了样刊，刚刚寄来，就放在车后座上。

杂志封面上的姜意单手抱着一个头盔，微侧着脸，气场十足。可能是妆容的原因，她漂亮得像是带有侵略感，简直攻气爆棚。

姜意在车上简单地翻了下杂志，一旁的沈柔也凑了过来，注意到一旁的采访文字，“咦”了一声：“那天问了这个问题吗？喜欢的人是什么类型？”

那个人……万众瞩目。年少的时候看一眼，就很难忘得掉。

姜意也没想到，当初化妆师随意问的一句话，后期会被记录下来。沈柔仔仔细细地看了几遍，震惊道：“喜欢的人？嗯？你有喜欢的人？”

姜意也不刻意隐瞒，大方地承认：“一直都有。”

“队长知道？”

姜意有些疑惑，不明白沈柔为什么这么问，道：“他知道。”

沈柔更震惊了，拿着杂志十分想哭。

队长好惨，生活已经对着队长的伤口撒孜然粉了，也不知道还能不能救。

开车的周东昀听到这些也有些意外，他猜得到姜意有喜欢的人，但没想到队长原来一直都是知道的。到了俱乐部，周东昀去停车，刚好碰上从公司赶过来的陈拙言，周东昀跟他打了声招呼，便聊了起来。

眼尖的沈柔老远就看到了正在聊着的两个人，随口问了句：“他们在说什么？”姜意也听不太清，想了想，说道：“好像周东昀说队长……什么太快了。”

“唔……”沈柔的目光开始变得飘忽不定起来，最后在姜意困惑的目光注视下，十分犹豫且含蓄地问道，“指的是队长哪方面啊？他怎么知道队长快不快呢？”姜意愣了一下，等两个当事人走近，才反应过来这话是什么意思，转过脸笑了又笑。

但这种轻松的氛围只持续到他们进会议室的前一刻。其实在接到俱乐部电话的时候，姜意就猜到这会是一场“鸿门宴”。

陈拙言毕竟是俱乐部最大赞助商陈家的二少爷，他要退役再简单不过，俱乐部也不敢拦，但姜意不一样，她的身价随着 Senior TT 赛结束后就开始猛涨，现在正处于一个重新估量价值的阶段。俱乐部不太能接受姜意的退役，之前也找她谈过好几次，现在大概是想利用她的队友打感情牌。

只不过姜意态度很坚决，高层拿她这棵摇钱树也没什么办法，只能在会议上提出一个要求——她在退役前需要代表俱乐部参加明年五月CSBK第一站的比赛。而且为了能在她退役前更好地制造这最后一场比赛的噱头，她还被要求不能私自参加任何其他的正规比赛。

姜意答应了。

在她离开前，高层负责人有些惋惜地说道："你刚夺得Senior TT赛冠军，就在赛车事业巅峰时期退役，不会有遗憾吗？"

"我还在上升期，我的巅峰也许还没有人见过。"姜意已经起身，将额前略长的碎发撩到发顶后，淡淡道，"我退役，只是因为我想做的事已经结束了。"

会议结束后，姜意先离了场，周东昀和沈柔还有训练，送她回校的人变成了陈拙言。这段时间陈拙言正在准备接手陈家的部分产业，并收回他母亲曾经留下的股份。正是由于工作太忙，他的饮食极其不规律，接连几天胃部出现灼烧和钝痛感，在开车途中又一次感觉不适。

姜意看出了他脸色的不对劲，建议他去医院详细检查一遍，刚好她也有时间，于是她临时改了回校的主意，决定先陪陈拙言去医院。在前往医院的路上，姜意察觉到有车在跟着他们，不论是岔路口还是拐角处，后视镜里都会出现那辆车的身影。

姜意盯着右侧后视镜，计算着距离与时间的同时，问了陈拙言一句："你最近有仇家？是陈家内部的人？"陈拙言和姜意都是警惕性很高的人，几乎是在同一时间就发现了不对劲，此刻他正在提速，沉着且冷静地答道："公司的烂摊子有一堆破事，我踢了不少人。"

算是重新洗牌，也算是立威，这么做符合上位者的风格。

他们的车刚驶入医院地下停车场，一直跟踪他们的那辆车突然加速冲进了停车场，在逼仄的空间里将他们的车拦在了一堵墙前。

从那辆黑色轿车上下来了四个男人，只有为首的人带了管制刀具，其他人都是赤手空拳。陈拙言刚要把姜意那边的车门锁住，让她留在车上，结果她先一步下了车，在陈拙言看来简直是逞能——虽然她有本事逞能。

姜意这个人很护短，向来以牙还牙，但她遵纪守法，不过激伤人，只正当防卫，只是手段偶尔有些简单粗暴。

两个人都是进过散打馆的，即使在人数上处于劣势，他们也没有落了下风。一开场，姜意反折过那个拿管制刀具的男人的胳膊，下一秒就将人踹进了车轱辘底下。更不用提陈拙言一个大男人，打法比她更凶也更不留情面。很快那些人就意识到这两个人都是硬茬子，碰不得，没两分钟就上车跑了。

有保安闻声赶过来，拿出通信设备联系同事并要报警的时候，姜意制止了他，平静道："不用报警，他们人已经跑了。这件事我们会自行处理，麻烦了。"

陈拙言进了诊室做检查，姜意就站在外面的走廊上，背靠着雪白的墙。这是家高级私立医院，人不是很多，环境比较安静，而她大概等了五分钟，拐角处就传来了脚步声。

姜意认识顾岷，他和沉辞的关系很好，在沉辞出道的那场摇滚表演中，他还是沉辞乐队的吉他手兼伴唱。她回国的这些天，身边也有不少人提到过这位顾家公子，听说他后来去当了无国界医生，今年年初才回来。

圈内不少人都难以置信，曾经那么冷漠孤僻的一个人，居然变成了一名救死扶伤的外科医生。

因为沉辞，姜意见过他许多次，但对方向来冷漠，多年来他们也只是普通的点头之交，但今天不一样，再次重逢，姜意感受到了顾岷身上浓浓的敌意。

姜意想起了刚刚在电梯里两人碰面的情景。顾岷穿着白色工作服站在电梯门外，抬眸看见姜意有些意外，但当他的目光看向他身边的陈拙言时，他的眉头微蹙，似是有些不悦。姜意以为他不想跟他们一起坐这趟电梯，正准备按上关门键时，顾岷长腿一跨，还是抬步走了进来。

短短一面，他们之间没有任何交流，可姜意就是笃定顾岷会再来找自己。

再次见面，顾岷第一句问的是："刚回国？要待几天？"

"刚回，暂时还没有离开的打算。"

顾岷单手插在工作服的口袋里，偏头看向门口消化科的牌子，欲言又止。他不习惯跟别人提要求，还没想好要怎么说。

他停顿了一分钟有余，姜意先开了口："有事要我做？"

顾岷没否认，而是接道："让沅辞吃药，然后过来看医生，最迟这个月月底，不能再拖了。"

话音刚落，顾岷就看见对面的人神情有些错愕，漂亮的眉一点一点地皱在了一起。

陈拙言检查完身体走出诊室的时候，姜意正在愣神。他叫了她两声，她才慢慢回过神来，眉头微皱，心绪有几分乱。

陈拙言已经很久没有看见过她这副心神不定的模样了。

他抬步走到她跟前，关心道："怎么了？"

姜意摇摇头，用力地揉了下太阳穴，半晌才开口："抱歉，我有点急事，可能要先走了。"

说完，她朝直梯方向走去。

云层移动，光重新从医院大楼中庭顶部透进来，在光洁的地板上漫延开来。而陈拙言也意识到，从她回国后，就有什么在悄然无息地发生变化——

她将离他越来越远，而他什么也做不了。

当晚姜意回到公寓，她不知道自己一个下午都做了些什么，思绪乱了很久。

和陈拙言分开后，姜意去了顾岷的办公室，在他那里拿到了一份极长的药单，还有一整袋的药品。

从顾岷在走廊上提出那个要求起，姜意就感到不安，隐隐猜测沉辞的情况可能不太好，但她没想到他居然要吃这么多的药。

“这些都是什么药？”姜意看了一眼药单，指尖差点划破脆弱的纸单，吃惊地问，“沉辞……他的情况很严重？”

还有二十分钟顾岷就要上班了，他戴上口罩，整个人显得挺拔且冷硬，听到这里他抬眸看了她一眼，道：“这里有唑吡坦、质子泵抑制剂、苯二氮卓类药物，但对他可能都起不了作用……他拒绝检查，我并不知道他现在情况如何。”停顿了下，他声音低沉地补充道，“总归，不会好。”

这次谈话之后，姜意有些心神不定，她拿着手机想了很久，最后拨通了沉辞的经纪人容久的电话。

接到电话的时候容久看到是未知来电，他还有些意外。

电话接通，容久的声音传来：“你好。”

“你好，我是姜意。”她停顿了一下，道，“我方便问一下沉辞最近的行程吗？”

容久像是犹豫了几秒，客气地笑了下，说道：“当然可以，这半个月他都在榕州，明天要去三坊七巷录制节目。”

容久主动告知了她沉辞这几天的具体行程、落脚酒店及拍摄地址，末了还补充了一句：“姜小姐如果要来找他，可以提前联系我，我派人去机场接你。”

“不用，我到了再联系，麻烦你了。”姜意思忖了一下，说道，“如果可以，我联系你的事，请别告诉沉辞。”

说完，姜意就挂断了电话。

容久收起手机，看向正对面靠着窗保持安静的沉辞，问：“听清了？”在姜意打来电话前，他正在跟沉辞讲述后天的行程安排，看到未备注的电话号码时，便猜到打来电话的人可能是姜意。

因为知道他这个手机号的人不多，最近他也只把联系方式给了眼前这位祖宗家里的那位姜意小姐。

沅辞还是没有开口，微微皱着眉，神情很冷淡。

见他一副看起来并不意外的样子，容久挑了下眉，问道："你是不是知道她为什么要来？"

良久，容久都要以为等不到这位祖宗的回答，打算把行程安排继续往下说时，他开口道："她来提醒我吃药。"下午顾岷就给他打过电话了。

容久轻轻"啧"了一声，点点头，一脸赞同道："你确实该吃药了。"

另一边，姜意结束通话后，看了看自己的课程安排，跟导师请了近一周的假。

收拾完行李，她买了时间最近的机票。第二天早上九点，她一到榕州，便打车去了昨天容久所说的录制地点。

沅辞也已经到了三坊七巷，这里曾经是贵族、士大夫们的聚居地，节目组安排的场地在一处私人住宅里。

拍摄还没有开始，一旁等着的沅辞看向容久，问道："她到了吗？"

"十分钟前我给她打过电话，她关机了，我猜她应该还在飞机上。"容久看了下手机，和身旁的节目组工作人员低声聊了几句，抬头时看到了对面的一个女明星颜月。颜月是这档节目的常驻嘉宾，她长得漂亮，性格也讨喜，只可惜实力不足，一直摆脱不掉流量的标签。

"那个颜月一直在看着你，你们认识？"

沅辞的关注点全在姜意身上，头都没抬，直接说了句："不认识。"

话音刚落，容久就见原本坐在对面的颜月从小藤椅上起身，直直地朝沅辞走了过来。这时容久的手机突然响了起来，是姜意的电话。

"你就在外面？我去带你进来。"

容久收起手机，跟沅辞说了一声后，转身就要去接姜意，哪想沅辞口罩都没戴，直接越过他，先一步往外走，道：“我去。”

难得见这位祖宗对某个人这么上心，容久扬了下眉，觉得这也是件好事，结果刚一回头就见迟了一步的颜月眨巴着眼睛盯着沅辞离开的方向，又看看他，然后走了过来。

“容先生，沅辞出去做什么呀？”

这个问题不太好回答，万一传出去被误会了，挺麻烦的。容久沉吟了几秒，开口道：“他去接家里人。”

颜月眼睛亮了，下一句就接着问了出来：“是叔叔阿姨吗？我可以过去打个招呼吗？”

容久内心想道：大概不可以。

这里小巷纵横，外巷又漫长，姜意沿着曲折的山墙走错了许多路。来这里的大多都是游客，她找不到可以问路的人，花了十几分钟才找对路。

这间私人住宅并不对游客开放，加上里面还有节目组在拍摄，姜意进不去，只能联系容久。上飞机后她就关了手机，到现在才开机，看见十分钟前他的未接来电，便回拨了过去。

姜意没想到，来接她的人会是沅辞。

推开宅院的门，沅辞一步跨了出来，没戴帽子也没戴口罩，快步走到了姜意跟前。就在几分钟前，他还陷在等待她到来的期待中，以为她还在飞机上，还要很久才会来到他身边。

他不想吃药，却很想见她。

姜意跟着沅辞进了拍摄场地，行李也是他来拿，到了内院后，助理接过了行李。在单独的休息室里，沅辞问她：“连夜过来的？”

姜意还没来得及回答，休息室外就传来导演喊准备的声音，沅辞皱了下眉，不想管，姜意劝道：“你先去工作吧，我在这里等你。”

沅辞也没问她突然到来是为了什么，姜意猜测，应该是顾岷把事情都告诉他了。

休息室外的脚步声杂乱了起来，工作人员准备就绪，容久见他不在场，特地来休息室敲了敲门，示意他注意时间，还是姜意说了一句：“我请了一周的假，不会那么快走。”

沉辞这才松开皱着的眉，走了出去，临走前还留下一句：“我待会儿让人送吃的过来，你吃一点再休息。”

凌晨的飞机，姜意连夜奔波，一大早又转车到三坊七巷，这几个小时里她就没休息过。她在沙发上坐了一会儿，没忍住困意，靠着沙发扶手就睡了过去。

助理去附近的酒店买完早点和甜食回来的时候，她已经睡着了，助理放下东西，轻声离开。沉辞还在录制节目，助理就跟容久提了一句。

“你看着点，别让其他人进沉辞的休息室，”容久吩咐，“不论是私事还是公事。”

等到沉辞结束这一轮的录制，回到休息室时，姜意还没有醒。她的头枕在胳膊上，长发顺着肩侧垂落，遮住了小半张脸。

如果不是很累，保持这个姿势是很难入眠的。早点还放在一旁的桌子上，已经凉了。

容久没有进休息室，只是站在门口，没一分钟就听见沉辞问他：“下一轮的录制是什么时候？”

“大概半个小时后，还有个嘉宾没来。”

容久还没反应过来沉辞问这个做什么，抬头就见沉辞戴上了口罩和帽子，然后弯腰把沙发上的姜意小心翼翼地抱在了怀里。他的动作很轻，走出休息室的时候，他道：“我先送人回酒店，如果赶不及，你跟导演解释一下。”

说完，沉辞便抱着怀里的人大步走出了休息室，他温柔地扶着她的后颈，让她往自己的怀里靠了靠。

合作这么久，容久就没见过沉辞对谁这么温柔细致过，他对旁人甚至不想花上一点时间与耐心。

现在他堂而皇之地抱着一个人出去，虽然不走大门，但也会被不少人看到……即使没人敢在背后议论沉辞。

容久找了助理，让他开车去送一下，然后一转头又碰见了颜月。

“来找沉辞？他刚出去。”

“我刚刚看见他了，只是没敢说话。”颜月有些不好意思地摇了摇头，“我是想问，他抱着的那个人……就是那个家里人，是他喜欢的人？”

这个问题更不好回答了。

容久在心里“啧”了一声，还没等他说什么，颜月赶忙又补充了一句：“不回答也没关系的，我会对刚刚看到的保密的！”

说起来在这个节目组里，颜月的年纪算小的，她出道虽然没几年，但因为家境好、粉丝又会捧，一路走来也算顺利，所以人也比较单纯。除了演技这一块儿，基本没什么可以诟病的，因为她长得漂亮，在圈里也算得上是众星捧月……就是不该喜欢沉辞。

容久只是模棱两可地说了句：“现在还是要以事业为重。”

别说喜欢一个人了，要不是那天在山庄会所碰见姜意，容久都不知道沉辞居然还会对人如此关照。在得知姜意那段时间一直都在国外后，他才明白为什么沉辞那段时间明明忙得不可开交，却还要三天两头地飞去国外了。

沉辞这个人，可望而不可即。

容久叹了口气，对颜月说道：“这件事还是希望你能保密。”虽然公司有能力压下沉辞的绯闻，可以保证完全掀不起一点儿的浪花，但总归多一事不如少一事。

“我会保密的。”颜月很认真地点了点头，虽然有点失落，但眼睛还是亮亮的，“我保证这件事没有其他人知道。”

回到酒店，沉辞把姜意放在床上，刚准备离开时，她就醒了，一双桃花眼惺忪慵倦，睁开看了他一眼，又阖上，侧过脸埋进柔软的枕头间，几缕黑色的长发垂绕在脸颊上。

姜意还是没有彻底清醒，沅辞看了下时间，她差不多睡了一个半小时，再不吃饭可能胃要难受了。

“意意。”他单膝跪上床面，指尖摩挲过她耳后，“该起来了。”

姜意脸往枕头上蹭了下，皱皱眉，几秒后还是睁开了眼，看了跟前的沅辞一会儿才反应过来，问道：“我睡了很久？”

“一个多小时。”沅辞收回手，从床边直起身，“我叫了酒店服务，一会儿会有人送吃的过来。”

“你还要走？”姜意下意识地开口，话音刚落才察觉到这句话里的依赖味有多深。刚一停顿，就听沅辞说：“那边还没有录完，结束后我马上就回来。”

姜意点点头，想起她的行李还在休息室里，里面还放着顾岷开的药，又道：“你回来的时候，记得带上我的行李。”

“好。”

沅辞走后，姜意刚下床就注意到床头桌上放着的一盒安眠药，连封盖都没有拆开过。

他还是难以入眠，也依旧没有吃药。

在来榕州的路上，姜意一直在研究顾岷给她的药单，每一类药的功能和副作用她都查了一遍，越是查到后面，心情越沉重。

她打电话联系了在国外认识的一个朋友，对方是心理方面的专家。她在电话里咨询了沅辞的这种情况后，心里也越来越不安。通话刚结束，酒店服务人员便推着餐车来敲门。姜意一打开门，便看见满满一餐车的主食和甜点。

“可以退一部分吗？这些太多了。”

服务人员保持微笑，摇了下头，说道：“点餐的先生特意叮嘱过，如果小姐你吃不完，就先放着，我们会来收拾的。”

姜意也没再说什么，在等沉辞回来的这段时间里，她坐在客厅的沙发上，慢慢地解决餐车上的食物，顺便用手机回复了一下俱乐部那边发来的消息。

微信上，沈柔发来消息："阿姜！你太帅了！"

姜意刚来得及看一眼，沈柔的下一条消息就又发了过来，是一个外网新闻的标题截图，还有个模糊的视频画面。

文字部分是全英文的，内容主要是关于今年的Senior TT赛，黑色加粗的标题写的是：摩托车耐久赛冠军得主——SA-Jiang。

她是首位在Senior TT赛夺冠的中国选手，年轻优秀，在短短几年内的大大小小赛事里，如同一匹黑马杀出战场，最后在Senior TT赛中大放异彩。俱乐部经理其实也没有说错，如果姜意坚持退役，那么眼下就是她赛车职业生涯的巅峰。

底下的配图是一张视频截图，画面上，她靠着摩托车站着，头盔已经被摘下，露出一张干净白皙的脸。她微微偏头看向镜头，气质凛冽，即使在模糊的画质下也攻气十足。

她赛车的方式很凶，擅长弯道极限超车，尤其是在贴着山壁的路段。

沈柔说她帅，也不是没有道理。

姜意和她聊了一会儿，沈柔提起了上周末举办的连州赛区的公路赛。

之前俱乐部经理就和姜意谈过这个公路赛，这场比赛邀请了不少职业选手，关注度很高。主办方原本还想邀请姜意来当解说，只不过当时她在学校还有项目要跟进，没有时间去，所以早早就回绝了。

沉辞回到酒店的时候已经是下午一点多了，他把姜意的行李放在了玄关处，换鞋进客厅，姜意刚好打完电话从阳台进来。

"你吃过午饭了吗？"姜意已经让人把餐车弄走了，只留下了两份甜点放在酒店房间的小冰箱里。

沅辞从早上到现在只喝了一瓶水，因为要赶着回来，也没有留在节目组吃午饭。他还没开口，姜意就已经走近，说道：“我们去酒店餐厅看看吧？容久跟我说，你这几天的饮食很不规律，有时候会胃疼。等会儿还要继续录制节目，不能什么都不吃。”

姜意说着就拉起了他的手，要往外走，结果没走几步就意识到这个动作太亲昵，她讪讪地想要松开手，反被沅辞紧紧握住。

见她突然停下，沅辞低头问了一句：“怎么了吗？”

好像从头到尾不对劲的只有她一个人。

姜意没有回答，而是转移了话题：“走吧，刚好这个时间点餐厅人不多。”沅辞没有多问，只是手中的力道不自觉地加大了一些。

在餐厅里，姜意尝了一次佛跳墙，汤汁鲜浓、香味醇厚。她分出一小碗递给了沅辞，沅辞刚摘下口罩，服务生就推门走了进来，看见沅辞时愣了一下，明显是认出了他。

而在离开前，姜意注意到他好像偷偷拿出了口袋里的手机，飞快地看了她和沅辞一眼。姜意察觉到服务生的小动作，不太高兴，在他退出包间后，姜意跟沅辞说了句：“我去趟洗手间。”

前后不过一分钟的时间。

姜意离开包间后在走廊上找到了那名服务生，叫住了他：“你好，方便借你的手机打一个电话吗？”

服务生见到是她，明显紧张了起来，他青白着脸，拒绝道：“不好意思，我们工作时间不允许带手机。”

“是吗？”姜意朝他走近几步，一双桃花眼微睁，神色冷淡，“那允许偷拍顾客这种行为吗？”

闻言服务生的脸色彻底变了，却还是矢口否认：“我没有偷拍！”说完，他也意识到自己反应太过激烈，匆匆丢下一句话就要转身离开，“我还有工作，不打扰了。”

在他准备快步离开前，姜意又道：“如果没有，我向你道歉并赔偿。但如果有，这件事我一定会追究到底。”

服务生猛地回过头看她，心惊肉跳，刚要张口再一次否认，却发现自己说不出一句话来。

删除照片后，姜意回了包间，沅辞正在吃那碗佛跳墙，长指握着瓷白的勺子，在包间明亮的灯光下，有着玉石般漂亮的颜色。

他的手很好看，适合握着任何乐器，黑色的吉他尤佳。

“照片删掉了？”

那个服务生估计也是头一次偷拍，并不专业，不被发现才怪。姜意坐回原位置，说道：“如果不删除，我担心他会把照片传到网上。”

“传上去也没关系。”

“会有绯闻的吧。”姜意想到了什么，继续道，“与其等团队处理，不如提前删掉。”

这几年，网络上很少有关于沅辞的绯闻，他本人也很低调，很少参加与音乐无关的活动。

静默半晌后，沅辞说道：“我不和人传绯闻。”

如果是和姜意，他只会坐实这一段关系。

下午三点沅辞还要继续录节目，这次换了外景，还是在三坊七巷。

姜意也跟着去了，不过大部分时间她都是坐在大太阳伞下。有一个长得很漂亮的女明星喝着奶茶装作在看风景，然后在她的太阳伞旁转了至少五圈。

榕州的天算热的，颜月顶着大太阳转了半天，有点高兴，又有点不高兴。高兴的是，她近距离见到了早上男神抱在怀里的那个人，不高兴的是，如果她是男神，貌似也会选伞底下那个气场十足的大美人……

颜月正咬着奶茶吸管胡思乱想，一晃神，发现大美人也正在看着自己，似笑非笑。颜月不好意思了，捧着奶茶走上前，主动跟她打招呼："你好！我叫颜月，我不是故意要偷看你的！"

她耳根都红透了，坦诚是真的，不好意思也是真的。

姜意很少见到这么软萌的女孩子，她指了指一旁的折叠椅，说道："坐这里吧，外面太阳很晒。"

颜月坐了过来，捧着杯奶茶有点小紧张，不停地在心里告诉自己，不能在男神喜欢的人面前留下坏印象。

"谢谢，谢谢。"她一连说了好几声。

姜意扬唇笑了下，眼前的人和自己差不多大，怪可爱的。

"不用谢，我叫姜意，我们以前见过吗？"姜意看她在大太阳伞旁转了好几圈，一副想过来又不好意思过来的样子。

颜月忙不迭地点了点头，眼睛亮晶晶的，她小声道："见过的，今天早上男神抱着你。"

"男神？"

"就是沅辞呀。"提起偶像，颜月兴致勃勃，"台上嚣张恣意，台下冷淡克己，是不是很有反差感？巨帅！如果不是通告太满，我都想天天给他刷榜！"

颜月还跟姜意讲了很多，比如沅辞出的唯一的一张专辑，不但获得了唱片销量排行榜的双月冠军，还获得了年榜收藏量第一的佳绩。

姜意对这些不太了解，此刻很认真地听着。来找颜月的经纪人听见这些，一个头两个大，自家艺人好歹也是众星捧月的存在，现在倒像个疯狂的小迷妹。

"颜月，马上到你了，先去补个妆准备一下。"

闻言，颜月的脸一下子苦了起来，她不舍得离开，走前还和姜意挥了好几次手，一脸的心不甘情不愿。

当天的节目录制一直到傍晚才结束，吃过饭回到酒店后，姜意把行李箱里的药拿了出来，坐在客厅的地毯上准备和沅辞谈谈。

沅辞洗完澡，从浴室出来，发梢有些湿润，一走近就看见了她放在桌上的那一大包药，他眉头微皱，转身就想去阳台。

“沅辞。”姜意坐在地毯上，伸手拉住他的手，沅辞停下了脚步。

“顾岷说，最迟这个月底，你必须吃药，否则身体会受不了。”他给的药种类很多，有胃药、安眠药，还有一些缓解心理问题的药。

那时候顾岷并没有告诉姜意，沅辞最大的问题不是失眠，而是偏执。

“我跟他说过，这些药没用。”吃再多的药还是会失眠。

但沅辞没有过多解释，与其让她担心，不如照做。他当着她的面拆了一盒全新的安眠药，吃下了一片。可直到晚上十二点，他也还是毫无睡意。

姜意什么都没有说，安安静静地陪他熬夜，她翻出一本和量子纠缠有关的文献，坐在茶几前看了起来。

沅辞站在落地窗的阳台上，正在开视频会议。姜意很专注地在看文献，没有仔细听。快到一点钟时，沅辞的视频会议才结束，可他并没有要去休息的意思。

正值深夜，酒店外霓虹灯闪烁，浮光万千。

姜意看了一眼时间，不得不承认，安眠药对沅辞确实没什么作用。她把书收起来，起身走到阳台上，问：“视频会议结束了，要休息了吗？”

“我不困，你先去睡。”

说了是来陪他的，姜意就不会先去休息。她坐在阳台的秋千椅上，过了一会儿，问道：“你有带吉他吗？我想听你弹吉他。”

沅辞没有拒绝，他去拿了吉他，弹了起来。

玉石般的长指，与黑色的吉他，有着分明的颜色差异。

最后一个音符落下，沉辞开口道："时间不早了，你该去休息了。"

姜意没有听他的话，而是问道："这么晚了，要不要吃夜宵？"

沉辞有些烦躁，那种快要失控的感觉很明显。

在姜意出国的那一段时间里，顾岷就曾跟他建议："试着和其他人交往，可能会对你有帮助。"缓解对姜意的思念之苦也好，打发时间也好，总之他不能再这么得过且过下去。

毫无意外，沉辞拒绝了。

贺沉山提过的那次攀岩活动，顾岷其实也在场，看到沉辞放开安全绳的那一瞬间，他怒不可遏，却又毫无办法，花了好半天时间平复情绪，问他："你还有过什么失控的想法？"

"想把她抓回来，想把她弄哭，这算不算？"

顾岷惊了一下，皱紧了眉。

沉辞冷淡至极，他极端，恶劣，没救，有病。

沉辞厌恶所有一切，包括自己。

祖父给沉辞的影响太大，可沉辞还是不相信自己会像他一样，爱而不得。

沉辞没有回答姜意的问题，而是简明扼要地告诉她："顾岷应该跟你说了，我的情况不太好。"

他之前在视频会议的时候戴了一副防辐射眼镜，此刻摘了下来，没有镜片的遮挡，他带着侵略性的视线投在她身上。

下一秒，仿佛就要吞没了她。

"意意，你确定要在这个时候靠近我？"

她离他越近，他的病态偏执只会越严重。

沉辞冷静无比，却不想自救。他希望她靠近自己，永远不离开，可又理智地控制自己，告诉自己不应该太过靠近她。

可是，她还是靠了过来，拿走了他手里的吉他，指尖触碰他的手背。

她的掌心灼热，主动握住他冰冷的手。

姜意想起自己刚刚看的有关量子纠缠的物理文献，她觉得纠缠的不只是量子——

还有她和沅辞。

姜意说：“我不知道该怎么办……但为了你，我什么都可以。”

她舍不得让沅辞一个人承担所有。

夏日的夜色很美好，让人有些微醺。

姜意感觉心头闷闷的有些疼，她害怕的东西太多了，有些无助。

“我会一直在你身边，我不会再离开了，沅辞……你别拒绝我。”

良久，沅辞都没有开口。在姜意的心慌达到顶峰时，沅辞脱下自己的风衣，盖在她的头上，遮住了她的眼睛，不让她看自己。

随后沅辞扣住了她的手腕，把人带入怀中，替她挡住了夏日的风，心也靠近了一点点。他终于开口，说的却是两年前她离开沅家的事：“你出国的那一天，我是知道的。”

姜意一个人办了休学手续，订了机票，签了协议……这些事他都知道，直到飞机起飞，沅辞都在等她主动跟自己说，可她没有。

“职业赛车很危险，我不想让你参加。但我清楚，如果不让你去，你对二叔的去世可能永远无法释怀。”

沅辞继续道：“可我不想让你离开，我甚至想过，用尽手段把你留在京州，不管你愿不愿意。现在，你确定还要待在我身边吗？”

因为姜白的死，姜意一直很愧疚，很自责。那段时间她过得很迷茫很痛苦，一度陷于崩溃的边缘。

沅辞不想让她离开，甚至想过她一辈子不快乐也没有关系，只要她在自己的身边。可最后，他还是舍不得，败给了对她的喜欢。

可姜意不明白。

她愣了一下，视线被遮挡，她看不见沅辞的脸，伸手想揭开眼前的外套，却被他牢牢地扣住了手腕。

沅辞的声音很冷，有着藏不住的偏执："回答我，意意。"

"我的想法不会变。"姜意没有犹豫，很轻地抿了下唇，声音很轻也很认真，"沅辞，我不骗你，也不会后悔。"

隔着一件外套，她什么都看不见，直到一只手掀开她眼前的遮挡，沅辞重新出现在她面前，低垂的眉眼，浸着一点月光。

"抱歉。"他说。

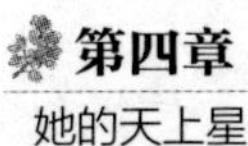

第四章

她的天上星

姜意原本订了周日回京州的机票，但朋友一直在找她，她不得不提前两天回去。

因摩托车而结识的朋友透露，圈内有私人俱乐部在组织一场比赛，第一名的奖品是姜白曾用过的头盔，内侧还刻着他的名字。

在京州的赛车圈子里，大多数人都知道车坛上名震一时的姜白是姜意的叔叔，姜意回京州的当天，活动发起人还特地联系了她，希望她能加入这次比赛。

姜意先前答应过俱乐部，在CSBK第一站的比赛前不参加任何比赛。这个俱乐部在京州小有名气，今年又刚换了负责人，是京圈的名人，颇有实力。

她现在开口向俱乐部负责人高价索要也不可能，毕竟这次比赛最大的噱头就是姜白的这个头盔。她打算在比赛结束后，试试看能不能从第一名那里将头盔高价买下来。

回学校后，姜意一连几天都忙到晚上十点多。沈苏绾打来电话的时候，她刚离开实验室。

“绾姨。”

“回公寓了吗？晚饭有没有按时吃？”

姜意在实验室待了大半天，忙起来没有时间观念，忘记吃饭是常态。她心虚，不敢回答，迅速转移了话题：“我前几天去榕州了，给您和争叔带了一些特产。”

沈苏绾对沅辞的行程不是很清楚，也就没有多问，笑着说了声“好”，然后又问道：“那意意什么时候回来？下个周末家里有客人，意意你也来见一见吧。”

姜意有几周没有回沅家了，想也没想就答应了下来，这样也可以顺便把从榕州带回来的特产拿到沅宅。回去的那天，姜意自己开了摩托车。她在沅宅后院停车的时候碰见了一个咬着棒棒糖的小女孩。

今天来沅宅的客人姓陈，是沅争生意上的伙伴，也是他很多年的朋友，眼前的这个小萝莉应该是陈先生的小女儿，看起来软乎乎的，格外可爱。

她甜甜地喊了声：“姐姐。”

“你好呀。”姜意弯腰揉了揉她的头，逗她，“不怕我是坏人吗？”

小女孩眨巴了下眼睛，仰着脸看了她一会儿，摇摇头，一本正经地回答道：“我见过姐姐的，姐姐不是坏人。”她水汪汪的眼睛里满是认真和纯真，还没等姜意再次开口，她又飞快地说了一句，“我在沅辞哥哥的钱包里见过姐姐，沅辞哥哥很好，所以姐姐一定也很好。”这个逻辑……怪有意思的。

姜意的心忽地一跳，有种说不出来的感觉。

之前姜意在榕州待了将近一周，那段时间她每天都会留意沅辞的睡眠状况。几天下来，她发现如果在休息前她和沅辞聊一会儿天，沅辞会睡得安稳一些。于是在离开榕州后，每到十一点左右，姜意都会打电话给他，大多时候都是她在说，沅辞在听。

就在前天，姜意还跟沅辞讲了一个公主和恶龙的故事，沅辞听后笑了下，难得评论了一句“很可爱”，嗓音很酥软。姜意也不知道怎的，猛地红了脸，头一次觉得自己这么容易害羞。

这时候小女孩伸手抓了抓她的手指，语气娇软地说：“姐姐不要告诉沅辞哥哥哦，我是一不小心看到的。”

收回思绪的姜意看向她，拉住她的小手，答应道：“嗯，我不告诉沅辞哥哥。”

小萝莉叫莹莹，当晚在沅家吃饭的时候她一定要挨着姜意一块儿坐。吃完晚饭，她爸爸要带她回家时，她快速地跑到姜意身边，抱住姜意的腿，可怜巴巴道：“我不可以住在这里吗？莹莹好喜欢姐姐的。”

谁拒绝得了小姑娘的撒娇啊？

沈苏绾把莹莹留了下来，陈先生无奈，只能第二天早上再来接她。沈苏绾带莹莹去洗澡，洗完澡后，姜意拉着她去了自己的房间。莹莹很乖地坐在床头，翻着姜意给她找来的天文图册。

姜意给沅辞打电话时，莹莹还没有睡熟，在被子下翻身，嘀嘀咕咕地自说自话。沅辞听到了一点声音，问：“你身边有人？”

“争叔朋友家的小孩，莹莹。”姜意还要哄莹莹睡觉，分神给她拉了下被子，没听清沅辞接下来说的一句话，问道，“什么？”

“你今晚和她一起睡？”

“是啊。”

那边的沅辞没有再说话，姜意不知道怎么了，也就没有继续这个话题，而是聊了一些其他的。在莹莹彻底睡着后，姜意拿过一旁的平板，跟沅辞讲起了物理学界有关量子的最新研究和发现。

“是不是很枯燥？”

“没有啊。”沉辞停顿了片刻，说道，“以后别和小孩子一起睡，我会吃醋。”

姜意一时没有反应过来。

吃什么醋？

车灯转向，一辆黑色 SUV 平稳地驶入酒店的地下停车场。司机停好车时，沉辞刚结束通话，此时回复完信息推了不少通告的容久看了眼时间，十一点半。

“这几天睡得不错？”

这几天晚上姜意都会跟沉辞打电话，容久作为沉辞的经纪人，能明显感觉到他最近心情不错。

“嗯。”沉辞戴上口罩下了车，露在外面的眉眼看起来有些冷淡。

容久看了眼行程安排，说了一句：“明天在虞州有个公益节目要彩排，早上八点我来接你，今晚好好休息。”

但谁都没有想到，第二天公益节目在彩排过程中，屋顶的吊灯突然脱落砸了下来，锋利的碎片落了一地，不少人受了伤，有两个人受伤最严重，沉辞是其中一个。

容久一边送沉辞去医院，一边迅速压下了消息。

虞州离京州不远，顾家在这里也开了一家高级私立医院，刚好距离彩排的地点不远。沉辞被送过去的时候，左肩膀上的血已经差不多止住了，但是碎片还在伤口里，细碎不说，有几片还扎得比较深，不好清理。

容久在场外看见他受伤的那一瞬间，心脏险些骤停，他飞速地和工作人员一起冲了上去。

沉辞皱着眉，把怀里吓坏了的小孩交给一旁的工作人员，右手摸了下自己的左肩，看到血也没有什么反应，相比在场惊慌失措的众人，他显得格外冷静。他直起身抬步往外走，迎上匆匆赶过来的负责人，嗓音微沉："送大家去医院。"

现场有不少参与彩排的小孩，有几个受了伤。

沉辞刚被送到医院，顾岷就接到了医院那边打来的电话，他赶去虞州前联系了沉父和沉母。

他站在医院住院部大厅的直梯外等沉家长辈，然而他最先看见的是姜意。

她一路小跑进大厅，长发松散地落在肩后，慌乱的神色很明显。

姜意停在他面前，微喘着问道："沉辞怎么样了？"

"碎片扎进肩膀，伤口有点深，有中度感染的风险。"

姜意蹙起了眉，心跳剧烈，难以平静。而顾岷面无表情，冷淡地看着她，即便没穿白色的工作服，也给人一种清冷的锋利感。

他说："如果不是为了救那个叫一一的小孩，他不会伤了肩膀。姜意，你知不知道什么叫爱屋及乌？"

仅仅只是因为名字的相似。

他承认这件事其实和姜意并没有多大关系，从攀岩安全锁到此事，他只是单纯地迁怒于她而已。

姜意默然无言。

沉辞的情况有些严重，碎片扎进肩膀太深，光是清理消毒就花费了不少时间，今晚他可能会出现感染发烧等情况。

姜意在沉辞的病床边坐了很久，他都没有醒，原本起伏不定的情绪变成了死水一般。沈苏绾担心她情绪不稳，暂时把她叫出去待了一会儿。

容久现在不在医院，录制场地发生这么大的意外，他得赶回去处理。沉争和沈苏绾本来是要留下来照看沉辞的，但姜意主动提出："今晚我留下来陪夜。"

“你后天还要上课，哪有那个精力？”沈苏绾摸摸她的发顶，有些心疼，“今天你跑这么远来就已经很辛苦了，明天我让林叔送你回学校。”

“您和争叔有事要忙，我留下就可以了。”

陈先生来做客的时候就提过，下周一沅争要带沈苏绾去参加一个很重要的会议，去之前要做不少准备工作，公司那边还有很多事等着沅争处理。

姜意和沈苏绾站在单人病房外的走廊上，沅争和顾岷在过道尽头谈话，等他们走近时，沈苏绾已经被姜意说服了。

手术结束没多久，沅辞还在休息，一行人见他已经没什么大碍也就出来了。两个小时后，沅争接到秘书打来的电话，随后和沈苏绾去机场，乘飞机提前去举办高峰论坛的城市。

病房外只剩下顾岷和姜意，然而顾岷也没有待多久，有个医生找他。离开前他看了看时间，对姜意说：“有事给我打电话。”

姜意点点头，迟疑了几秒，出声问道：“你说沅辞爱屋及乌，是喜欢我的意思吗？”

顾岷皱着眉，迎上她的目光。

“可他之前，拒绝了我。”

感情方面的事顾岷并不了解，他只能这么说道：“你知道沅辞已经去世的祖父对他说过什么吗？他说，沅辞太像他了，或许也会爱而不得。”

在姜意这里，沅辞为她付出的太多了。

姜意在走廊上又站了很久，才转身推开门进了病房。

在病房外，顾岷其实还对她说了一句：“我不知道你说的拒绝是怎么回事，但是姜意，沅辞对你怎么样，你最清楚。”

沅辞对她怎么样？

他们拥抱过、接吻过，他送过她奖杯，教会她射击和攀岩，在烟花漫天的新年时刻，他许愿要帮她实现所有的愿望……如果不是出国前沉辞拒绝了她，姜意险些以为，他也是喜欢自己的。

沉辞对她有求必应，除了接受她的爱意这一件事。

姜意在沉辞的病床边犹豫了很久，最后慢慢半蹲下来，指尖勾住雪白的床单，凑过去轻轻地吻了下他的嘴角。

容久处理完彩排意外之事赶到医院时，已经九点多了。

网上也出现了一些关于公益彩排发生意外的消息，微博上最先有人开始讨论受伤的人是谁，最后有个疑似工作人员的人在一个大V讨论的微博评论下提到了沉辞，紧接着这件事瞬间被推到浪尖上，话题浏览量在半分钟内过百万。

彩排现场发生这么大的意外事件，势必会引起讨论热潮。为了防止舆论生变，容久让人时刻盯着网上的消息，开始重新安排沉辞之后一周的通告。

受伤及手术后的疲倦期过去，沉辞醒来，医生正在对他进行简单的检查和询问。

其间，一旁的护士要上前换药时，沉辞看向一旁的姜意：“你来。”

在换药的时候，姜意的指尖碰到了纱布上的血，暗红的一块有些明显。但姜意起先没有注意到，还是沉辞握住了她的指尖，拿湿巾替她擦净血迹时，她才发现。

医生说：“这几天尽量少用左手，伤口不能碰水，清洗的话拿毛巾擦擦就好。需要护理人员吗？”

“不用。”沉辞握着姜意的指尖没有松开，拒绝道。因为长期练车，她的指腹并不是柔软的，有茧子，虎口处更明显。

微不可见地，他皱了下眉。

直到医生等人离开后，容久才进来。

“姜小姐今天陪夜？”

姜意点头道：“可以叫我姜意。”

容久笑笑，说了声好，转而跟沉辞说道：“接下来几天的通告我都推了，你好好养伤。网上现在传出来各种猜测，要不要让工作人员替你发条微博，说明下情况？”

“随后再说。”沉辞的手勾着姜意的指尖，答得漫不经心。他有些懒言，不想工作，也不想去思考这些不重要的事。

姜意来虞州的这一趟很匆忙，没有带洗漱用品和衣服，等她去附近的商场买完回来后，容久已经走了。

姜意去洗手间洗完澡出来的时候，沉辞正准备单手脱掉上衣，姜意停顿了一下，问：“要换衣服？”她想回避，但考虑到他肩膀受伤，脱衣服不方便，上前帮他扯住了袖子，小心地脱下来。还好病服很宽松，脱下来的时候并没有牵扯到他肩膀上的伤口。

她转头想帮沉辞去拿上衣过来，沉辞叫住她：“不用了，我去洗澡。”

“医生说伤口不能碰水，洗澡的话水流容易淋到肩膀。”姜意看着他，睫毛上还沾着水汽，她轻声道，“我去打水，你用毛巾擦一擦，好不好？”

沉辞没有拒绝她。

姜意去打了一盆热水，毛巾也是新的。沉辞擦拭身子的时候，姜意有些不敢看他，他身材很好，有着薄薄一层肌肉，蕴含着力量但又不夸张。

擦完前面，沉辞转过身，姜意接过毛巾，过了一遍水拧干后，给他擦后背，之后给他擦左肩伤口附近一圈时，格外小心。

“是不是很疼？”姜意抬头看他，一缕长发垂到他耳边，他伸手勾住，缠住自己的手指，黑白相衬，那画面有着说不出的好看。也只一会儿，他就松开了手，说：“不疼，你去休息吧。”

晚上将近十一点，沉辞换回干净的上衣，转过头看向还站在一边没有动的姜意，问道：“怎么了？”

“医生说你今晚有可能发烧，让我注意一点。”

“没事，去休息吧。”

“你不听医嘱，可是我要听。”姜意有点生气，气他对自己身体这么不重视，“你现在受伤，我也睡不着。”

姜意想起之前顾岷提过的事，心中更加郁闷，在沅辞开口前低声说道：“我出去待一会儿。”说完转头就离开了病房。

姜意一想到自己不在京州的这些时间，沅辞是如何对待他自己的，她就平静不下来。在攀岩最危险的时候解开安全锁、无法入眠却不愿意服药、受了伤也毫不在意……他一点都不爱惜自己。

这个时间点走廊上一个人都没有，姜意站在尽头的窗户前吹了一会儿冷风，思绪还是一团乱。

风声很大，伴着树叶摩挲的声音，姜意没有注意到背后有人靠近，一只手越过她把窗户关上时，她回头看见是沅辞。他的眉头微皱，发梢在白色灯光下显得更黑了。

“意意。”

姜意靠着墙，移开视线看向一旁，不想回应，可沅辞下一句说：“你现在回京州，还来得及。”

姜意猛地愣住了，迎上他的目光，问道：“你什么意思？”

沅辞静静地看着她，冷淡得可怕，仿佛一直感情用事的只有姜意一个人。

“离开这件事，你不是一直都很擅长吗？”

“来到我身边，让我习惯你的存在，然后再抽身离开……你以前就做得很好。”

走廊的灯光与窗外的月光混合在一起，雪白而清冷，姜意的心一点点被捏紧，心跳快得异常，她忍不住紧张起来。

姜意想要解释，临到关头却又什么话都说不出来。她不知道的是，沅辞一个人在病房等她时，远比现在更煎熬。

她只是离开了一会儿，就差点逼疯了他。

她真的只是在外面待一会儿，还是会像两年前一样不告而别？

沉辞偏执，又毫无办法，生怕自己像两年前一样，差一点就弄伤了她。

不知道时间过去了多久，沉辞自我厌弃到了极点，不想在她面前展露出来糟糕的一面，转身打算离开，那一瞬间，姜意猛地上前一步抓住了他的小臂，白皙纤长的手指收紧，不肯松开半分。

“沉辞，不是那样的，我——”

姜意大脑一片空白，不知道自己说了些什么，只觉得说到最后沉辞的神色忽然变得不对劲起来，他伸手捏起她下巴，声音低沉：“意意，松口！”

话音刚落，她这才意识到，在说话的间隙里，下唇被她咬出了深深的印子。

唇内侧传来一点痛感，姜意却不管不顾，只想和他解释：“我那时候离开是因为要去参加比赛，我知道你不会同意，所以没有告诉你，不是故意的。”

她也听出了沉辞的言下之意，说道：“我只是在外面待一会儿……你受伤了，我就算有很重要的事，也不会在这个时候离开医院。”更何况也不会有比他更重要的事了。

可糟糕的是，在她说了这么多话后，他给她的回应也只是一声轻微而含糊的“嗯”。

意味不明，语义不清。

姜意的心跳急促，好像心尖被浸在柠檬水里，酸胀得发疼。她有点不知道该怎么办了。

在离开与否这件事上，沉辞好像已经不相信她了。

所幸，当天晚上沉辞没有发烧，凌晨三四点的时候，姜意趴在他床边迷迷糊糊地睡了过去。沉辞一直没有睡意，在她睡着后，犹豫了一会儿，最后还是把她抱上了自己的那张床。

沉辞想，或许最早的那一年，她就不该出现在自己眼前。

否则，他现在也不至于毫无优势、分寸全无。

第二天早上，姜意是在沉辞的病床上醒来的，直到医生来查房的时候，她都没有醒。

“你怎么不叫醒我？”

彼时她正准备下床，在找鞋子，又急又恼。早就醒来的沉辞站在窗边，看她懊恼地抿了抿唇，偏头找鞋子时长发散乱地落在肩上，很漂亮。

“我没让人进来。”

“我不是因为这个。”说了沉辞估计也不明白，姜意觉得脸颊有些发烫，“我明明是来照顾你的。”

沉辞倒是一点也没有迟疑地说道：“你照顾得很好。”

被迫推迟查房时间的医生刚好在这时敲门走了进来。为首的是顾岷，他看了一眼还坐在病床上的姜意，欲言又止，表情很复杂。

刚好迎上顾岷目光的姜意也无话可说。

查房时间不长，简单地问了一些常规问题后，医生们就离开了。病房里有一间客厅，沉辞和顾岷站在客厅沙发边单独聊了几句。姜意从卫生间出来时，顾岷刚走。

姜意看了一眼陪护床，顿时明白了刚刚顾岷看她的神情是什么意思。陪护床的被子叠得整整齐齐，床单几乎没有一丝褶皱，反观另一张床，被子还乱着。

沉辞从客厅进来，看见姜意在叠被子，愣了一下。

“怎么了？”

姜意回过头看他，平日里再冷静大方，这时候也觉得有些不太好意思了，犹豫了一会儿，问道：“我睡着后，是你把我抱上床的吗？”

这句话其实是肯定句，所以沉辞没否认也没回答。姜意停顿了下，又道："有陪护床的。"但说完她自己就反应了过来，沉辞肩膀受伤，抱不了那么远。

而沉辞说的是："陪护床太小。"

那张小床躺上去翻个身都难。

姜意没有继续这个话题，而是走到他跟前，边扎头发边说道："那你坐下来吧，我先给你换药。"

换药不需要什么技巧，姜意平日里练车也常常会磕碰受伤，对换药这种事情也已经驾轻就熟。

在换药的过程中，姜意问他："如果有下次，你可以先保证自己的安全吗？"她指的是在公益彩排时吊灯砸下的那件事，如果不是因为要救那个小孩，沉辞不可能会受伤。

姜意清楚，在那种场合下，自己也会去救人。可是她到底还是有一点私心，不想沉辞因为旁人而受伤。

她自己可以受伤，但不想沉辞发生意外。

沉辞不知道姜意从哪里听来的关于这场意外的起因和经过，在包扎完伤口后，他思考了一会儿，告诉她："不能。"

他不能保证，因为他不知道下一件事会不会与她有关。

在有关姜意的事上，他恐怕永远都做不到袖手旁观。

沉辞至少要住院观察一周，确定肩部没有感染风险后才可以出院。容久的建议是这一周先在虞州这边，之后再回京州，可沉辞让他改了行程："今晚回京州。"

容久有点意外，劝阻道："你的伤还没有好。"

沉辞皱了下眉，不知道想起了什么，坚持说："回京州的医院。"

回京州也是去顾家的医院，和现在没有多大区别，容久不太清楚沉辞想干什么，直到下午他在住院部大厅碰见姜意时才恍然明白。

“明天周一，学校那边有课？”

“晚上坐飞机回去。”

容久顿了一下，明白沉辞提出转院是为了什么。

容久转念一想，把手上的外卖递给了正要按电梯下行键的姜意，说道：“突然想起我有急事还没处理，午饭麻烦你带给沉辞，我就不上去了。”

姜意刚从医院门诊那边回来，接过外卖纸袋看了一眼，双人餐，上面还印着知名连锁酒店的标志。容久又道：“晚上回去的机票还没买吧？沉辞要转院回京州，我给你订机票，十点一起走。”

姜意还没来得及问为什么要突然转院回京州，就见容久看了看手表，像是有十万火急的事，转身匆匆离开了。

站在电梯外的姜意总觉得……好像哪里不对劲。

晚上十点回京州，下车前沉辞给姜意戴上了口罩。

“我也要戴吗？”隔着口罩，她的声音有些模糊，抬眸看着坐在身旁的沉辞，露在口罩外的那双桃花眼温柔好看。

“嗯。”沉辞的指尖略弯，把她被口罩绳子缠住的长发理出来，长睫微微垂着，有一点倦态，“如果看到有人在拍你，要告诉我。”

“我是不是会给你带来麻烦？”姜意沉吟了一会儿，提议道，“我们要不分开过安检吧？”

沉辞皱了下眉，没有答应。

登机的时候，沉辞一直拉着姜意的手，手指纠缠，灼热的温度从掌心一路烫到姜意的心尖上。他没有松开手，直到坐上飞机。

容久及助理和他们的位置隔了条过道，容久正在和沉辞谈一个电影作曲的约稿。这时候空姐送来了毛毯，很厚实很长的一条，折叠起来太麻烦，于是姜意把毛毯多出来的一半搭到了沉辞身上。

因为是头等舱，有很强的私密性，沉辞也没有戴口罩，注意到姜意的举动，他侧过头来看了她一眼。灯光明亮，显得他微侧过来的眉目精致好看。

沅辞出声问道：“困了？”

“不是。”姜意道。

沅辞转过头和容久低声说了几句，很快结束了话题，随后升起了过道边座位的隔板。

她说的不困，其实不是实话。

这两天来回跑，明天又有三四节课，她其实是有一些疲惫的，这和赛车训练强度又不太一样，那时候不知道疲惫和休息，每一天都是那样过来的，好一点坏一点也没有多大区别。

但在沅辞面前，她似乎可以再放松、再鲜活一点。

反正她心里所想，他大概都是知道的吧？青梅竹马这么多年，没有人比他们更默契。

沅辞对她说：“两个小时后，我再叫醒你。”

“你不休息吗？”姜意偏头看向他，他睫毛很长，在这种灯光下显得又禁欲又冷淡，但偏偏……让她有些心疼。

他明明不是这样的人，他骨子里应该是恣意洒脱的，而不是像现在这样，冷静克己。

沅辞说：“我还要看剧本的角色定位，你先睡。”可他刚翻开容久给的电影剧本，就听见姜意说道：“那我们可以先谈谈吗？”

“谈什么？”他随即合上了剧本，看向姜意。他没有料到姜意开口说的是：“Amygdala 是什么意思？”

她来陪夜的那一天，帮忙整理过沅辞的行李，无意间发现了他的钱包。之前来沅宅做客的莹莹说过，在沅辞的钱包里，她见过姜意。

鬼使神差般，姜意打开了那个钱包。

夹层里的确夹着一张照片，雪白的背面写了一串英文字母——“Amygdala”。

姜意查了一下，这个单词翻译过来有苦巴旦杏的意思，但她下意识觉得不是这个意思。

沅辞的指尖在剧本页角停了停，静默片刻后问道：“你看到照片了？”

姜意承认并道了歉：“没有经过你的同意就动了钱包，对不起，我只是有点疑惑。”

她停顿了下，欲言又止，最后还是问道：“沅辞，两年前……你心里有没有那么一点喜欢我？”

机舱的灯光逐渐黯淡下来，轻薄得像是一团雾。

而过去数十分钟，沅辞都没有开口。

除了几个当事人，可能不会有人知道那张照片上是什么内容。

那张照片上的她坐在考场里答题，那一场比赛她差一点点就破了当年沅辞留下的成绩纪录。比赛全程有高清监控拍摄，而那一张照片是监控视频中的截图。

姜意不知道的是，当年那场比赛的总负责人曾经教过沅辞半个月的物理，他还是前一年给沅辞颁奖的那位教授。在比赛结束后的半个月内，监督组需要重新审查比赛过程，教授看到了监控视频中的姜意，截图保存下来后发给了近十年来他最为看重的学生沅辞。

教授说：“这个女生差一点就打破了你的成绩纪录。”

沅辞回：“她一直都很优秀。”

教授难免讶异，问了一句：“你们认识？”

当时沅辞的回复是：“我学物理是为了教她做题。”

虞州飞往京州的飞机于午夜零点二十分降落机场。

姜意后来也只睡了半个小时，下飞机拿了行李后，他们碰见了跟拍记者。对方也没想到能在机场看到沅辞，并且还是私人行程，尤其还是在他被传出在节目里受伤的这个当口。

从出道以来，沉辞在圈内的热度就一直居高不下。

他以一场摇滚表演出道，有着无数人不可企及的实力和背景。除此之外，他粉丝数量庞大、路人缘极佳，又没有绯闻与营销炒作。跟拍记者见到他身边除了经纪人和助理，还多了一名戴着口罩的女性，便一路偷拍跟了过来。

其实在记者一开始偷拍的时候，沉辞和容久就有所察觉。姜意担心自己的存在会给他带来负面影响，想抽出被沉辞拉住的手，可指尖刚一动，便被他更用力地握紧。

那些记者见他们要离开，扛着摄像机撞翻栏杆，几步上前想来采访沉辞。

容久和助理拦住了人，但来不及应付，为首的一个男记者发问的同时还把镜头凑到了姜意面前。在摄像机闪光前一秒，沉辞把姜意搂进怀里，挡住了她的脸，隔着口罩，他的嗓音低沉冷冽："滚开，别拍她。"

出道两年多，沉辞第一次在镜头前露出不满的情绪，带着几分冰冷。

说完，沉辞带着姜意转身离开了这条通道，走向地下车库。

几个跟拍记者愣了一下，还没回过神来，容久迅速顶上，似笑非笑地提了句："我家艺人这两年一直没有这种情况发生，知道为什么吗？他极度不喜欢的东西，通常不会让它有出现的可能。"

整个团队都在为他工作，从舆论监控到公关，确保万无一失。

不是没有过想强行与沉辞炒绯闻的女艺人，从经纪人到总监，乃至巨头娱乐公司的高层都隐约提过，想要和沉辞合作，只不过这一切最后都不了了之。

沉辞不是走流量偶像的路线，不需要禁止恋爱，可在感情这方面，他却和他们相差无几。

所幸是深夜，这条通道没有多少乘客，容久处理起来也比较方便，他说道："想发我家艺人的绯闻，最好先请示一下你们今年刚上位的新老板。"

跟拍记者们面面相觑了几秒，最后由领头人接过容久递来且已拨出号码的手机。

那一串号码确实是他们新老板的，声音也一样。

只是接电话的那人才刚把情况描述到一半，站在边上的人就听见手机里传来的呵斥声。

通话结束后，这几个跟拍记者青白了脸色，连连道歉，并且立马取出了摄像机里的卡，将其交给了容久。

这家娱乐公司的老板今年刚扛下大梁，也是京州人。

容久回忆了一下，那位先前还来找过自家祖宗，叫了声哥。

京州沅辞，确实是“天潢贵胄”。

司机在地下停车场等了有一段时间，姜意和沅辞上车不久后，容久和助理也拿着行李上了车。

容久上车后问了沅辞一句：“伤口有没有事？医院的人还在等，过去需要先做个检查。还有明天要发个声明，关于受伤的事。”

沅辞“嗯”了一声。

随后司机关掉了车内灯，驾驶保姆车离开地下停车场，不过走的不是去医院的路线，而是先送姜意回公寓。

保姆车的车窗贴了膜，不太透光，道路灯的光映在玻璃上，光晕很浅。

到公寓的时候，已经接近深夜两点。姜意下车，没想到沅辞也跟着下来了，说：“我送你上楼。”

姜意迎上他的目光时，心跳频率刹那间加快。

公寓楼附近的路灯偏向庭院灯的风格，透明的灯罩将一点光晕笼在其中，鹅黄色的光淡而柔和。

走过一盏盏的路灯，像是从一个月亮迈向另一个月亮。

姜意刚想说送到这儿就好了，却感觉指尖被握着的那个人很轻地捏了捏。她微微仰头看向沉辞，也是在这一瞬间，她的后颈被人伸手按住，微微压向他——

沉辞俯身吻上她，肩侧是一片路灯投射下来的光晕。

气息交缠在夜色里，隐隐约约，似乎有暗香浮动，月色微明。

亲密且柔软，带着难耐与炽热。

月光氤氲着清浅的淡雾，所有一切游走在梦境与现实的间隙里。就如同几个小时前飞机上升于高空时，机舱灯光彻底黯淡下来，沉辞告诉她的那样——“不止一点”。

他的喜欢不止一点。

在沉默了数十分钟后，这是沉辞给姜意的答案。

姜意所学的物理学告诉她，星球达到洛希极限就会解体，月亮到该距离也一样。当两个天体的距离少于这个极限，天体就会倾向碎散。而她的心跳声已然碎散。

跨过引力与潮汐力，沉辞是她的天上星。

唯一的、永恒的那一颗。

沉辞回到保姆车上，原本看似睡着的容久抬了抬头，叠着长腿半转过身来看他，笑道：“说开了？”

他坐回原位，过了一会儿，声音很淡地说道：“没有。”

在掉转车头前往顾家医院的这一段路上，保姆车内安静得不可思议，助理已经睡着，而司机戴着蓝牙耳机，正在专心地开车。

后排座上只剩下沉辞一个人，他撑着半边脸，靠着车窗，光晕明明灭灭。饶是在娱乐圈待了数年、见了不少妖魔鬼怪和神仙天才的容久也不得不承认，沉辞太过出众，天生就适合站在耀眼的舞台上。

只是，这未必是他想要的。

容久一开始并不是和沉辞合作的，但沉辞的那场出道表演，他一早就有所耳闻。从音乐圈到整个娱乐圈，“摇滚主唱神仙”这个话题燃遍了大大小小各个圈子。

表现力炸裂，深入人心。

摇滚这个冷门圈子的热度也迅速被炒了起来。

容久在不清楚沅辞背景的时候，一度好奇过他为什么毫不在意权势、地位、名利，后来容久无意中知道了京州沅家的冰山一角，才明白其中的缘由，可同时也陷入更大的疑惑中。沅辞并没有那么喜欢音乐，名利场的这些他都拥有，容久想不通他进这个圈子是为了什么，直到姜意的出现。

沅辞的光芒万丈，大概只是为了姜意能看见。

周一下午，姜意有专业课要上。

张于驰教授在授课时提到了量子纠缠，从而将话题引到了量子计算的领域。姜意做笔记的时候，前一堂课的同学遗落在抽屉里的手机突然振动了几秒，她刚低头看了一眼，随后就被教授喊了起来回答问题。

姜意和这位教授的关系很好，也知道张于驰是在提醒她别分心，起身回答完后就坐下了。

下课时张于驰特意把她留下，单独聊了聊。

大二的时候，张于驰就带她进过项目组，在重要的大比赛前也辅导过她好几天，是个严肃认真的好老师。

张于驰问她有没有留在本校继续读研的想法，他想留一个保研的资格给她。

姜意想了想道：“可能要再想想，谢谢教授。”

张于驰老师顺便提了几个她现在实验上可能会出现的问题，以及要注意的数据变化，姜意很认真地听着。后来，他又提到读研这件事：“你感兴趣的这个领域，其实去国外发展会有更大的空间，决定去哪个学校的时候，跟我说一下，我可以写封推荐信。”

张于驰在国内外物理学界很有名，他本人作风严谨、为人正派，一心钻研学术，有过不少成就。现在几个热门的研究领域里，有不少学术研究成果颇丰的研究人员是他的学生。

“我目前还没有出国的打算呢。”姜意高中的时候就很钦佩这位老教授，担心自己会辜负他的喜爱与关心，跟着解释道，“是我还没有决定要不要读研深造。”

如果姜白还在世，她也没有休学两年在国外参加各大赛车比赛，那她一定会选择继续学习深造，在自己热爱的物理领域发光发热，可现在，她想先放松一下自己。

张于驰有点惊讶，极力劝她不要放弃学术研究这一条路，他道：“在学术这一方面，你是我这几年教过的最有天资的学生，有天赋的人不多，耐性好肯努力的更少。我希望你能好好想想，不管怎样，只要老师还在这个领域，永远都会给你留一个位置。”

和张于驰教授告别后，姜意去实验室待了一会儿，接到沈柔打来的电话，不得不改变原本打算去医院看沅辞的计划。

沈柔来学校找她，顺便告诉她关于姜白头盔的那场比赛的事。

“那天我和周东昀要去给另一个俱乐部的比赛作解说，你一个人去看比赛，会不会有问题啊？”沈柔的想象力十分丰富，“要是那个第一名故意讹你呢？吴丞那件事结束还没多久呢，该不会还有人想跟你单独比一场吧？对了你知不知道，我上次看论坛，居然有人问你是不是打算和摩托车过一辈子……哈哈哈，还问能不能顺便喜欢一下长得像摩托车的他。”

姜意不解地问了句：“为什么这么说？”

“你看看我们这个圈子，除了队长、周东昀，你还和其他的男孩子交流过吗？我都觉得你根本就是不近男色！”沈柔的语气听起来十分恨铁不成钢，“多少人想追你啊，结果你比队长还清心寡欲。”

最让论坛里众多男性义愤填膺的是，SA-Jiang只喜欢摩托车就算了，她还又酷又帅，一大堆女孩子进这个圈子就是为了认识她。

姜意参加Senior TT赛的视频截图流出后，引起了一段时间的热议，有不少人转发那条新闻，仅仅两天那张截图就出了圈。

姜意笑道："清心寡欲？也不全是，这要分人的。"

沈柔没忍住进一步八卦道："比如对喜欢的人就不是？在加入SA前，你们就认识了？"她问的是之前杂志采访时，姜意说的那个人。

姜意并没有立刻回答她。

沈柔抬头就看见落日的一点薄光落在她的桃花眼畔，柔软的、真实的，不是那个旁人言说中冷淡的SA-Jiang，更不是多年以前那个阴郁冷漠的队员。

沈柔见过她比赛的样子，车技很凶，场上也多是冷冷淡淡的模样，气场很强，让人难以靠近。

虽然下了赛车场，她的气场会稍微收敛一点，对亲近的人也很友好，但沈柔从未见过她此刻这么温柔的样子。

她很轻地说了声："是。"

这场车赛在京州的东港赛车场举行，听说一个小时的租金就上万。赛道两边竖着金属网，拐弯处也设置了专业的缓冲区。除此之外，还有起保护作用的轮胎防撞墙。直道很长，连续的高速弯道多达四处，半径各异，配套了计时设备及监视系统。此外，这里还有专业的赛道救护人员值守。

俱乐部负责人是京州的富家子弟，除了职业赛车手，还邀请了不少名门圈内的人。来的人除了赛车手和各类二代人士，其他人，包括媒体记者一概不允许入场。

举办车赛的时间刚好在沅辞出院这一天。

沅辞和姜意都在受邀人之内。京州从商从政的子弟不少，各大聚会、酒宴、组局邀请沅辞的次数更是不在少数，但他很少出现在这种场合，这次应邀也是为了姜意。

这个圈子里坐拥庞大资本与具有强大背景的人数不胜数，低调内敛的也大有人在，顾岷算一个，此刻来找沅辞的陈家大少陈覃也是其一。

姜意对陈覃的印象不深，他们的交集很少，唯一知道的是，他是陈拙言的大哥，陈拙言也只和陈家的这位关系好一些。

因为和陈覃不太熟悉，姜意主动回避了他和沅辞之间的谈话，走到一旁后碰见了几个熟人。其实她同这些人也不算太熟，只是在其他赛车场上见过几面。

走在最前面的那个人叫周簇，抬手主动跟她打了声招呼："特地来看比赛？"

"嗯。"

周簇笑道："我之前听程真说辞哥会来看比赛，还以为他在吹牛，没想到真的请到了。那小子现在高兴疯了，在大群里一分钟能发几十条消息。"

程真是这场比赛的发起人之一，也是之前来游说姜意参加比赛的那个人。周簇身边还跟着这场比赛的解说员，他不是京州当地人，也不认识沅辞，但下意识地往沅辞的方向看了一眼。陈覃走后，又来了几个人找沅辞，他站在中间，身形挺拔出众，并不难辨认。

沅辞和他们在场大多数热爱赛车的人不同，后者要么血性，要么嚣张，不像他那样冷淡。

姜意笑了下，声音有几分低，显得漫不经心："沅辞很难请？"

"何止难请，你是不知道，我们连见他一面都很难。现在一大群人打电话发消息找程真要定位和地址，人都找到我这里来了。"

周簇和姜意没聊几句，一抬头就看见沅辞皱着眉看向这边，心头一凛，下意识地挺直了背，低头咳了下，难免八卦了句："你和辞哥在一起了没啊？还是我估计错了，你们压根儿就没感觉？”

姜意似笑非笑地反问：“怎么这么问？”

周簇道：“你来京州的那一年，不是刚好有个什么酒会吗？唉，不对，是大院那个老爷子九十大寿，我们头一次见辞哥身边多出了一个女生。”

他们那个圈子里的人大多都是家世相当的，平时也比较排外，但沅辞那天就把姜意带进了他们的圈子。

沅辞把她带到了德高望重的老爷子面前，不知道聊了什么，老爷子喜笑颜开不说，还让他们一起切了蛋糕。

沅辞是他们这一代的“天之骄子”，拥护他的人数不胜数，而姜意是他第一个也是唯一一个亲手带进圈子的人。

谁被他这样珍视过？如果不是放在了心上，以沅辞的性子，看一眼都觉得是在浪费时间。

初见时，周簇和圈子里的人都把姜意当作小仙女来看。本来也是，她出场那天穿了一条闪闪发光的长裙，整个人漂亮得不行，特别引人注目。后来周簇喜欢上了赛车，某天在赛场上抽着烟，一转头就看见了姜意，一场训练赛，她远甩第二名几分钟，下场后，她没有理睬旁人的祝贺，又硬又冷，像块冰川上的石头。

她哪里是个小仙女，分明是位姑奶奶！

沅辞结束和旁人的交谈，朝姜意走了过来。

“聊了什么？”

姜意没看见周簇的挤眉弄眼，回道：“说很难见你一面。”

跟沅辞一起过来的几个人纷纷笑了，恨不得当场落井下石。

周簇一时哑然。

也是在沅辞走近后，那位解说员才看清了他的脸，他突然愣住了。直到沅辞和姜意离开后，那位解说员才问了句：“周哥，那个是大明星沅辞吧？”

“啧，那是我哥。”

比赛在下午一点开始。

沅辞和姜意坐在观众席最高处，可以看到大半个赛道，正前方是近距离实况直播的大屏幕，十三个裁判点，十二处摄像机位。

国内外有很多运动比赛都会有Kiss Cam的环节，当直播镜头拍到观众席上时，相邻而坐的两人就要亲吻对方。

而姜意没想到，自己有一天会以观众的身份出现在摩托车赛事的直播大屏幕上。

她是这两年杀出赛车圈的黑马，也是Senior TT比赛首位夺冠的中国选手，但在国内赛车主场上，她是第一次被大屏幕的镜头捕捉到。

彼时，姜意的长发微散在腰际，唇色红艳，看见大屏幕里的自己时明显慌了一下。

而她身边坐着的人是沅辞。

底下一片哗然，众人纷纷回头，台上台下，万众瞩目。

“意意。”

姜意听到有人叫自己，刚回过头，长发就被人从耳后撩起，身边坐着的那人轻轻扣住了她的后颈，低头吻了下来。

一瞬间，惊呼声无数。

姜意心跳声近乎炸裂，睫毛颤抖得厉害。

明媚炽热的是阳光，碎散的是她的心跳声，已经达到的是物理学上的洛希极限距离。

而最魅惑动人的，是他低哑着嗓音哄她的一句：“回应我，意意。”

细碎的阳光像是银河，落在他的睫毛与眼尾间，那么一瞬间的朦胧，藏下隐忍，浮现欲望。

仿佛被神明蛊惑——姜意微微仰头，顺从地张开柔软的唇，很轻地咬了他一下。

方寸全乱，炽热而心颤。

第五章

卷入陈家闹剧

大屏幕镜头重新拉回到了赛场上，姜意红着脸不知道该看向哪里，刚开始还能故作镇定，到后来脸颊越发烧了起来。她打算离场冷静一下，结果她刚起身，小手就被沉辞拉入了掌心，微凉的温度，惹得她心颤。

“不看比赛了？”

沉辞微微侧过脸看向她，冷静从容地得像是什么都没有发生过一样——没有 Kiss Cam，他也不曾低笑着哄过她。

姜意的心跳还是有些快，迟疑了一秒，说道：“我出去打个电话。”

沉辞低笑了一下，仿佛看穿了她的想法，却又没有揭穿，只是说了一句：“我陪你。”

姜意瞬间不知道该怎么办了，沉辞已经起身，带她走下了观众席。

周围一圈坐着的有熟人，也有不认识的人，姜意没有多看，亦步亦趋地跟着沉辞。她根本没有电话要打，还在想怎么把这件事圆过去的时候，自己就被带到了外场。

这里离中控室、观众席和赛道入口都很近，能将车停在这里的人不多。姜意的车就停在不远处，是一辆黑色越野，看起来不太像女孩子的车。

其实这辆车确实不太适合女孩子开，但姜意算是例外。

沈柔闲聊的时候就提过姜意的这辆车，哪个年轻的女孩子开得了这么霸气的车啊？也就只有赛车手出身的姜意了……沈柔个人觉得，SA-Jiang 冷淡皱眉时最帅了，当初她就是被这一个神情给征服的。

而沈柔没想到的是，或者说从来没想过，姜意也会被人征服，一如此刻。

姜意被沅辞压在越野车身上吻住时，思绪还是乱的，那场 Kiss Cam 好像还在继续……

在空旷无人的场外，隐隐可以听到观众席那边传来的高呼尖叫声，以及摩托车暴力提挡下的引擎轰鸣声。

沅辞的手臂撑在车身上，遮住她大半张侧脸，低下身和她接吻。

初初入冬的阳光零落而下，沅辞的气息近在咫尺，从唇边轻吻到缓慢浸润，在柔软又清冽的初冬里，周围仿佛白雾氤氲，惹起温热与意乱。

一秒沦陷。

姜意的长发柔软得像是一团轻云，落在他掌心里，微微凉。沅辞低头吻了吻她的颈侧，酥软而麻，姜意瞬间耳热，她抓住了他的手指，心跳太快，像是不安的感觉，却又不是。

更像是一遍遍克己隐忍后，烈火燎原，从指尖开始蔓延，最后烫到她心口。

指尖是软的，腰也是，盈盈一握，她整个人都在他怀里。

沅辞笑了一下，看着她，从眉梢到眼尾，笑意氤氲，在燎原的火里显得恣意又张扬，像第一眼见到的他那样。

他问："要不要把长发扎起来？"

他的嗓音有些低哑，带着淡淡的笑意，很迷人。

什么是反差？就是一个原本冷淡恣意的人，却对你温柔又纵容。

姜意觉得自己被蛊惑了，明明没有带发筋出来，却点了下头，更没有想到沅辞会亲手给她绾发，用他一直戴在手上的那根黑色发筋扎起。

"你不戴它了吗？"

姜意看他取下发筋时还有些意外，这根发筋他戴了好些年。她隐约觉得，在她离开沅家前，沅辞好像就戴过它，而在这两年里，他一直没有把它取下来过。

"只是物归原主。"沅辞这样说道，但又停顿了下，笑了笑。

"其实也不算，你还是要还给我的。"

听到"物归原主"的时候姜意愣了下，还没有想起这根发筋的来历。

"什么？"

"忘记了也没有关系。"

沅辞对她总是很有耐性。

"我会记得。"

高三毕业的那个暑假，姜意刚参加完夏令营回来，就要准备参加另一个比赛，整个人忙得晕头转向。凌晨一点，她还在写卷子，沅辞在书房陪着她，帮她改卷子、整理习题，一回头发现她趴在一堆书间迷迷糊糊地睡着了。

沅辞无奈，抱她回了房间。

在离开前的最后一刻，沅辞取下绑在她长发上的发筋，对她说了一句"晚安"。

有没有动心这件事，其实第一眼就可以确定了。后来的那些漫长时光里，只是让他越陷越深。

姜意可能永远都不会知道，有人一直在为她的赛车事业铺路，从俱乐部投资到赛事安排。甚至她在国外的每一次比赛，都有专业医生团队守在场内。

他克己也偏执，温柔也残忍。

就像两年前，准备出国的姜意在沅辞的房间跟他告了白。

沅辞知道她马上就要离开，但她一句话也没有透露，即使他就站在她面前，她也还是只字不提。

那一刻，沅辞的负面情绪达到了极点。

在沅家挂满色调沉重画作的走廊上，祖父告诉过沅辞，沅辞和他太像，也许会爱而不得。

也是头一次，沅辞这么冷漠地反问姜意："喜欢我？是真心的吗？"

嘲讽、冷淡、不屑……他永远遥不可及。

姜意不知所措地愣在原地，而沅辞越过她，下楼去倒了杯冰水。回过神后，姜意追了下去，却在拉住他衣袖时一不小心打翻桌上的刀具，明明她离得最近，最后刀刃划伤的却是他的手指。

姜意看见红色血珠顺着他白皙的长指往下滑落，有着无端的心惊感。

"沅辞……"

她心慌意乱，想说自己不是有意弄伤他的，想替他包扎，却被他垂眸避开。

"你别碰我。"

这是沅辞在这个晚上对她说的最后一句话，也是姜意离开京州前，他对她说的最后一句话。

他也有阴暗面，也会忍不住暴戾糟糕的情绪，他不想伤害到她，只能自我厌弃与折磨。

已经到了这个时候，姜意在离开这件事上还是保持缄默，甚至连休学这一件事沅辞都是后来才知道的。

有一天，他突然接到学校教授打来的询问电话，希望他和姜意能聊一聊，让她再考虑一下休学这件事。

沉辞这才知道她一直都在瞒着他。

那时候的沉辞差点摔了手机。

在姜意离开后，他连续失眠了五天，有一些事情，注定了会脱轨失控。

姜意提前离开京州，到了爱尔兰赛区后才发信息跟沉家长辈说，自己很安全，不用担心。之后的大多数时间她都待在国外，联系方式也换了，虽然有保留原来的手机号，但已停机，也因此和沉辞断了联系。

后来沉辞进入音乐圈，他依然冷淡恣意，让人感觉遥不可及。

他的那一场出道表演，姜意在训练结束后才看到视频，她抱着手机看了一晚上，第二天直接上了赛道参加正式比赛。

千呼万唤的人无数，不同种族、不同国家、不同面孔，为各自喜欢的人摇旗呐喊。

但她什么都没有。

而那场摇滚表演的最后，沉辞戴着那根黑色的发箭，在最后的吉他声里，沉默谢幕。

他想要的为他摇旗呐喊的那个人也不在身边。

姜意的长发已经被束起扎成了马尾，有几缕碎发松散地落在肩上，显得有些慵懒。可偏偏她抬眸看向沉辞时，却又认真无比，坦荡直接。

“以后都不会忘记了。”

“我答应你的。”

“说不离开，也是真的。”

姜意拉住了他的手指，然后慢慢和他十指相扣，远处千呼万唤的声音都和他们没有任何关系，此刻姜意是他的唯一。

“参加完明年 CSBK 的第一站比赛，我就要正式退役了。”

“我保证言行一致，只喜欢你，也最喜欢你。”

姜意依然不知道曾经具体发生了什么，但也清楚，是自己的隐瞒才导致了当年他的“拒绝”。

而在这一刻，她真的很想向沅辞表明自己的心意，就像是两年前的那个晚上，在图书馆书架后的那个吻后，所有的喜欢都难以隐藏。

下午五点，东港的车赛结束，姜意顺利地从第一名那里用一封赛事推荐信换来了姜白的头盔。

她不是非要这个头盔不可，只是姜白留给姜意能用来怀念的东西，真的很少。

小时候，姜意其实对这个二叔印象不深，最经常听到的就是周围邻居闲谈时说他不务正业、游戏人间。彼时她父母尚在，她也没有见过姜白几面，只记得她的二叔穿着冲锋衣站在家门口逗一只可爱的小野猫，笑起时的模样很好看。

年少的骄傲和气盛与此刻的万千骄阳，相得益彰。

那时姜意刚上初一，觉得赛车也没有什么不好的，至少二叔看起来很开心。

后来她的父母出了车祸，医院下了很多次病危通知书，姜意渴求奇迹，可事实告诉她这件事不可能有好转，也不可能有奇迹。

而姜意再见到姜白，是在医院住院部的走廊上，他踩着夕阳的光晕走近，摸了摸她的头，跟她说，一切都有叔叔在。

姜白成为姜意的监护人的时候，他不过才二十七岁。他在职业摩托车赛圈里已经有了不小的名气，其实他没有必要为了她搁浅自己热爱的事业和梦想。

如果不是这样，他也许也不会为了她在重返训练场的时候遭遇意外。

想起这件事，姜意的情绪就会有些低落，沅辞察觉到了但没有多说，只是在要离开东港赛车场的时候，开车的人换成了他。

他肩膀上的伤虽还没有彻底愈合，但不影响开车。

在回去的路上，过了一个又一个路口，越野车停在一个红灯前时，坐在副驾驶座位上的姜意轻声说道：“我一直都觉得，是我害死了他。”

“如果我自私一点，如果我能再坚持一点，不让二叔去参加比赛，让他陪着我，他也不会出事……他是我唯一的亲人了，可是我连他都没能留住。”

沉辞握着方向盘的长指骨节泛出了冷色的白，他希望姜意别说出那句话，可事与愿违。

她说：“也许我一开始就错了，我应该拒绝他成为我的监护人。”

那样所有的一切都不会发生，一切都会被改写。

她不会来到京州，他们之间也就毫无瓜葛了。

在等待绿灯的时候，沉辞问她：“如果再给你一次选择呢？”

答案其实不言而喻。

“我会拒绝二叔成为我的监护人，平时住在学校里，寒暑假的时候就去参加夏令营，或者跟着省队去参加比赛。”

而她也就不会来到沉家。

她可能不会接触赛车，但在物理科研的这条路上，她应该会走得更远一些。

姜意问道：“如果真的有重来的机会，在全国物理竞赛的决赛现场，我们应该会碰见吧？”

红灯结束前的最后一秒，在周围车辆启动的声音里，姜意听见了沉辞的回答。

他说，如果有重来的机会，一开始我就会去找你。

东港赛车场离市区很远，并且和姜意的学校处于完全相反的两个方向，沉辞把姜意送到公寓楼下时已经晚上八点了。

他的受伤声明在前几天已经发了出去，内容很官方，评论前几位都是各圈各界的翘楚和巨擘。

平日里他的工作就很忙，因为受伤住院，能取消的通告都取消了，剩下一些比较重要的合作只能往后推。沉辞原本打算把姜意送回学校，再回半岛那边，但下车的时候，姜意问他："你现在就要走吗？"

有一点眷恋和不舍，藏在柔和的月色里。

他站在如水的月色里，连声音都变得模糊轻柔了："明天有工作安排，时间有点赶。"

姜意站在车旁想了一下，说："那你今晚先住在这里吧？公寓里还有个小书房，我可以睡在躺椅上。"书房躺椅毕竟有些小，她睡一晚还可以，像沉辞这么高大的身材就太难受了。

沉辞没有拒绝，或者说他几乎没有拒绝过她。

下车后姜意让沉辞等了一会儿，她去附近超市买了一些熟食和一套洗漱用品回来，然后和沉辞一起上了楼。

简单吃完晚饭后，沉辞要用电脑回一些邮件，姜意则去洗漱。出浴室的时候她见沉辞放在桌上的手机亮着屏幕，不断提示有新消息。

巧的是，姜意打开自己的手机微信，也有无数条消息跳了出来，其中有不少好友申请，验证消息五花八门，姜意滑了一下屏幕，看见了"哥嫂"等字眼。

姜意有些无语。

好友给她发的消息，大部分都是：

"今天 Kiss Cam 是你和辞少？！"

"京州的高岭之花啊，我的天！你们什么时候有交集的？"

太多私聊消息，姜意没有回复，就看到列表突然多出了一个大群。

不知道谁把她的联系方式透露了出去，又不知道是谁把她拉进了这个大群里，群内消息不断。姜意看到了几个认识的人的名字，群内在聊今天那场车赛，实际上，更多的是在聊 Kiss Cam 的那一幕。

"辞少真来了？不是程真那小子故弄玄虚？"

"谁敢借他的名号搞事情啊。"

“有人拍照没？我经常听到姜意这个名字，还没见过真人呢，什么样啊？”

“你敢拍照？没听程青说，记者都不让进，所有影像资料都是不能外传的？”

姜意看了沉辞的手机屏幕一眼，他的消息提示不会也是这些内容吧？她正这么想着，沉辞就开了口：“帮我回一下消息。”

姜意“嗯”了一声，坐在他旁边拿过了手机，敢给他发这种消息的毕竟是少数，姜意只看到一个昵称叫“C”的人给他发了一条信息：“Kiss Cam？玩得挺大啊。”

还有一个头像是大黑猫的人调侃道：“听说你受伤了，打算去看你来着，结果被拒绝了，原来是不想被打扰？”

沉辞也有一个群，里面只有六个人，包括顾岷在内，现在群内消息一直在闪。

陈青鹤：“沉辞在东港那边和人玩了Kiss Cam？”

傅时青：“在东港赛车场约会？这是什么路数？”

秦蔺：“来来来，看看高糊动图，百年一见沉辞的Kiss Cam啊。”

沈牧：“这是姜意？”

傅时青：“沉辞的那个青梅竹马？刚得了Senior TT赛冠军的那个？”

秦蔺：“哈哈哈，你高中就被你爹赶去非洲读书，不了解内情，笑死我了。”

秦蔺：“沈牧他妈特别喜欢姜意，想给他们定亲，就这事沈牧差点被沉辞从六楼天台踹下去，哈哈哈……”

沈牧：“我那时候回家看到我妈，差点给跪下来，真给我找了个好对象，差点连命都搭进去。”

顾岷在群内也被点名了好几次，隔了很久才回复一句：“别烦我，待会儿还有台手术，有事直接去问沉辞。”

就是没人敢打扰沉辞。

姜意和其中几个人不算太熟，但也都认识，那年她来沅家的时候，这些人就已经和沅辞很熟了，他们在同一个圈子里长大。

这些信息，姜意一条都不知道怎么回。

沅辞见她没说话，偏头看了她一眼，停下动作，问道：“怎么了？”

姜意把手机递给了沅辞，说道：“是私事。”

她一想起那Kiss Cam就耳根发烫，那时候看见自己出现在大屏幕里，错愕归错愕，但她没有想到沅辞会直接亲过来，而且还是在那么多人面前。

沅辞还是没有回复，但姜意随后就发现自己被拉进了这个群里。在她被拉进群的那一刻，群里的消息突然停发了，可一分钟不到消息便翻了倍地闪烁着，就连顾岷看见后都发了一句：“姜意？”

两个当事人都没时间看消息，更别说回复。

“我不在京州的时候，遇到事情，你就找他们。”

很早的时候，沅辞就把姜意带进了自己的圈子里，同时又将她保护得很好，外人知道有这个人，却靠近不了。

一直以来，他的圈子里只有她这么一个女生。

现在沅辞就坐在她对面，眉目出众、气质独绝，彼时年少的恣意与飞扬，慢慢变成了锋芒和冷淡。在刚回国的那一段时间里，姜意以为自己和沅辞只会越走越远，他依旧高高在上、冷淡矜贵，而她在职业赛车或者是物理竞赛上，都不会和他再有交集了。

动心这件事谁能逃得过？谁都逃不过。

只是意乱的人好像总是她。

姜意想了想，问道：“什么事情都可以？”她略微刻意地停顿了下，音调变得软而轻缓，“包括想你？”

光晕下，有一点慵懒的颜色，她睁着漂亮的桃花眼看他，有着明显的笑意。

你来我往，意乱的绝对不只是一个人。

只是要看谁更能精准地把控人心，让对方一秒沦陷。

他很轻地笑了下，嗓音低沉：“这个不可以。”然后合上了手提电脑，看向她，单手支着下颌的动作太过好看，手部的线条流畅漂亮。

掠夺和温柔，两者其实是不矛盾的。

至少在沅辞这里，是这样的。

“如果真的很想我的话，要不要一直待在我身边？”

见冷淡者动心动情，见恣意者隐忍克己，见狩猎者放网松绑……都是为了更加温柔地掠夺。

最后，他声音带笑地说道：“今晚也可以。”

——这才是燎原。

而姜意无处可逃。

姜意一直刻意忘记那天在医院和沅辞睡在一张床上的事。那时候她因为太累睡着了，对这件事一无所知，醒来时只有余热尚在。

清醒之后，破晓之时，总不能每次都是她意乱情迷、方寸全乱。

姜意定了定神思，微微笑了下，从容应对：“好啊。”

原本只有自己气息的床被另一个人占据，姜意忽然就觉得今晚自己好像走错了许多步，不该让沅辞留下来，不该被他织网困住，也不该高看自己。

该意乱的时候，谁都逃不过。

不知道沉默安静了多久，直到沅辞伸手把快要掉到床下的姜意拉进怀里，手臂揽过她的腰，酥麻感瞬间滚过她的每一寸肌肤。

沅辞的嗓音低哑，很勾人：“宣判到来，是不是比等待宣判更好受一点？”

姜意哑然。

确实如此。

她紧张了几个小时，倒不如落进他怀里这一刻放松。就好像事情已然发生，总比未发生时让人更容易应对。

“你知道我一直没睡？”

沉辞很低地笑了一声，道：“你都要掉下床了，怎么睡？”

姜意半张脸闷在被子里，觉得有些热。

这个拥抱亲密无间，周身都是他的气息，像是木质调的雪松葡萄酒，从疏离的禁欲感，再到潮热的醉意。可能是他第一次调酒给她留下的印象太深，又或者是其他原因，姜意觉得自己现在就像是喝了十几杯混酒。

“有点热……床边比较凉。”她也不知道自己怎么会做出这种解释。

沉辞闷笑了一声，也没有指明她话里的漏洞，而是很纵容地附和她：“确实。”就好像不论事实怎样、真相如何，他永远站在她这一边，不问缘由。

姜意在他怀里转过身，仰头吻上了他，所有理智都败给了心跳的紊乱和下意识的冲动。

窗帘并没有完全拉上，有明明暗暗的月光与灯光揉碎在一处，然后躲了进来。

沉辞愣了一下，随后也是纵容她予取予求，精致的眉目在黑暗中满含笑意。

反倒是他这样纵容她，姜意才没有任何办法。她咬了他一下后，便直起身坐了起来，长发散落，眉眼动人。

“你不能这样。”

“嗯……哪样？”

“你明明知道我拒绝不了你，你不能……这么纵容我。”

控制不住心意，她隐隐有要失控的感觉。

沉辞笑了下，也坐了起来，抬手按开了壁灯。微暖的暗光，很柔和，并不刺眼。

“在我这里，你才是拥有主动权的那个。”

最为意乱的，是他才对。

难以拒绝的，也是他。

姜意有些没明白他的意思。

而沅辞也没有要解释的打算，抬起她的下巴，低头吻了下她的眼尾。在意乱和冷静之间，他永远是拿捏尺度的那个人。

“早点睡，意意。”

姜意抬眸看他，眼底有潋滟的光。

她的心意坦荡直接，但沅辞不同，他从小在沅家掌权人身边长大，喜怒不形于色是处世的基本要求。在名利场上，他身为富家子弟，冷静自持、从不出错，他恣意张扬，却也未失分寸。

就像前几年，有一次她帮忙送茶去书房，听见争叔正在和从政的朋友谈论沅辞以后要走的道路。

沅争的朋友笑笑，给了沅辞很高的赞誉：“毕竟是沅老带出来的孩子，青出于蓝胜于蓝，不可能会差。不如让他自己选，他要走的路总归不会寻常。”

不论是在他们这一辈的子弟圈里，还是在上一辈的世家圈中，他都是最耀眼的那一个，起初或许是受家族荫庇，但之后便不是了。

只是谁都没想到沅辞会进入音乐圈，可大家又都清楚，他不会在这条路上一直走下去。

姜意以为今晚她会彻底失眠，但后半夜在他怀里，她反而很快就睡着了。第二天也是她先醒来，沅辞还睡着，眉目舒朗。

姜意不知道他的失眠有没有好一点。

她轻声下床去洗漱，然后下楼买了早餐回来，牛肉饼、小笼包、豆浆油条、煎饺……每样都买了一点。她回来的时候，沅辞刚好打完电话从阳台进来，背后的风很大，吹得他发丝凌乱，而那根黑色发筋又重新戴在了他的手腕上。

晨曦的光晕动人，窗帘也被风吹得扬起，露出遥远天边柔软的绯红云朵。

霓为衣兮风为马，云之君兮纷纷而来下。

有那么一瞬间，姜意很想跟沅辞说，在她那段黑暗漫长的阴郁岁月里，他曾是最耀眼的光，现在依然如此。

沅辞的行程大多都是容久亲自陪伴的，不过他倒是头一次来这边的公寓，起初看到地址还疑惑了下，到了之后发现旁边就是京州的百年学府，这才了然。

前天他去接洽了一个电影的制作团队，谈完作曲约稿后，选角导演提了句，目前还有几个角色还没有确定下来。

只这一句重要容久就明白了导演的意思。

沅辞目前的工作都与音乐有关，没有接拍过综艺节目，也不接任何品牌代言，对于进演艺圈这件事更是没有多大兴趣，容久也就回绝了对方。

他作为一个经纪人，是该追求利益最大化，只不过这是在决定权在公司手上的情况下。沅辞背后的团队不属于公司的，当初签的合约也只是走了个过场。

容久不太了解具体内情，但或多或少也听说过一点，沅家从政也从商，就后者而言涉及多个重要领域，现在公司做主的那几位里就有人姓沅。

即使沅辞现在就退圈，容久也不会感到多意外。先前男模圈的Xin、偶像圈的秦九燃，退圈时也是没半点预兆，粉丝难过归难过，但大部分也都表示了尊重和支持。

容久预感沅辞不会在这个圈子久待，尤其是在姜意回京州之后。

沅辞上车的时候，容久提了工作规划的事情，如果沅辞有退圈的想法，那工作安排就要先停下。

果不其然，他说：“明年五月，我会退圈。”

这刚好是姜意正式退役的时间。

姜意还不知道沉辞有退圈的想法，接下来的几天她都待在实验室里跟着导师做项目，八号这天去了一趟俱乐部。

俱乐部新签了一个赛车手，让他进了SA车队，刚好填补了陈拙言退役的空缺。沈柔拉着姜意去训练场看新队员，风很大、人又多，姜意也没看清沈柔指的是哪个，直到对方下车朝她们走近后，姜意这才认出是谁。

之前有一场比赛，他们是竞争对手，那时候他留着银灰色头发，在骄阳下想不让人瞩目都难。但除了这件事，他们之间也没什么交集了。陈拙言在会所定了个包厢，庆祝新队员的加入。

姜意是从学校赶过来的，开着一辆摩托车，长发微卷飘在肩后，因为戴着一顶头盔看不见脸，显得更酷了。

她来的时候，周东昀、沈柔，以及新队员都在，而陈拙言给姜意打了电话，说是临时有事要晚些才能到。隔壁包厢门没关，里面的人像是在打游戏，姜意在走廊上接电话时，能听见她的吐槽。

“我玩了一天的辅助了！都要玩吐了！”

“我不管！我就要玩法师！我中路很稳！”

“躺赢啊？”

“那好吧，不要骗人哦。”

最后一句突然软绵绵了下来。

结束通话的姜意听到最后一句，没忍住笑了下，然而包厢里的女生刚好捧着手机走出来，抬头对上视线后，姜意也愣了一下。

居然是颜月。

之前在三坊七巷那边，她们见过一面，还聊了几句。

“你也在这里吃饭吗？好巧！”

她貌似心情很好，头上翘起了一小撮乱发，没什么明星的架子，也可能是因为年纪小，格外可爱。

姜意也弯唇笑了下，然后指了指她手机屏幕，问道："你的游戏？"嗯……手机屏幕怎么灰了？

颜月一愣，低头看去，随即悲愤出声："谁啊？越塔杀我！"

姜意也没想到，随后颜月就如同入了神一般，站在包厢门口相当专注地打起了游戏，一步都没有挪动。

会所走廊上时不时有人走过，姜意侧了下身站在她对面，刚好挡住她的身影。

颜月直到打到对面水晶，稳赢后，才突然反应过来姜意还在等她，顿时蒙了，不好意思地道："我一打游戏就容易忘记自己在哪儿……"

她很不好意思，觉得自己把人家晾在一边，一味打游戏的行为很不礼貌，刚要开口道歉的时候，就见气场十足的漂亮大美人笑了下，说道："下次要注意一点。"

类似的话，颜月的经纪人也说过不止一次。她毕竟是个艺人，在外面打游戏太入神，也容易出问题。只是颜月每次都是嘴从心不从，然而这一次不一样了！大美人的话一定要听！

"嗯嗯嗯！"

颜月还想再说些什么，但姜意突然想起了一件事，提醒道："你刚刚出门是有事要做吧，别忘记了。"

颜月表情呆愣，突然想起来自己的经纪人还在楼下等着她。

和姜意匆匆告别后，颜月戴上超大的连衣帽，坐电梯小跑着去找经纪人了。

她一边跑一边吐槽，她妈介绍的经纪人好是好，但是凶起来比游戏中骂她不如去草丛采灵芝的队友还可怕。

像……像一只小喷火龙。

经纪人在车上等她，见了面后什么话也没有多说，把一个平板递给了她。

平板屏幕亮着，上面是一张照片，准确地说，是沉辞抱着一个人的照片，背景是白墙瓦屋的巷子，颜月一眼就认出了地点是在三坊七巷。

照片上只能确定其中一个人是沉辞，姜意的脸被遮住了，看不见。当天在场的女艺人只有颜月的身形和她差不多。颜月比姜意矮了不少，但抱在怀里也看不出这一差别。

经纪人说："网上有人找到我，跟我说有你和沉辞的亲密照片。"

颜月抬头看向经纪人，经纪人也不遮掩什么，手指点了点平板，说道："拍照的人认不出沉辞抱着的人是谁，猜是你，但我一看就知道那人不是你，估计也不是圈内的人。"

毕竟在这个经纪人圈子里，她和容久还是有一点交情的，这两年来，从来没有一条消息是说沉辞和圈内某个女星走得近的。

"虽然我一直不认同借由绯闻涨热度这一方式，但另一个主角是沉辞，这件事的性质就不太一样了，尤其是你不是刚好喜欢他吗？"经纪人说道，"沉辞的团队可能不会同意，但是照片毕竟在这里，要么正主出面回应，要么就找一个人顶替……我会去和容久谈。"

颜月一直没出声，经纪人看了她一眼，还提到团队对颜月的发展规划："现在给你的定位是可爱精致，后期得换一个路线，下个月我给你找个表演老师，你自己长点心，至少给我磨出一点演技来。"

"哦。"回过神来的颜月应了一声，也不知道有没有把话听进去，她低头把平板上的照片删了，也不知道经纪人有没有备份，很认真地补充了一句，"这张照片不能发。"

经纪人不解道："你知道这张照片，我花了多少钱买下来的吗？"

颜月眨眨眼，小心翼翼地问道："那我双倍赔给你？"她爸妈还挺有钱的，顶头大哥给的零花钱也蛮多的。

经纪人被气笑了，道：“你的钱是大风刮来的吗？赚钱很容易？”

颜月仔细想了想，网上那些不喜欢她的人经常说她站在镜头前跟个桩子似的，什么演技都没有，赚钱也太容易了……于是她点了点头，说道：“好像是挺容易的。”怕经纪人生气，她又义愤填膺地说了一句，“要不找沉辞经纪人出钱！反正人是沉辞！他是跑不掉的！”

经纪人瞬间无语，说道：“你知道为什么卖照片的人没找沉辞，而是找上了我们吗？因为惹不起他的团队。”

颜月卡壳了一下，默默地住嘴了。

经纪人叹了口气，眼前毕竟是多年好友的女儿，到底和其他艺人不一样，也舍不得真的教训她。有一些是与非，她这个年纪不懂才最好。

她接过颜月手里的平板，问道：“你是不是知道那个女生是谁？”

颜月点点头。

“不难过？”她记得小姑娘还蛮喜欢沉辞的，不然她也不会有找容久谈谈的念头。

颜月摇摇头。

“我觉得我还挺高兴的啊。她是个超级大美人！气场超强！他们两个站在一起就像是一对王炸。”

颜月滔滔不绝地说着，然后像是突然意识到了什么，停顿了片刻后，很认真地补充了一句：“主要是……男神跟她在一起，是真的很开心。”

那种温柔怜爱，对别人不会再有了。

于是她也爱屋及乌。

姜意回到包厢的时候，沈柔正在唱歌，好巧不巧正是沉辞的歌，旋律清冽冷淡，转峰处却又热烈激昂。

沈柔唱了几句就放弃了，凭女生的音色很难唱得了这首歌，于是她把话筒递给了新队员，换位置坐到了姜意身边。

“队长不来了？”

“没有，说是晚点到。”

陈拙言刚入主公司，有很多事要忙，难免也会有很多应酬。姜意认识不少商圈的人，听到了不少近来陈氏的消息，陈覃像是有让位的打算。

陈拙言没提过，姜意也不会去多问，而沈柔不是京州人，对这些更是不清楚。

一首歌的时间差不多是三分钟，此时唱到了最后一句：

山川湖海都沉寂，我也已乱意。

这不是姜意第一次听到这句歌词，但感觉已然不一样了。

她忽然想起有人为这首歌写的乐评：月光四万八千丈，是山川与湖海。之后月光落成汪洋，而你落在我心上。

她弄不清究竟是谁先落到了谁的心上。

下午五点，陈拙言才到，他风衣里面穿着修身的西装，在远离了热情激烈的赛车场后，他明显变得更冷漠，整个人看起来也多了一丝疲倦。

他在周东昀旁边坐下，聊了没几句，抬手捏了捏眉心，疲态尽显。

认识这么多年，这倒是姜意头一次见到他这副模样。她原本是要去桌子上拿瓶水的，看到他这副样子，关切地问道：“不舒服？”

姜意还记得上次陪他去医院，就是因为他的胃部出现了不适的症状，在停车场还遇到了一些麻烦事。那时候她找顾岷要了地下停车场的监控记录，但奇怪的是这些人怎么都找不到，以她在京州的那些关系，不应当没有任何消息，唯一的可能就是，这些人的报复不是临时起意，而是蓄谋已久。

这件事后，姜意也问过陈拙言，他亲自调查了一段时间，没有细说结果，但姜意或多或少也猜到了那么一点。

那些人被踢出公司事小，敢来寻仇，大概是陈家那几位长辈指使的。

这些人为什么这样做？大概是怕陈拙言入主公司掌权后，会不把他们这些老人放在眼里，更主要的原因是……陈拙言母亲的死，这些人也参与其中。

冷眼旁观是其一，火上浇油是其二。

只不过这些姜意并不太清楚。

而在她问了那么一句话后，陈拙言也只是说道："没事。"

姜意皱了下眉，没多说什么。姜意拿了瓶水坐回原位，沈柔立马问道："队长怎么了啊？我听俱乐部的一些人说，他家的那些人似乎很不满意他，队长是不是……"

沈柔毕竟不在京州商圈里，说到一半不知道该怎么继续下去。

姜意垂眸，不知道在想些什么，数十秒过后，轻声接了一句："不会出问题。"

从会所出来后，周东昀、沈柔加上新队员要回俱乐部一趟，陈拙言走得迟了些，到了停车坪发现姜意在等他。

"刚刚在会所里，你不太方便说，那现在呢？"

陈拙言就站在她面前，身姿挺拔，黑发在冷风中微微有些凌乱，却也显得更加清贵。他沉默了一会儿，说道："只是普通胃病。"

"嗯。"姜意不认为陈拙言会在这种事上骗她，但她的重点不只是这个，于是问道，"那陈家呢？你对那些人是什么看法？"

"不太甘心。"

陈拙言笑了下，像是在嘲讽些什么，也是头一次如此明确地在她面前表露出自己对陈家人的厌恶。

"那些人没资格靠着我母亲的家族在这个圈子里更上一层台阶，更没理由对不是自己的东西死咬着不放。"

"有回头路吗？"

陈拙言看了她一眼，眸底有着清浅的温和。他不想告诉她陈家内部有多黑暗复杂。

“没有了。”

“我可以帮上什么忙吗？”姜意没给他回答的机会，而是半开玩笑地说道，“如果你要放火越货，至少也需要一个望风的人吧？”

她像是在开玩笑，又像是很认真。

陈拙言闻言先是一愣，随后低笑出声，解释道：“还没到那一步。”他知道姜意护短，但没想到有一天自己也会是被她维护的对象，这种感觉其实很微妙……被人认真地放在心上对待，而对方又是自己喜欢的人。

陈拙言知道前方有沼泽，且大概率会沦陷，但他连避开的想法都没有了。

就这样也很好。

在几个月之后，陈拙言面对陈覃时，毫无隐瞒地承认道：“我已经没有办法不喜欢她了。”

“如果我早一点拉住你——”

“迟了。”他说，“我遇见她的时候，还不姓陈。”

那时候他跟母亲一样姓裴，没有回到陈家，也没有进入俱乐部。公园里梨花盛开的时候，她从后面拍了一下他的肩膀，等他转过头后，她愣了一下，脸上带着歉意说道：“不好意思，我认错人了。”

她眉眼柔软，映着雪白的梨花，明艳而动人。

梨花的每一瓣都像是月亮，而月亮像她。

他们在梨花林初见，彼时少女眉眼柔软、明艳鲜活，惹得他心动。

由于第二天是周末，姜意从会所离开后，就直接回了十二云栖。

沅争坐在客厅里看新闻，沈苏绾不在，以前的同事找她帮忙，她已经出去一个上午了。沈苏绾原本从事外交工作，但因为前些年发生了一点意外，她住院休养了很长时间，后来便辞了职。

姜意陪沅争看新闻，是京州的财经报道。过了一会儿，沅争开口道：“有话要问我？”

“嗯。”姜意想了一会儿，把斟酌了很久的话问出了口，“争叔，陈家的情况是不是不太好？”

沅争不太了解她在俱乐部的事，有些意外她会提到陈家，但还是认真地回答了她的问题。

姜意听了之后，心情有些复杂。

陈家的情况确实不简单，陈拙言现在刚入主公司，处境更是微妙。商圈的事情本来就庞杂，权力和地位纵横交错，他又多年不在陈家，现在突然掌权，难免有人起异心。

姜意还问了一句：“争叔，二十八号那天，商圈是不是有一个私人宴会？”

“SCC 那边举办的，听说会有一些大人物要过来，和陈家最近的事有关。”沅争近年来很少参加这种性质的宴会，沅家的地位和权势已经摆在那里了，没有必要再去建立多余的关系网，听一些阿谀奉承的话。

他还提到一句：“你想去的话，我让秘书陪你。”

“不用了。”姜意解释道，“我有朋友在那边。”

沅争“嗯”了一声，说道：“我待会儿让秘书把邀请函送过来，要是在宴会上碰到麻烦，你随时打电话联系叔叔。”

姜意很乖地说了声：“好。”

可后来的事实表明，她只是表面“遵从”。

二十八号这天，姜意从实验室出来，换了身衣服就开车去了举办宴会的酒庄。CBD 商圈本就人才辈出，更何况是京州这种地方。

这几年杀出来的黑马太多了，有时候家世背景倒是其次，完全看个人在谈判桌、交易场上的手段，先是按兵不动，随后杀入居中，赢得易如反掌。姜意虽然不了解商圈这一块儿的情况，但毕竟有不少朋友在，她或多或少也清楚一点，更何况沅争还是各大行业的巨擘。

泊车小弟接过车钥匙去停车后，姜意也没进宴会厅，等了一会儿陈拙言就到了。陈拙言这次没有带女伴出席，只带了一个助理。

碰见姜意时，他有些意外，问道："是和长辈一起来的？"

"不是。"

陈拙言什么都没有多问，当即说道："我让人送你回去，你来这种场合不太合适。"从看见姜意那一刻起，他就在皱眉，总觉得她可能知道了什么。陈拙言不清楚是不是学物理的都这么善于分析，冷静缜密，姜意太玲珑，很多事不用透露分毫，她就能猜得到七八分。

果不其然，她拒绝了，问道："陈家那边插手了这个宴会？你明明知道是场鸿门宴，还要来？"

陈拙言垂眸看她，眉目渐渐舒朗，像是想开了什么，很淡地笑了下，声音格外轻柔："姜意，其实你也清楚我为什么要来。"

都已经到这种地步了，他也没有必要退让，倒不如彻底撕开现在这种虚与委蛇的局面。

"可是这样你的处境会更难。"

"会好的。"他如是说道。

宴厅内灯光交错、宾客派头十足，流线感极强的水晶切磨造型的吊灯熠熠生辉，而在光晕下穿着正装礼服的男女来来往往，交谈甚欢，看起来并不像正在酝酿一场诡谲风波的情景。

直到陈拙言的叔伯等人进场。

陈拙言在场中央，气质独特，卓然于众，听到入口处的阿谀奉承声后，他停下与旁人交谈，抬头往那个方向看了一眼，表情淡然。

这么多年陈拙言和陈家的人关系冷淡，谈不上交恶，但也好不到哪里去。如今他进入集团掌权，这些叔伯明面上和蔼可亲，实际上生怕损失利益，权力减少，恨不得处处针对他。在他动手调整高层人员后，某些心思更是昭然若揭。

起初陈家和裴家联姻，依靠着裴家的势力，陈家的地位更上了一层台阶，百般顺利。即便陈拙言的母亲在后来带走了还年幼的他，也没有收回在陈家的资金，算是给足了情面。只是人心不足蛇吞象，在多年之后，这些依靠着裴家上位的人反而帮陈覃坐稳了位置，想要借此制衡陈拙言，以避免自己的地位被动摇。

除此之外，买凶伤人、暗中设局等手段也层出不穷。

今天大概会是他们彻底交恶的第一天。

姜意并不是主客，也不想凑热闹，就站在宴厅的角落里。不得不说，有时候越是身处边缘地带，越是能听到一些意想不到的话题。

两个年轻女子在交谈，提及话题中心的人物时，神色是有些钦慕的。

“陈家二少啊，如果不是从小不在陈家长大，现在哪里有这些叔伯的事？”

“只可惜他回来得迟了些。”

几秒之后，姜意的身形动了下，朝陈拙言的方向走了过去。

陈值今天特地带了一个人出席，这人收过他的一笔钱，在他的暗示下带了几个人去教训陈拙言。

陈值当时忙着和人谈生意，只清楚他们在停车场那里动了手，没时间细问经过，下意识以为得了手，现在把人带出来，挑衅示威大过一切。

倘若陈拙言认出了人，当场指出，他也可以装作对这一件事并不知情，把人赶出去，借这件事不仅可以立威，他还可以在外人面前落下一个照顾侄儿的好名声。陈拙言要是选择忍下，那心里也不会痛快。

可是陈值并不知道，当时还有另一个人在场。

跟在陈值身旁的那个人看见姜意走近，表情错愕。姜意和那人对上视线时，也认出了他。那些动手的人以他为首，当初也是这个人拿着刀抵上来，然后被姜意踹到了车轱辘底下。

那个人看到姜意也在场，立马想起了在她手上吃亏的场景，也不管陈值给了多少钱，转身就想走，下意识地觉得今天这件事绝对没办法善了了。

但姜意已经出声叫住了他，完全是漫不经心的慵懒语气：“我找了你这么久，原来是陈总的人？”

陈值不明所以，狐疑地看了她一眼，觉得有点眼熟，即使看见她和陈拙言站在一处，但也不敢贸然否认些什么，而是问道：“你是？”

姜意眼尾微扬，弧度动人，仿佛有桃花冷淡的余晕，单刀直入道：“陈总何必装作一副不知情的样子，在医院地下停车场，你叫人动手，不是为我而来的吗？”

周围的人看了过来，窃窃私语。

陈值没想到会有姜意这一个意外出现，稳了稳神色，勉强露出一个笑容：“怕是有什么误会，我并不认识你。”

姜意看向陈值身旁那个青白着脸色的人，似笑非笑地问了一句：“那你呢，认识我吗？还是有人指使你？”

那人当然是闭紧了嘴，一个字都没说。姜意也没有逼问下去的打算，反正重点也不在这里，但她没想到有一个人会上前，把手搭在了那人身上。来人没什么表情，但那个人的身形不稳了一瞬间，像是肩膀被人捏着往下按，痛得叫出了声。

对方不耐烦地问了一句：“不会张嘴，要我帮你？”

来人是贺沉山，他原本是跟着他小舅来看看他家小舅妈的，没想到会碰见姜意。听了开头几句话他就蒙了，就算他再不喜欢姜意，也不敢去惹她的麻烦，顶多阴阳怪气地说上几句，就这都还得背着辞哥来。

原来还真的有人不长眼，敢去碰她。

贺沉山傲气又骄纵，知世故但未必会顺从世故，有着这个圈子里大多数人都有的狠劲，面上风平浪静，不到动手时不会显露分毫。

在贺沉山的人上前要撬开那人的嘴时，那人飞快地开口说出了陈值的名字，随后低下了头，不敢看从四面八方投过来的视线。

陈值心里骂了句蠢货，转头想解释，他本以为是件小事，没想到贺家的小公子说了这样一句话："沅家的人，你也敢碰？"

陈值猛地惊惧了下，转头看向姜意，终于反应过来为什么会觉得眼前这个人眼熟，几年前的某个宴会上，他在沅争身边见过她一面。

她不是沅家的女儿，却是沅家唯一的掌上明珠。

陈值是听说过姜意这个人的，更知道曾经的姜家。

即使她的父母早逝，姜家的身份和地位也依旧摆在那里，只要她愿意，姜家曾经的部下都会回头为她所用。与陈家的人心不足不同，姜家曾经的部下大多都是忠心耿耿、重情重义的。

原本和陈值交谈正欢的陈拙言的其他叔伯纷纷愣住。陈拙言的父亲早就不管这些了，今天也没有来，此刻他那些叔伯更是没有台阶可下，无从突破。其中一位叔伯尴尬地笑了声，说道："这肯定是误会，我们和沅家一向交好……"

贺沉山嗤笑一声，毫不留情地说道："攀什么关系呢！"

那人的话戛然而止，惹不起沅家，同样也不敢动贺家的小公子。

他们所处的位置在宴会厅中央，不乏看热闹的来宾，从私下议论到嘲笑出声。在场的人多是在商圈浮沉多年，不会连这一场"闹剧"都看不明白。

陈值也看出来了，姜意和陈拙言貌似是朋友，阴狠毒辣的想法在心里滚了又滚，终是忍下。他没有办法，只能把这个台阶寄托在一直没有开口的陈拙言身上，装作掩饰地笑了笑，丝毫没有之前轻蔑、不可一世的姿态。

“拙言，你解释一下。”

“大伯年纪大了，公司里的事都处理不过来，哪里有时间折腾这些？怕是有什么误会在里面，都是小人在挑拨离间。”

这些话一落下，陈值身旁的人纷纷附和，他们都是一丘之貉。

陈拙言冷漠地看着这些人，没有半点情绪波动，良久，才开口道：“是有一点误会。”

陈值等人神色渐缓，但还没松口气，陈拙言的声音就又响起：“这件事本和她没有关系，大伯要针对的人是我，只是误伤旁人罢了。”

陈值一口气差点没提上来。

他买凶动手这件事也没打算一直瞒着，本就是要给陈拙言一个教训，但千算万算都没有想到这件事会被当众揭穿。他大可以否认，但另外一个当事人是姜家遗孤、沅家护着的明珠，他不可一错再错。

怒火攻心下，陈值骂道：“你什么意思？我可是你大伯！你给我捅刀子？！没有我指点，你在公司能坐稳位置？果然不是从小家养的，都被那个女人带成了白眼狼！”

旁人都觉得这些话太过难听，不仅如此他还搬出了陈覃，早几年陈覃就进了公司，在局势尚不稳的时候下狠手夺权夺位，如今地位明确，这几位叔伯不敢对他有任何异议。

而最开始陈覃因为私生子的身份，也被这些人轻蔑对待过。

陈值刚提到陈覃，就被另一道声音打断。

“他是我的弟弟。”

“是陈家名正言顺的合法继承人。”

陈覃刚来，一进场就听到陈值的怒骂，家丑全都往外捅，他也懒得给这些长辈收拾烂摊子。

一旁的秘书把自家上司的大衣外套交给了侍者，让其挂至衣帽间，就这么一会儿的工夫，局面已经白热化。

在场所有人的目光交汇之处，陈家大少身形挺拔、神情轻慢，一字一句地质问道："我都不敢对他说三道四，你又算是什么东西？"

现场瞬间寂静无声。

陈氏集团里有一半的人选择跟从陈覃，虽然他的母亲不是陈拙言父亲的合法配偶，但他毕竟从小在陈家培养下长大，几年前就进入了公司，早已坐稳了位置。

另一半的人或者受过陈拙言母亲的恩惠，或者观念守旧，尽心尽力地在为陈拙言铺路。

可无论是哪一方，甚至连董事会的人也没有想到，陈覃会心甘情愿把陈拙言推上继承人这个位置。

鹿死谁手，尚未可知。

陈覃为了坐上如今的高位，费尽心思、手段用尽，却也只是在为陈拙言铺路。

这一场闹剧最后还是举办方 SCC 的人出面收拾。

这件事过后，贺沉山把姜意叫出了宴厅，避开人群，问道："他们真的动手了？"这个答案如何并不重要，贺沉山想问的是："辞哥是不是还不知道这件事？"

"我没提过。"

贺沉山不赞同地"哼"了一声，想冷嘲热讽几句，但想起上一次见面时她的情绪有些不对劲，还是没把话说出来，转头气呼呼地走了。

气死他了！

又是为辞哥鸣不平的一天！

这一天晚上，姜意从宴会厅离开回了公寓，刚到不久，就接到了一个陌生号码打来的电话，她接了。

"姜小姐？我是陈覃。"

"如果姜小姐两个小时后有时间，方便聊一下有关俱乐部赞助的事情吗？"

其实不到两个小时，一个半小时后姜意提前下楼，那时候陈覃就已经在楼下等她了。

对方靠在车旁，抽了一根又一根烟，见到她的时候，浓眉皱了下，随后掐灭了指间的烟。

“你好，姜小姐。”

姜意觉得，陈覃特意来找她，不单单是为了聊俱乐部赞助的事。俱乐部最大的赞助商是陈家，而这几年的赞助事宜一直都由陈覃亲自负责。一开始姜意和 SA 成员，都以为陈覃赞助俱乐部单纯是为了陈拙言，但姜意现在想一想，好像不是。

姜意和沅辞认识这么多年，直到她出国离开前，她都不知道沅辞居然和陈覃认识。

陈家一直都不太同意陈拙言玩赛车这么危险的运动，陈覃也是，他同意赞助俱乐部，应该还有其他原因。

她说：“你找我，是因为陈拙言还是因为沅辞？”

陈覃道：“都有。”

十二月的夜风刺骨冰冷，陈覃的车刚好停在了风口处，挡住了大片的冷风。

“我一直都不同意阿言碰赛车，可是他执意要玩，我也没有办法。几年前我拒绝了俱乐部的赞助招募，但不久就收到了一份文件。”

陈覃的声音格外沉稳，漆黑的长眉低垂着，显得冷硬而不近人情。

六年前，陈覃拒绝了赛车俱乐部的招募，同时放出消息，让其他同样收到招募书的公司拒绝合作，断绝俱乐部的赞助资金。可仅隔一周，沅辞就给他送来了公司几年前的一份投资报表。

那一年陈家公司财政方面出现了严重问题，但公关方面处理得当，算是有惊无险地压下消息，勉强解决了。那时陈覃还没有接手公司产业，没想到时隔几年，公司高层都已经洗牌更换，当年的那份报表还会出现在他的眼前。

最后，陈覃轻笑了一声，说道："沅辞对你确实足够好，手腕也配得上沅家独子的身份。"

"我感谢你今天帮了阿言，但也希望你能和他保持距离，至少别太靠近。"

姜意一直没有出声，听陈覃说了最后一句话。

"他赢不了沅辞。"

起初姜意不明白陈覃话里的深意，可后来明白的时候已经迟了。那天姜意反问陈覃："你的立场和陈拙言并不相同，我怎么知道你是真心还是假意？"

他们之间并没有可以建立信任的基础。

姜意合理质疑，要求他给出一个答案。

只是她不曾想到，陈覃会给她这样一个回答："因为我和他是同病相怜。"

夜风吹动云层，遮掩了月光和星光，在那么一瞬间里姜意只听见了他的声音。

"这样，姜小姐能放心吗？"

第六章

俱乐部纠纷

几天后，姜意和陈拙言在学校里见了一面。

那次宴会对陈家的影响不大不小，陈值被董事会罢职，接下来这一段时间围绕陈家展开的话题也不会少。

物理实验室大楼外有个操场，姜意见到陈拙言时，他正被一个女生拦住了路。那个女生睁着一双明眸看着陈拙言，灵动温软，笑起来时眼波像是盈盈的湖水。

姜意没有走近，刚好这时候电话响了，是隔壁实验室的同学来问她一个实验的现象成因。姜意做过这个实验，走到台阶边上跟她解释了一遍。她接完电话转过身时那个女生已经走了，陈拙言在原地等她。

见她通话结束，陈拙言才走近。

姜意先开口："公司不忙了？"

"今天刚好有时间。"陈拙言看了下腕表，问她，"待会儿有空吗？

陪我吃个饭。”

“好啊。”

陈拙言开车带姜意去的是一个位于四合院里的私房菜馆，位置不太好找。这家私房菜馆名气不小，建筑风格巧妙精致，听说这曾经是某个王朝王爷的私宅，旁边还有个戏楼，历史底蕴深厚。

红色的回廊古色古香，雕刻与彩绘褪去了鲜艳的颜色，依然精致。

姜意有三四年没来过这家私房菜馆了，高中时期沅辞经常带她来这里吃饭，因为离高中校区近，人也不多。SA 有几场庆功宴也是在这里聚的餐，不过姜意只来了一次，因为有事还提前离席了。

姜意在回廊上碰见了私房菜馆的女老板，因为高中时她常来，算是熟客，对方也认识她。

“很久没来了吧？今天和沅少一起？”

“和朋友。”

女老板笑了笑，说道：“那还挺巧，沅少和他朋友也在，就在走廊尽头的那间。”

姜意回到包间后陈拙言已经点完了餐，服务生刚要走，姜意叫住他：“你好，点一份碧螺春送到 A 间。”

服务生走后，陈拙言问道：“是认识的人？”

姜意也没有要隐瞒的意思，坦诚地说道：“是沅辞。”

陈拙言愣了下，没有再说什么。

吃到一半，姜意去外面接了个老师打来的电话，在接电话的时候看见了沅辞，顾岷也在，两个人在聊天。

姜意通话刚结束，沅辞就看见了她，和顾岷说了一句什么，然后朝她走了过来。

“给我点了茶？”

姜意“嗯”了一声，解释道：“就是突然想起来了。”

她只是突然想起，高中那时候来这边吃饭，不知道为什么她很想尝一下这里的米酒，但因为度数有些高，沉辞没同意，当时他就是点了一份碧螺春给她。

碧螺春是这里的“头牌”，色艳、味醇，有淡而悠长的果香。姜意不会品茶，但也知道这是佳品。

沉辞没说，这份茶原本是送不到A间的。如果不是沈牧在外面抽完烟回来时说了一句“刚刚好像看见姜意了”，这份茶即使送到了也会被退回去。

“要不要过去见见他们？”

姜意想起那天看到的微信群消息，陈青鹤、沈牧、秦蔺、傅时青……除了傅时青这个人她不认识，其他人她都是见过的。

“我和别人在这里吃饭，不好走开那么久。”陈拙言还在包间里等她。

“不着急，我让他们等你。”

自从上次在公寓分开后，他们有很长一段时间没有见面了，姜意也想和他多待一会儿，于是点了点头。

回包间后，姜意想起陈覃前几天找她说的话，但是她没有告诉陈拙言，说了容易引起误会，倒不如她自己来判断。

结束这顿饭后，陈拙言打算送姜意回学校，姜意拒绝了。陈拙言猜得出她是要去找沉辞，也就没有多问。

在沉辞的这些朋友里，姜意和秦蔺还有沈牧关系很好。高中那段时间，沈牧一家还没有搬走，离十二云栖很近，沈母热情并且厨艺高超，经常叫沉辞和姜意过去吃饭。姜意会和秦蔺熟悉起来，是因为他话多。而陈青鹤年纪比他们都要大，大学期间又去了德国，姜意也就只见过他几面。

只是不管怎样，在出国比赛的那两年里，姜意谁都没有联系过。

走进沉辞他们的包间之后，姜意开始怀疑如果不是沉辞就在她身边，秦蔺能把她这两年去哪儿了、机票代码、赛事主办方都给问出来。

但话说回来，秦蔺是当年高中时最照顾她的一个，可能是因为他教室就在隔壁，他经常买一堆零食送过来，顺便再借走她的作业。

其实沈牧和她关系也很好，只不过在“定亲”一事后，他开始避嫌了，再没有私下和她相处过。平时两个班级一起上体育课，也是三个人一起打篮球或者绕操场跑圈。

秦蔺看起来心大，但最细心的人也是他。

那时候姜白刚刚离世，秦蔺几乎每节课的课间都来找她，送些饮料、面包、小饼干之类的零食。看见姜意走近，他会收起手里的游戏机；隔着教室玻璃窗看见姜意路过，他会帅气地眨眨眼睛，比一个抬枪的手势；给姜意买水买零食，再怂恿她一起翻墙出去上网打游戏。

秦蔺一开始照顾姜意，是因为沅辞。

然而后来他发现，咦，她作业全对，快拿来抄抄；她篮球打得还行，刚好缺一个玩球的；她格斗身手很好呀，肯定是沅辞教的……

再后来，秦蔺又觉得，这样的人生配不上姜意，“可怜”这种词更是用不到她身上，她应该高高在上，哪怕是骄纵任性一点也没有关系……

姜意回国这件事，他和沈牧几个人其实一早就知道了，只不过沅辞没提，他们也不能贸然来找她。

顾岷和傅时青都没怎么开口，前者是性格本来就冷漠，在这里待了一个小时就回医院了，后者是当初不在国内，对很多事情都不了解。

陈青鹤坐在沅辞身侧，低声在和沅辞聊交易场上的事，姿态放松，手臂随意地搭在桌面上，腕部的伤疤很明显。

姜意清楚陈青鹤在从事安全官之类的工作，很神秘且危险性很高，但她没想到陈青鹤会在这种场合主动提起他的工作。

“前几天氘的人找到了我这边，说陈时延跑去了沙漠，也联系不上你。”他挑了下眉，慢悠悠地说道，“故意的？”

陈时延去沙漠，氘那边没人控局，而这时候偏偏联系不上沅辞，时间上未免太巧了一点。

“这件事是由他个人私事引起的，按照当初的约定，我没有理由为这件事浪费时间。”沅辞没有细说什么，手指抵在茶杯杯沿上，直到滚烫变为微热，他才收回手指，跟姜意说了一句，“别只顾着和人聊天。”

茶杯被推至她跟前的时候，水温刚刚好。

姜意微微偏过头，听他说话。包间有一扇红窗，投射进来的阳光被衬得微红，从她发梢落至脸庞，绵延出动人的绯色。

饶是秦蔺都能感觉到，这两个人靠近说话的时候，像是能生出一道屏障，旁人插足不了，也无法干预。

沈牧倒是没想太多，就是在琢磨他妈没看见这一幕真是可惜了，如果不是内部有问题，真的想不到有谁能插进他们俩之间。可只要细想，也知道这没可能，一个人玲珑理智，另一个人又太过冷淡，都是狠起来没边、动心起来绝对彻底的主。

离开四合院，沅辞送姜意回学校，结果在路上遇到了堵车。

车窗玻璃贴了单向膜，在户外光线明亮的情况下倒是不必担心车外的人看进来。姜意看了下前方被堵住的路，又转过头看向沅辞，问道:“你今天怎么有时间送我？”

平日里也不是没有时间，只是他在圈内有很多工作，忙起来到处飞，送人这种事其实挺浪费时间的。姜意仔细想了想，这么久以来只要他在场，她就没有自己一个人回校或者去哪个地方过。

他未免……对她太好了一点。

“这几天空出了时间。”沅辞没有提他正准备退出音乐圈的事，只是说，“我以为你会问陈时延这个人。”

“其实我心里已经有了大致的猜测。”

前方车流还是静止不动，姜意看见前面那辆车的车主不知道第几次摇下车窗，探头看前方的道路情况，也看见远方的高楼在阳光下仿佛凛凛发光。

从中国到英国曼岛，这两年来姜意一直以为只有自己一个人，可今天她才知道，原来不是。

“我听说过陈时延这个名字。在摩纳哥参加比赛的前夕，我意外撞破了一起走私大麻的交易。对方是地头蛇，除非不比赛，否则我离开不了摩纳哥这个地方。”姜意顿了顿，继续道，“当时我也做好了弃赛的准备，可不到一天就有人替我摆平了这件事。幕后人一直没有出现，我后来才知道是一支安全小队解决了这起事件，他们的最高执行官就叫陈时延。”

见沅辞没有说话，姜意继续说了下去：“这件事给我留下的印象很深。我不是没有细想过这件事，只是对方实在没有理由特意帮我，我只能把它当作巧合。”最后，姜意说道，“前一个小时，我才知道原来你和他有来往。”

巧合吗？

姜意不信。

陈时延的工作与陈青鹤类的似，PSC，全称 Private Security Company，是私人安保公司。因为对方帮助过她，姜意找人调查了这家公司，公司名叫 Deuterium，中文氘，注册地在美国。

氘负责的领域和陈青鹤在德国时的工作有一点类似，为各大公司、机构，以及私人提供安全服务，服务内容包括机密调查、安全顾问、信息安全和调查、要人随卫等。但和一般的 PSC 公司相比，氘接下的任务更神秘。

即使陈青鹤只说了那么一句，姜意也猜得出，沅辞和陈时延应该有一些合作，最起码是雇佣关系，往深了说……沅辞可能也是氘的合作人之一。

陈时延在明，而他在幕后负责控局又或者是谈判交易。所以他忙得出奇，除了音乐圈的事，他还要处理氘的重要事务。

车内一片安静，不知道过去了多久，姜意觉得沅辞可能不会给她任何解释的时候，他解开了自己的安全带，倾身靠了过来，低头吻她。

唇间潮湿温热，而她一抬眼，就落进了身上人的眼睛里。

他的指尖触碰上她的下巴，最后上滑至耳畔，抬起了她半张脸。姜意只能迎上他的吻，这几乎是一个无法反抗的姿势，没有半点缓和的余地。

随后他松开了手，转而扣住了她的后脖颈，力道加重。

车内温度灼热，车窗上逐渐蒙上一层薄雾。

沉辞也向姜意承认道：“是，我和陈时延不是简单的合作关系，氘的第二控股人是我。不管是在摩纳哥还是在曼岛，又或者是在休斯敦，这两年里我的人一直在你身边。”

氘名下的一支小队暗中负责保护她的安全，并且提供一切便利服务。

沉辞和陈时延也不是一开始就认识的，姜意去国外参加比赛的头一个月，有一站比赛地点在两国边境地带，那里政权动荡不定。沉辞不放心，从中国来到了这个小镇上，这才遇到了陈时延。

吉普车旁，陈时延肩膀和脸侧都流着血，皱起的眉间郁气深浓，显然是没有想到巷子里还会走出其他人来。

陈时延亲自带领队伍来到这里，和当地政府一同保护一个前来进行和平谈判的高官，却在半路遇到了突袭。那些凶狠的恶徒追到了这里，在暴乱即将发生之前，沉辞开了枪。枪支的后坐力很大，场面危急，但他的眉头始终没有皱一下。

在枪支合法化的这里，局势动荡，多的是亡命之徒。风沙不断，汽车的轰鸣声与战火更是近在咫尺。

风沙开始弥漫，即使装了消音器，枪声也还是震耳欲聋。

为什么要出手帮一群素不相识的人？

只是因为她在这片土地之上。

爱是恒久忍耐，又有恩慈。

就如同沉辞在今天告诉姜意的那样：“我永远拒绝不了你。”

那时候姜意问过他，她能不能参加赛车锦标赛，沉辞顾及她的安危，说了“不可以”。但后来她还是参加了比赛，他清楚这件事，也没有再阻止，而是给了她最大的自由和庇护。

如同两年前，他明明有无数种留下她的方法和手段，只要他肯用，姜意根本离不开京州，也永远不会知道事情的真相。然而，他还是没有那么做，因为他舍不得她难过。

哪怕她今后可能还是要离开，自我折磨的也永远只有他一个人。

病态与偏执。

坦荡与热爱。

认识具有反复性、无限性和上升性，但有一些东西，可能永远不会再变了。

周日这天，沉辞离开京州飞去了海市，姜意也要开始准备写期末论文，结束所有科目的考试后还在学校待了几天。年末的时候，不管是学校还是俱乐部事情都有些多，她来不及收拾公寓的行李就赶去了俱乐部。

俱乐部在下半年签了不少赛车手，有新人，也有从其他地方挖过来的赛车手。姜意被经理再三拜托来给他们当一回教练，说是教练其实也不准确，她只来半天，看看他们的训练日常然后提一点建议。

俱乐部名下的一处训练场在山腰间，半公路半山路，很考验车手的赛车水平。

姜意是今年的Senior TT赛黑马，圈内的这些人都认识她，有佩服的，自然也有不服的。像吴丞那样的人，在这个圈子里其实不算少。老K接触赛车多年，甚至比姜意更早参加摩托车训练，也更年长，名声和地位却都不如她，心里难免会有些不平衡。

他不承认后生可畏，更不愿意承认技不如人，只能从其他方面来打压后辈。

姜意来的时候，就看见俱乐部刚挖来的那个赛车手老K对沈柔指指点点。周东昀忍耐地皱着眉，听不下去，把气红了脸的沈柔扯到了自己跟前。

沈柔原本都打算退一步了，但老K还在那里冷嘲热讽地说个不停，往轻了说是职业歧视，往重了说就是侮辱了！

什么叫“一个女的来赛车做什么？趁早退役去学学怎么相夫教子”！

沈柔快要被气死了，她辛辛苦苦训练这么多年，存在的价值就是这个吗？

沈柔刚反驳了一句，老K抬头见姜意来了，冷着神色搬出了前辈的身份，提醒道：“你一个小姑娘还敢顶撞我？凭着这一点成绩就想当门面了吗？”

不管是哪个圈子，都有一些指桑骂槐、借题发挥的人，姜意也不是没碰见过。她下了摩托车，黑红的摩托赛车鞋踩上地面，底下是粗粝的石块。

老K还想装模作样地说上几句，然而姜意已经走到了他跟前，冷淡地出声道：“我这边的人不劳烦你来教育。”

老K僵了下脸，一时间，竟摆不出那副高高在上的前辈样子来了。

他们这些人里只有姜意算是世界级的赛车手，自从她成为黑马杀出Senior TT赛一举成名后，她在圈里的地位提高了，身价更是暴涨。老K这么傲气，也只是在国内有一点名气罢了。

沈柔在一旁简直想拍手叫好！不愧是他们SA最酷的Jiang！气场绝了，帅到爆炸啊！她以为经姜意提醒过后，老K多少会收敛一点，不会再这么端着架子，结果开始正式训练的时候，他又故态复萌了。

沈柔不明白老K是看不惯俱乐部的队员，还是专门针对年轻的“后辈”，在整个训练过程中他不仅不按照计划进行，还屡屡弯道提速，靠内道的队员连续几次差点被他连人带车地逼到山墙上。

轮胎和地面的几番激烈摩擦，迸射出不少火星子，轰鸣的噪声尖锐刺耳。

沈柔气得想捏断车把。

跑完整个车道后一个年轻气盛的车手下了车，上去就要把老 K 从车上拽下来，好在几个人拦住了他。

“你神经病吧？！”

老 K 比这一批新人领先太多，他摘了头盔随手丢在一旁，也不怕对方冲上来，随口说出一句：“年轻人别这么血气方刚，没好处。”

跟老 K 一起被签的还有他之前的搭档，那人虽不太认同他的言行，但碍于情面也没说什么，走到了边上看手机。

沈柔连连道：“要是队长在就好了，看他还敢不敢这么嚣张！”

陈拙言正式退役时间是明年，现在处于半退役状态中。姜意问了一句：“新队长这个位置，俱乐部那边是怎么打算的？”

“上回经理跟周东昀透露说是给 SA 换个队名，其实也算是变相解散……还有另一个方案，俱乐部打算签一个厉害的角色来担任新队长，就是不知道找不找得到合适的。”沈柔有些遗憾和伤感，但她想了想退役是迟早的事，队长和姜意都还在京州，也就释怀了，接着提议道，“既然你今天难得有空，那晚上我们去酒吧吧？平遥街那里来了个巨帅的调酒师！就是调酒技术一般般。”

姜意笑着说了声“可以”，然后抬头就看到老 K 抬脚把一个新队员的摩托车给踹倒在了地上，这回对方是真的动了手。

沈柔蠢蠢欲动，恨不得立马扎到人堆里看热闹，姜意怕她被误伤，说道：“我去收拾，你别去凑热闹。”

两边的人其实已经被拉开了，只是气氛还是很紧张，姜意把老 K 叫到了边上。

沈柔没上前，他们俩周围也没人，大家远远地看到老 K 的脸色变得难看了起来，明显是敢怒不敢言，生生憋住了气。但好歹在接下来的训练中，老 K 收敛了不少，闭紧了嘴。

离开的时候，沈柔悄悄地问姜意：“你和他说了什么，他居然变得这么安分了？”

姜意回想起自己对老 K 说的那些话：“你和俱乐部签的是短约，三年。我会向高层打报告，建议把你换下一线，作为赛事选手的替补。三年对一个职业赛车手意味着什么，我想你应该很清楚。”

她是 Senior TT 赛夺冠的第一位中国选手，也是目前国内热度最高的女性赛车手，年少成名、成绩超群，无论是哪一条单拎出来都叫人眼红。

在俱乐部，她也有决定权……

姜意被邀去酒吧的时候，沈柔还在义愤填膺地吐槽。

“我问了别人才知道，他是踩着队友上位的，而且有一年还在一场小型比赛中改装了车，被检查组发现后栽赃给了教练，典型的小人行为啊……俱乐部签这种人不是浪费钱吗？”

其实还不止这些。

姜意之前就和老 K 接触过，只不过那时候她还没有出国，对方也没那个闲心特地针对她。当时比赛结束，他恶意侮辱了当时一个很优秀的女解说员，是陈拙言出面把老 K 拎出了场，让他滚。

也因为陈拙言现在准备退役，老 K 才敢和俱乐部签约，据说自降了不少身价，俱乐部才决定签下他。

见姜意的神情一直很平静，沈柔停下吐槽，问道：“阿姜……你是不是知道这些事？”

“听说过一些。”姜意淡淡地开口道，“在俱乐部的时候离他远一点，遇到问题找我或者找队长。”

此时正是晚上九点，在霓虹灯闪烁的街道上，沈柔抬头看了姜意一眼，灯光落在对方发间，比她最近很迷的某个女星还好看。她想了又想，还是没忍住，问道：“你喜欢的人是和你错过了吗？”

天潢贵胄？万众瞩目？所以得是有多喜欢，她才会看不见队长？

姜意不清楚她心里的想法，笑了下，很认真地说道：“错过了一段时间，但现在在一起了。”

在璀璨灯光下，她明艳如蔷薇。

有没有动心，其实第一眼就可以确定了。

除了他，她心中再没有其他的神。

沈柔震惊了片刻，随后更好奇了，犹犹豫豫半天，支支吾吾道：“他是圈内人吗？”

“不是，”姜意说道，“我很早就遇见他了。”

比大多数人都要早。

沅辞在她年少时的人生转折点上出现，几乎改变了她所有的方向和轨迹。她曾经想过，在这个时间点上出现的人，她要么永远都想不起来，要么一辈子都忘不掉。

进了酒吧，沈柔拉着姜意直奔那个帅气又腼腆的调酒师而去，眨着星星眼看对方。姜意觉得沈柔有些可爱，为了不打扰他们，坐到了角落里的一个散台上，距离吧台有些远，但可以看到沈柔，能保证她的安全。

这是家音乐酒吧，以轻音乐为主，比较安静。姜意看了下时间，九点五十分，回到十二云栖差不多十点半。争叔和绾姨都不在沅宅，沅辞也还在海市，她早一点回去也没有意义，不过是换个地方无聊罢了。

姜意漫不经心地喝着柠檬水，有些走神，会回过神来是因为面前有人在吵架，刚好堵住了她出去的路。这群人吵得面红耳赤不说，还推搡了起来，最后演变成动手……双方有男有女，加起来差不多十来个吧，刚好把她这个角落堵得严严实实。

姜意迟疑了下，不想看热闹，觉得有点吵，想让他们冷静一下，至少往旁边退一下让她出去……只不过她刚站起来，警察就来了。

姜意头疼，头疼的是她好像被当成了滋事人员。主要是这个角落真的太黑，两方人动手的时候哪里会去管这是谁，加上调监控也要花一点时间，在搞清楚情况前，姜意也需要去一趟派出所配合调查。

开车带她过去的警员很温柔，安慰道："没事的，只是做一下笔录。"

而此时还有些蒙的沈柔看着被带走的姜意，愣住了。

姜意离开前不忘提醒她："结束了你就先走，别在酒吧待太晚。"

沈柔下意识地点了点头，等回过神来想追出去的时候，派出所的车已经开出去很远了。

她……她是不是不该叫阿姜来酒吧啊？都怪调酒师美色误人！

姜意走下警车时，看见旁边还停了一辆车，从上面下来一个中年男人。因为天黑，姜意也没有过多注意，倒是身旁的警员们都恭恭敬敬地问了好。

在她正准备走的时候，那个中年男人往她的方向看了一眼，脚步跟着停了一下。有几年没见了，他不太确定，喊了声："小意？"

姜意诧异地回了头，看清来人之后，发现那个警局领导居然是沈牧的父亲。高中的时候姜意和沅辞去沈家吃饭，她见过沈牧的父亲好几次。沈父正直严肃，平日里非常忙碌，即使下了班也在打电话处理公务、交代事情。

姜意不知道为什么有些心虚，这种感觉大概就像是出去胡闹了一通，然后转头就碰上了长辈……姜意很快回了神，喊道："沈叔叔。"

沈父是过来拿文件的，看她和几个警员在一起，身后还有十来个脸上有伤的人，表情一时有些严肃。

"怎么回事，被欺负了？"

"不是，我是过来配合调查的。"

"没事就好。"沈父看了下时间，有点迟了，说道，"我打电话让沈牧过来接你，女孩子家一个人回去不安全。"

姜意刚想说不用，沈父就已经拨出了电话，沈牧那边接得很快，只是在沈父说完她在派出所后，那边好像突然安静了下来，过了一会儿才说二十分钟后到。

然后姜意就被沈父带去了他的办公室，让她先坐一会儿。有不少还在加班的民警来跟沈父打招呼，姜意有些坐立难安，这时候有一个电话打了进来，是沅辞。

“遇到麻烦了？”

沅辞应该是知道她在派出所了。

“和队友去酒吧，碰到有人动手，”姜意原本在想沈牧可能不会把这件事告诉沅辞，毕竟这么晚了，她说道，“我就是来派出所做一下笔录，没遇到麻烦。”

“嗯。”

他的声音有些低，显得格外清晰，尤为惑人。

“惹了麻烦也没关系，我会处理。”

结束通话后，进来一个男警员让姜意去做笔录。沈父见状停止和同事交谈，走上前特地吩咐了下属几句，然后转头看向一旁的姜意，语气柔和了几分：“有好几年没来叔叔家吃饭了吧？有空的时候就和沅辞一起来坐坐。”

姜意弯唇一笑，点头道：“我记住了。”

差不多是在警员问完话、走完程序后，沈牧便到了。沈父正在开会，沈牧没见到他，拜托一旁的警员留了句话，然后开车送姜意回十二云栖。

上车后，姜意发现副驾驶座上放着一本英文书。

沈牧解释：“刚刚和顾岷一起吃饭，他忘记把书带走了。”

姜意“嗯”了一声，把书放在了膝盖上，低头就注意到封面标题下的一个单词“amygdala”。

Amygdala……姜意在心里念了一遍这个单词。

她问过沅辞，这是什么意思，那时候他避重就轻地岔开了这个话题。

回到十二云栖后，姜意跟沈牧道了谢，然后上楼，在阳台上待了几分钟。夜风吹得长发和肌肤冰凉，也让她内心清醒理智了很多。

她在微信上问顾岷，这个英文单词是什么意思。

顾岷学医，对这个单词的解释自然与医学有关。

Amygdala，除了有苦巴旦杏的意思，还有扁桃腺、杏仁核等含义。姜意什么都没有多说，然而顾岷还是猜到了什么。

“大脑杏仁核产生、识别、调节情感，负责控制大脑情绪中枢全部的情感。”

他轻而易举就猜到了这件事与沉辞相关。

“姜意，你不可能不明白这代表着什么。”

照片后的英文单词，是杏仁核的意思。

她代表着沉辞全部的情感所在。

顾岷从未提过，包括沈牧等人在内，都不清楚他和沉辞的初见在哪里，不在学校，也不在任何一场名门家宴上，而是在离京州市区很远的一个郊区疗养院里。

沉辞的祖父患有心理疾病，然而这件事并没有多少人知道，他住进疗养院，旁人只当他是年事已高，需要一个安静休养的地方。

那天顾岷路过，无意间往拐角那间房里一望，正好看见一整面墙的蔷薇花。

沉辞的祖父画了无数朵蔷薇，浓艳的油画色彩晕染过白墙，仿佛云蒸霞蔚，也有着落日时满天通红的艳色。

中间的窗户开着，透进一点明亮的光，年少的沉辞站在窗前，那张脸和蔷薇一样好看。

他微微偏过脸，看向门外的同时也看见了顾岷。

那满墙的蔷薇花，是沉辞祖父生前最后一幅画作。

姜意直到凌晨三四点才入睡，昏昏沉沉的，好像还做了一个梦，只是醒来的时候记不清内容是什么了。

醒来时是下午三点多，姜意下床去浴室洗澡，因为开着地暖，出来时她就穿了一件宽大的蓝白色球服和黑色运动裤，长发半湿地落在肩后。

其实，这件球服不是姜意的。那年大学暑假时，十几个人一起去省外玩，在山庄里过夜，晚上准备休息的时候，姜意才发现睡衣好像落在了家中，没有收拾进行李箱里，于是沅辞就把自己的球服给了她。

沅辞只穿过一次。

之前他在物理实验室大楼附近的篮球场打球，护栏网外围了不少人，在三楼做实验的姜意都能听到篮球场那边传来的尖叫声。

结束实验后姜意去找沅辞，看见她来送水后沅辞就下了场，不再打球。当时他满脸汗，球衣也湿了，显得格外性感帅气，姜意不太敢看他。那次在山庄过夜后，姜意一直没把球衣还给他，她不敢想象沅辞继续穿这件球衣去打球会是什么样子。

反正脸红心跳的肯定是她。

因为没人在家，姜意就穿着这件球衣下了楼，结果去倒水的时候听见大门被打开的声音。她拿着杯子狐疑地走出厨房，在客厅和沅辞迎面撞见。

沅辞看见她穿着那件球衣，明显愣了一下。

姜意也愣住了。

哪里有这么巧合的事？

她反应极快地想了一遍，觉得这时候说什么都像是掩人耳目，打算直接上楼换身衣服再下来。沅辞很低地笑了一声，是那种很轻的闷笑，微沉。

他问道：“怎么穿这件球衣？”

连续几天在录音棚工作，他的声音有些哑，嗓子状态不是特别好，但低哑的音色依然勾人，分外性感。

姜意略沉吟道：“比较方便一点。”一半是因为球衣穿起来真的很方便，还有一半是因为有一点想他了。只不过她再坦诚，也不好意思在沉辞带笑的目光下说出后半句。她把玻璃杯放在了客厅小茶几上，在想如果现在上楼去换衣服，是不是会显得欲盖弥彰？

她还在纠结，忽然听见他走近的声音，再抬头时后颈就被人扣在了掌心里，紧接着眼前的光线被挡住，沉辞亲了下来。

行李箱还在脚边，而他的大衣也还没有换下，身上带着一点隆冬的冰凉。

今日京州下了雪，如白云被揉碎，而屋外碎玉声簌簌，满天的冰雪颜色。

沉辞把她搂在怀里，和她接吻，温热而动情。

姜意微微睁眼，看见他眼底烟雾般的激情和欲望。他们相拥在一起，亲密无间。

“意意。”

她的心跳像是晃动的汽水气泡，晃晃悠悠、鼓噪不已，除此之外，只能听见他含着笑意的声音，魅惑动人。

“你可以主动一点。”

姜意真的、真的很难招架得住沉辞的挑逗。

第七章

对你有求必应

还没到晚饭时间，沅辞叫的酒店外卖就已经送到了，有几份主食，还有下午茶点心和水果，其中芒果挞的香气最为浓郁。

快到年底了，沅家的规矩是年底家里不留外人，阿姨也要回老家准备过年。

姜意早饭和午饭都没吃，不知道这一餐算什么，咬了几口芒果挞后忽然想起一件事。

“绾姨和争叔知道我们的事吗？”

“嗯？”

“如果不同意……”

“不会，他们巴不得你进沅家户口。”沅辞凑近，咬走了她手上的小半个芒果挞，潮热的温度差一点就吞没她的指尖。

有很多事他从未主动提起过，那份赠予协议、俱乐部的赞助、遇见陈时延的那天……以及沈苏绾可能已经看出来他们在一起了。沈苏绾和沅争订后天的机票回京州，而在这之前姜意和沅辞去了趟顾家的医院，最后一次检查肩膀，伤筋动骨一百天，姜意格外重视这件事情。

沅辞在单独的诊室内接受检查，姜意站在走廊外等候，差不多两三分钟后顾岷发来了消息，说在安全通道等她。姜意过去的时候，顾岷指间的烟已经燃到了一半。

他很少抽烟，只是刚刚知道了一些消息，心中难免郁结，眉间紧皱，看起来很烦恼。

听见动静，他熄掉了烟，沙哑着嗓音说了句："抱歉。"

他毕竟是个医生，这里也不是什么抽烟区，抽烟这种行为毕竟不太好，心情糟糕并不是可以在这里抽烟的理由。

姜意没开口，但她心里也并不轻松。顾岷这样失态，估计和接下来要跟她说的话有关。

在前天的那通电话里，除了"杏仁核"这件事，姜意还问了顾岷有关沅辞祖父的事。姜家和沅家是世交，但姜家在姜意出生前去了沿海发展，等到姜意回到京州时，沅老已经去世了。

姜意听过不少沅老的事迹，他是个说一不二的厉害角色，在京州有很高的地位。即使在他古稀之年，也没有人敢不对他礼让三分。

"你之前问过我，关于沅辞祖父的事。沅家的人瞒得很严，我知道的情况不多。沅老心理和精神方面都出现过问题，但先前没有人知道这件事。"顾岷停顿了下，告诉姜意，"他有很严重的厌世倾向。"

顾岷学医从医，比旁人更清楚这件事代表着什么，沅辞在沅老身边长大，不管是行事作风还是其他方面，沅辞都和他太像了。

即便姜意再有心理准备，也还是差一点没反应过来，恐慌感瞬间在心中蔓延开来。她不是听不懂顾岷的言下之意，她想起之前贺沉山告诉过她的，在攀岩中沅辞解开了安全锁……其实不是偶然事件。

顾岷也想起了那次攀岩，捏碎了指间的烟，声音低沉道："那次攀岩虽然最后什么都没有发生，但在那一瞬间，他或许是真的想放弃自己。”

可能姜意之前在他身边的时候，沉辞还会约束一下这种失控的想法，但那个时候她到底不在。

站在顾岷这个角度来看，其实姜意不太适合沉辞，她什么都不知道，沉辞也不忍心逼她什么，就是这么一个人有时候偏执又隐忍。

“我不知道沉辞有多喜欢你，但为了你，他至少愿意约束自己。”

为什么顾岷会知道这些？

也许是当年他因为自闭症被送进疗养院，遇见沉辞的那一刻起，就注定了他们是同道中人。

如果不是顾岷，姜意可能永远都不会知道，当年如果没有她的出现，沉辞早就会放弃自己。他不爱自己，对所有事物早就丧失了热爱的情绪。

姜意开始疯狂地责备起两年前的自己。

那年离开的时候，她不应该隐瞒，至少要告诉他自己很快就会回来。

姜意再怎么掩饰，沉辞做完检查出来后，还是一眼就看出了她的情绪不佳。

“怎么了？”

姜意摇摇头，先是问了他检查的情况，得到没事的回答后，才问他：“待会儿去超市吗？我想买一些年货。”

沉辞不知道刚刚发生了什么，但很清楚她在转移话题，于是顺着她的话说：“不怕我被认出来了？说不定还会被拍照传上网。”

他还记得上次陪她去超市买东西，一开始她是拒绝的，担心逛超市的时候他会被人认出来，到最后虽然答应了，也只是让他在超市外等着，没有让他进去。

中庭顶部透进的光落在姜意身边，金色的光晕很朦胧，沉辞看着她，声音里带着淡淡的笑意：“现在不担心这些了？”

他那种似笑非笑的神情很动人，什么都不点破，但又什么都清楚。

姜意顺势问道：“那如果被拍到照片呢？”

电梯门刚打开，沉辞进电梯的动作一顿，但只是一秒的时间，他扣住姜意的手腕进了电梯。姜意的背一靠上电梯壁，沉辞就搂住了她的腰，低下头亲吻她。

先是直挺的鼻梁碰到她的脸颊，再是呼吸纠缠在一起，有些灼热。在密闭狭小的空间内，微喘声仿佛也被放大了。

一个吻若即若离，点到即止，却比以往任何时候都要暧昧，让人心颤。

电梯从五楼到负一楼地下停车库，不过几十秒，却久得像时间曾经静止过。姜意都快要忘记自己问了些什么了，也只有他还记得。

他侧过脸咬了下她的耳垂，让她感觉浑身又酥又麻，所有血液上涌、电流乱窜，差那么一点她就叫了出来。

他很酥很酥地笑了一声，回答她：“那就公开。”

如果被拍到了照片，他会公开关系。

此刻，姜意有种说不出来的感觉，心颤而柔软，全是说不清道不明的情绪。

在高中到大学的那几年，沉辞在物理竞赛圈很有名，高中的荣耀和辉煌太多，很多学弟学妹都把他当作传说，私底下有不少人叫他“沉神”，参加竞赛或者上台演讲辩论时，都要拜一拜沉神。

姜意之前参加国家队竞赛的时候，也在心里默念过沉辞的名字，以此来平复紧张的情绪。

而此刻她同样紧张，也没有看沉辞。她犹豫了下，还是仰头亲了亲他的下颌，突然说出一句话：“我爱你。”

姜意不知道怎么回应他，也不知道怎样才能给沉辞安全感，如果说爱可以的话，她愿意天天说。

电梯早就到了负一楼的地下停车库，电梯门开了又关。

沅辞明显愣住，他没想到她会突然说爱他，沅辞的下颌有一瞬间的紧绷，随即柔软下来。他淡淡地“嗯”了一声，依然从容冷静，但在按下电梯开门键的时候，开口道：“我永远爱你。”

他的声音很轻，仿佛那只是漫不经心的一句话。

在超市的时候，沅辞推着购物车，帽檐拉得很低，加上口罩遮住了大半张脸，如果不是很熟悉，或者盯很久，基本认不出他是谁，顶多好奇这人为什么要遮得这么严实。

沅辞推着购物车走在前面，姜意跟在他身侧后面一点，穿梭在高高的货架间时，注意到他衣服下摆处有个设计感很强的长条带，她一时兴起，看它晃来晃去，就伸手勾了一下。

沅辞起初没有察觉，在拐弯的时候停了一下，才感觉到衣角处的拉扯感。他侧过脸想说可以拉着他的手时，余光看见身后不远处有两个女生一直看着这里，其中一个短发的女生还拿手指了指，然后两个人的脑袋凑在了一块儿，不知道在讨论些什么。

“意意。”沅辞把她拉到身前，刚要提醒，就见那两个女生小跑着到了他跟前。

短发女生先开口，她找的人却是姜意：“你好，请问你是先前参加Senior TT赛的Jiang吗？”

姜意看着跟前穿着鹅黄大衣的短发女生，点了下头。得到肯定回答的短发女生弯唇露出一个很开心的笑容，礼貌地征求她的同意：“我男朋友很喜欢摩托车，也特别崇拜你，我可以要一张你的签名吗？”

姜意有些意外，但也没拒绝她。短发女生动作很快地从包里拿出了一本《高等数学》，然后翻到最后一页空白处，又拿出一支笔递给姜意，眼神充满崇拜地看着她。

嗯……高等数学？

似乎是看出了姜意的疑惑，短发女生露出一个有些害羞的表情，红着脸，旁边的同伴替她解释道："她和她男朋友是因为高数认识的，写着拉格朗日中值定理的那章还有她男朋友的告白小字条。"

同伴看她带着这本书，没有半点意外，完全是一副看惯了的表情。

姜意觉得有些可爱，签名后又和短发女生合了张影，女生说了好几声谢谢，然后摆了摆手，和同伴去了酸奶柜那边。

摩托圈毕竟小众，姜意很少遇到这种情况，在两个女生走后她才敢看向沅辞，小声道："等久了？"

头一次当了背景板的沅辞在一旁静静地等着她，姜意看不清他的神情，但能感觉得到他眼里的笑意。

逛完超市回到车上，姜意想起了什么，说道："有一次在国外，我坐在车上看到一个很像你的人。我觉得自己不会把你认错，但又觉得你不可能会出现在那里，你应该再也不想见到我才对……但我还是下了车，只是找了很久最终一无所获。"

那个晚上她辗转反侧了很久，一直睡不着，干脆下床调起了酒。

姜意问过自己很多次，如果再给她一次选择的机会，她还会不会离开京州去参加比赛，而每一次的答案都是一样的。她还是会去参加比赛，但不会再对沅辞有所隐瞒。

她一直忘不了姜白的死，也一直怨恨着自己。

他明明有为之骄傲并热爱着的赛车事业，但为了照顾她，不得不将其搁浅，后来他的意外离世更是与她脱不了干系。

直到今日，姜意都还在后悔和内疚中。

"我不知道为什么那天找不到你，我会那么恐慌。后来才想明白，我大概是在怕那个人真的是你，怕自己连你也要错过。"

他千里迢迢来到这里，而她只和他遥遥见了一面，想想都觉得内心酸涩。

姜意很不喜欢"错过""遗憾"和"误会"这些字眼，尤其是这些词还和沉辞相关的时候。

车一直没有启动，沉辞坐在驾驶座上听姜意提起过去那两年的事，神色很平静，像是一个局外人，又像是已经知道了这些，直到姜意问他："如果今后我让你不高兴了，你可以告诉我吗？我会改。"

他这才回应："好。"

冬日阳光明亮透彻，温柔也澄清。

但姜意心里还是有着说不出来的难过，她想早一点遇见沉辞，也想早一点告诉他自己的心意，他没有爱而不得，她也没有错过。

年底的这几天，沉辞没有去工作，一直待在十二云栖。沉争和沈苏绾结束邻省的考察工作后，也回到了京州。

姜意问过沈苏绾大概什么时候下飞机，电话里沈苏绾的声音很温柔，让她别来接机，也没有说具体的时间，只是说明天早上就到京州了。

姜意以为是今晚的飞机，晚上吃完饭等了一个小时后去楼上健身房健身，穿着一件露腰的小背心，又在外面套了件运动外套。

她扎头发的时候运动外套的衣摆会跟着上滑，露出一截雪白的腰肢。因为赛车比较考验身体素质，她一直有健身的习惯，加上身高腿长、肤色白皙，常常被路人误以为是模特。

沉辞上来后就看见姜意在跑步，跑步机的速度设置在 8km/h 左右，她已经跑了半个多小时，脸颊上有细密的汗珠。姜意看见他，降低速度慢慢停了下来。

"怎么了吗？"

"院子里跑进来一只猫，要去看吗？"

姜意点点头，她喜欢猫，高中的时候还差点捡了一只猫回家。

前几天下过雪，到今天都没化干净，沉辞找了件厚一点的外套让她穿上，然后才带她出去找猫。

十二云栖里的别墅都是独门独户，每栋之间都隔着一定的距离，也不知道猫是从哪里过来的。姜意在草丛里找到了那只猫，是一只英短蓝猫，不知道在残雪犹存的草丛里滚了几遍。

姜意小心翼翼地把猫从草丛里抱出来，它也不挣扎，懒洋洋地趴在她手臂上，喉咙里发出咕噜咕噜的声音。姜意以为这是一只很亲人的猫，但它对沅辞很凶，根本不让他靠近。

抱着猫的姜意第一次看见沅辞露出这种不爽的表情，有些忍不住唇边的笑意。如果不是她喜欢猫，又刚好抱着它，他说不定早就转身走了，又或者根本不会分神注意到一只猫。

“我们出去问一下周围的邻居吧？”姜意看着不能靠近的沅辞，桃花眼尾微扬，笑意灿烂，“要不然今晚我们都不能待在一起了。”

嗯，这只猫真的好凶啊，沅辞靠近一步都不可以，一米以内都要叫个不停。

沅辞皱着眉，冷冷地看着猫，突然觉得它有些碍眼。但他总不能吃一只猫的醋，只能戴上卫衣的帽子，走了出去。

周围比较近的别墅只有两户，又刚好是完全相反的两个方向，去的第一家住着一位退休的老奶奶，前几年养过猫，但现在家里只剩下一只大金毛。姜意抱着猫轻柔地说了句“打扰了”就要离开。

老奶奶很和蔼，让她等一会儿，返回客厅拿了一袋水果给她。

老奶奶和沅辞的祖父差不多是一个辈分的，也知道姜意的父母，姜意以前还见过她好几面。姜意之前陪她散过几次步，没想到会被记到现在。

“今年回来啦？这几年都没见到你，姜家的小闺女现在长得真是亭亭玉立，好看得不得了了。”

被老奶奶这样夸，姜意有些不好意思，低着头笑了笑，放低了声音说道：“谢谢奶奶，奶奶快进去吧，外头冷。”

老奶奶拍拍她的手，笑了笑，往院子外头看了一眼，那里站着沅家小辈，身姿挺拔如琼林玉树，也是个好青年。

“快去吧，别让人等久了。”

“那奶奶，我随后再来看你。”

“好。”

姜意几步走出院子，关上小铁门后把推却不掉的一袋水果递给了沅辞，说道：“这是奶奶给的。”

沅辞接袋子的时候又被猫凶了一下，差点被它挠到手。毕竟是别家的猫，姜意也不好教训它，只能揉揉蓝猫的脑袋，让它乖一点。

与老奶奶家反方向的另一户人家最近几个月才搬来，姜意没有见过主人，抱着猫在外面等了一会儿，才有人跑出来开门，然而一照面两个人都不约而同地愣了愣。

“姜意！”

“颜月？”

几步外的沅辞也抬眸看了过来，见到颜月他并不意外，然而他的脸上也没有多余的神色，倒是姜意怀里的猫“喵呜”一声就钻进了她的怀里。

颜月的父亲是著名的经济学家，母亲曾经是影后，现在已经息影。而颜月有自己的小公寓，如果不是过年或者其他原因的话，她不会住在十二云栖，在这里不但离市区远，还要忍受父母的念叨。

但她现在后悔了！

大美人出现在这里说明什么？说明她也住在附近！

颜月正在酝酿情绪，准备当面表达一下对新偶像的喜欢，然而大美人先开了口，指了指已经跳进她怀里的猫，笑道：“这是你家的猫吧？刚刚跑丢了，以后要注意一点。”

连声音都这么好听！又温柔又甜！谁会不喜欢这样的大美人！

颜月睁着星星眼看姜意，摸了摸怀里的蓝猫，心情有些小躁动。

不知道这算不算墙头草……虽然男神就站在边上，但好像还是大美人更好一点，毕竟好看还好相处，而男神太过“生人勿近”了。

“嗯嗯。”意识到自己走神的颜月连连点头，有些害羞地问姜意，“我可以和你合一张影吗？”

姜意原本都打算离开了，听到这句话不免有些诧异，确认了一遍：“和我吗？”她不是沉辞的粉丝吗？

颜月很确定地点了下头，有着被宠爱着长大的人才有的天真和烂漫。

在拍照合影的时候，姜意忽然明白，为什么蓝猫明明没见过沉辞，却这么凶他……大概是颜月追星的时候，小猫看见了，所以心里不满？

合完影后姜意就和沉辞离开了，回去的路上姜意没和沉辞牵手，因为抱猫的时候手弄脏了，又湿又冰不太舒服，外套也脏了一块。

最主要的是姜意不让沉辞拉手。

出门时因为有猫不能走在一起，回来时又因为手是脏的，不能碰……沉辞感觉有些难忍。

当两个人在一起后再拉开距离，原来这么难熬。

他轻咳一声，在姜意回头看过来时，果断伸手牢牢地扣住了她的。姜意挣扎了一下，随后眼神闪烁地看着他，声音含笑：“强取豪夺？”

她微微歪着头，桃花眼里漾着光，是真的很好看。

“嗯，不是君子所为。”沉辞停下了脚步，低头与她的嘴角相贴了一下，很淡地笑了笑，反问道，“然后呢？”

姜意没有接话。

他仗着她对他的喜欢，知道她说不出反驳的话。

姜意无奈转身，打算先回屋再说，结果一抬头就看见了站在屋前的沈苏绾，她顿时愣住了。他们就在栅栏边。沈苏绾原本只是想出来看看他们回来了没有，没想到会看见这一幕。

沉辞也看见了，但是很从容淡定，仿佛刚刚的当事人不是他一样。

沈苏绾怕他们难为情，眼含笑意，什么都没有说，转身先进屋了。

最不好意思的大概是另外一位当事人了，被长辈撞见接吻，姜意这次是真的连耳朵都灼烫起来了。

沈苏绾和沅争原本订的是今晚的飞机，但临时改签了机票，提前了半天回来。至于沅辞和姜意交往这件事，她也是最近才看出来的，两个人难得同时在家里，相处时气氛和之前截然不同。

作为母亲，沈苏绾自责过无数次，沅辞从小就在他的祖父身边长大，而她因为工作忙碌，给他的关爱不够，当她意识到沅辞已经很优秀出众的时候，他已经不愿意亲近父母了。

他礼貌、自律，也足够冷静自持，不像同辈的那些孩子。沈苏绾更是很少见到他真正开心的样子，冷冷淡淡，对谁都保持距离，一副生人勿近的样子，有时候在熟人面前也是如此。

沈苏绾心疼的是他出类拔萃却不快乐。

那时候姜意初次来到沅家，沈苏绾抱着一点微弱的希望，希望姜意能陪陪沅辞，总好过他一直一个人。

当天晚上吃过夜宵之后，姜意被沅争叫去了楼上书房，沅争问道："决定要和沅辞在一起了？"

姜意没有犹豫，回答："嗯，很认真。"

"和沅辞在一起可能会很辛苦。"沅争抽出一根雪茄，但想了想还是放了回去，说道，"意意，沅辞的心理问题可能永远都不会好。"

姜意迟疑了一下，还是说道："之前我还可以说那些和我没有关系，不是由我引起的……但现在已经不能了。"

她已经成为沅辞最大的问题，现在要是再抽身离去，结局只可能糟糕透顶。

"争叔，"姜意认真地道，"在这件事上，我绝对不会后悔。"

沅争还是把那根雪茄拿了出来，点燃后抽了一口，又熄灭，他上前摸了下姜意的发顶，轻轻叹了口气道："那就麻烦意意了。"

他至今还记得在父亲日记上看到的那一句话：她不会回来了。

沅争知道，自己的父亲有个很喜欢的人，他们相互扶持挨过了许多糟糕苦痛的年岁，可最后父亲喜欢的人却死在了1976年，马上就要春暖花开的季节。

姜意下楼后，沅辞也被沅争叫进了书房。姜意不知道他们聊了什么，原本她打算今晚洗漱完看文献的，思来想去后，还是下床去敲了沅辞的门。

等了一会儿，沅辞才来开门，看见是她，很自然地往旁边让了一下。姜意之前学物理的时候经常来找他问问题，习惯成自然，进屋后她才反应过来自己只是来问几句话，其实站在门口就好了。

沅辞房间的格局比较简洁，落地窗户旁有一张单人沙发，还有一块延至床边的纯毛地毯。姜意来问物理题的那段时间，就是坐在这张地毯上，比较方便，那时候一心学习也不会想太多。

但现在这种情况怎么可能不多想？他们独处一室，在深夜、在床边，又是在已经跟长辈沟通过的情况下，更何况还亲密靠近过。

姜意在想是站着好还是坐着好时，沅辞先开了口："帮我擦头发？"他刚从浴室出来，头发湿且黑，眼睫毛上还带着水汽，嗓音也像是被雾化过，每一个低哑的音节都落在她的心弦上。

姜意原本想问沅辞，沅争是不是担心他们的交往只是一时兴起，但现在又突然觉得没必要问了。

姜意清楚沅争在顾虑什么，但既然沅辞没提，她就相信沅辞能处理好这些。她把注意力放回了给沅辞吹头发这件事上。

手指从他的发顶滑下，碰到耳朵时，姜意停顿了下，莫名其妙地想起那次相拥而眠时，他低头吻她耳朵的情景，所有气息都那么热烈灼烫。

此刻除了吹风筒的一点噪声，再没有其他声音了。吹完头发后，姜意收好毛巾和吹风筒就打算回房间了，但又觉得自己来找他，什么都不说好像有点奇怪，于是问道："你最近还失眠吗？"

"有一点。"沅辞看着她，一点壁灯的光落在她眼里，他问，"我等下还要看一些资料，要陪我吗？”

姜意迟疑了下，明明知道不应该再和他独处下去了，可一想到顾岷那时候跟她说的话就败了下来。她以为沅辞会去书房看文件，那样她至少可以坐在沙发上，也不会太别扭，然而沅辞拿了笔记本上了床，让她坐在床头。

她不是第一次坐沅辞的床，但此刻的情况与先前都不同。尤其是她来时穿的睡裙和他被子的颜色几乎一样，在一片深蓝色里，周围满是他的气息，近似于肌肤相贴。

像是在侵犯他的领地。

姜意在用沅辞的平板登录账号看文献，结果只看了一会儿，她就觉得有点困了，支着下颌看了沅辞一眼。他的电脑屏幕上多半都是英文，还有一些代码。

姜意看到了几句英文，大概是说某某国家政权更迭之后，还存在一些不稳定的因素，常年处于战乱之中……再后面是一些很专业的术语，她看不太懂，疑惑地问了一句：“氘提供的安全服务都是这种类型的吗？”

“分突袭任务和保护任务，氘主要是后者。”沅辞停下工作，看向她，目光有些深邃，低声道，“困了？”

姜意点了点头，已经做好回自己房间的准备了，然而在要下床的时候，沅辞调暗了壁灯的光，说道：“你先睡。”说完还替她拉高了身上的被子。

他的意思是让她今晚在这里睡吗？

姜意眨了下眼，说道：“已经两点了。”

“嗯？”

“我要回房间了。”她是真的有点困了，又不能睡在沅辞这里，她问，“你不休息吗？”上回深夜在一起，姜意都没这么紧张，可能是因为在自己的领地里会相对放松一点，而她现在被他的气息包裹住，总觉得有些不自然。

沅辞合上了手提电脑，揉了下眉心，有些无奈地说了一句：“你觉得我是真的有重要公文，非要这个时间点看吗？”

姜意迎上他的目光，壁灯的光即使再暗，也还是在他的眼睛里交织出一抹金色，微晃，光晕深深。

紧接着，姜意感觉自己的手被摁在了床上，力道很轻，如果她想要挣开随时都可以。沅辞给了她拒绝的机会，但又清楚地知道她不会逃开。

清冽的气息挨近，恍惚间，姜意觉得自己的心跳频率加快，指尖在颤，却又被他抓在手心里，灼烫不已。

“沅辞……”

她叫了他一声，换来的也只是他很轻的一个音节：“嗯。”

他还是吻了下来。

第一次处在这样的环境，熟悉又陌生，安静又鼓噪，温度炙热，眩晕感强烈。

偶尔分开几秒，他吻住她的耳垂，是真的很麻，心跳声仿佛就在他舌尖上滚动着，微微一咬，心跳便彻底乱了。

是真的情动，也是真的发乎于情止乎于礼。

毕竟她什么都没有准备好。

最后沅辞低头吻了下她的眼尾，嗓音低哑：“晚安，睡吧。”

一面是狂乱的心跳、难言的鼓动和掠夺欲，一面是珍惜克制的情感，他怕弄伤了她。

姜意有些迷茫，在这个漫长的吻后困意明显更深，沉沉睡去之前感觉沅辞好像下了床去了趟浴室，再回来的时候，身上的温度很低很低……睡梦里的姜意下意识地避开了一点，过了十几分钟才被人搂进了怀里。

姜意醒了那么三四秒，看见抱住自己的人是沅辞，又放松了下来，在熟悉的气息里渐渐睡熟。

沅辞笑了下，觉得自己可能是没救了。

姜意醒来的时候已经是早上八点，比她平时的生物钟晚了一个小时。

身边没有人，姜意回自己房间洗漱，换了衣服后准备下楼，刚好在楼梯口碰见沅辞，他来看她醒了没有，顺便叫她下楼吃早餐。

阿姨不在家，沅宅的三餐大多都是叫酒店送或者出去吃，家里人很少下厨。姜意看着走在前面的沅辞，她依稀记得沅辞做的中餐很好吃。

下楼后姜意没看见沅争和沈苏绾，随口问了一句，才知道他们早早就出了门。

到了年底这一段时间，沅争的工作更加忙碌，而沈苏绾有约，听说是在准备复职，并且有很大的升职可能。倒是沅辞已经结束了今年全部的工作，省台春晚有一个他的表演节目，节目也已经提前录制好了。

下午沅辞和姜意去了山庄会所，就是姜意比赛完回国后第一次遇见沅辞的地方。秦蔺把人都约了出来，说是年前再聚一下，除了傅时青身为小提琴手要参加国外的演出没时间，其他人都来了。

顾岷在医院刚值完夜班不久，姜意来的时候就看见他支着下颌坐在角落的那张沙发上，在看临床检验报告单。

陈青鹤叼着根烟站在窗边，看见沅辞和姜意来了，抬脚踹了一下边上拉着沈牧打牌的秦蔺，故意揶揄道："最难请的沅大少爷到了，你还在这里琢磨怎么赢回你那车？"

秦蔺和沈牧打牌输掉了他刚提的车，十分悔恨，见姜意来了之后更是连连叹气，给她端茶送水，殷勤得很。

在陈青鹤那里知道秦蔺输掉车的整个过程后，姜意直接明了地问道："你想让我帮忙把车赢回来？"

秦蔺恨不得给她捏肩捶腿。

圈内只要跟姜意组过局的，都不会想和她玩牌，不只是牌类，但凡和运气沾一点边的活动，大家就没见她输过。到今天秦蔺还记得四年前那会儿的事。那时他刚进大学，为了搞好关系，生日请了一大堆人，也有不是一个圈子的同学。秦蔺没想到自己和沅辞他们聊天的一会儿工夫，就有这么没眼力见儿的人找上姜意。

不过也对，姜意多漂亮啊，正儿八经的名门之后，加上去年她还是物理竞赛国家队的成员，表现出色、成绩优异，京州这一片学府的本地学子大多都听说过她的名字。

神秘感有了，背景也放在那儿了，即使她安安静静地站在角落餐台边，也有的是人想上前碰碰运气，只不过在这些人之前，有个暴发户子弟格外没有眼色。

对方的张狂和傲气是足足的，但地位和本事没跟上，不了解姜意的背景，只是看她长得特别好看了一点，就上前想和人聊几句，顺便搂个腰，占个小便宜。

一开始他也比较客气，虽然姜意不认识他，但也还是友善地聊了一两句，只是后来，他竟然得寸进尺到让姜意陪他喝酒！

他这个做派应该是跟他那暴发户亲爹学的，可是在姜意拒绝后，男生脸色当场就难看了，场面也变得不可控起来。那人非要和姜意喝酒，否则没完，旁边也有人缓和气氛，给了台阶，说玩玩游戏认识一下也可以。

生日会上全都是年轻人，娱乐活动还是有一点的，服务生很快把牌拿了过来。

这是秦蔺的生日会，姜意不想让他的朋友为难，就答应了玩牌，顺便打发一下时间。她有点无所谓，反正不会输，就是挑事的那个男生非要把赌注设置为喝酒这一点很让人反感。

喝酒。

嗯……最后她一杯都没碰，反倒是秦蔺还没记清楚名字的那个同学吐了个昏天暗地。

事后，秦蔺被他妈狠狠骂了一顿，说好好的一个生日净请一些不三不四的人，还让姜意差点受了欺负。之后原本还有一顿来自他爸的鞭子伺候，幸好姜意及时打来电话救了他，否则他得在床上趴个好几天。

唉，他也不知道会发生这些事啊。

他一个寿星都不敢让姜意陪他喝酒，哪想到会有人那么不要命啊。

一次还可以说是碰巧，后面几次聚会，秦蔺和姜意玩抽牌也是输得一塌糊涂，换其他人来玩结果也差不多。

他们这几个人里运气最好的是姜意，运气最差的是秦蔺，其次是顾岷。陈青鹤和沅辞不怎么参加这种活动，就不得而知了。

姜意在秦蔺的哀求之下上场和沈牧打牌，押注，明面几张牌、底下几张牌，猜对手手里的底牌大小，计算赢面。

陈青鹤咬着烟，有点野性的感觉。他右手边就是窗户，开着一条缝透风，烟味很快就能散出去。他有点好奇结果，不出意料，十分钟后秦蔺那辆车就被姜意赢了回来。秦蔺现在正在那里得意扬扬，忘乎所以，摩拳擦掌打算和沈牧再玩一局，试图找回场子。

不过这次除了姜意，顾岷也被秦蔺拉进场玩牌。

陈青鹤差不多已经料到结局了，提醒秦蔺："有完没完，要是把车输给姜意，你找谁给你赢回来？"

秦蔺充耳不闻，也不知道哪来的信心，觉得姜意的运气在和沈牧打牌的过程中已经用完了，现在看的是实力。

沅辞坐在姜意旁边，观牌不语。

陈青鹤站着看秦蔺的牌，又瞥了一眼顾岷的牌，觉得现在神仙来了都救不了秦蔺，连个给他垫背的都没有。

沈牧本来不想玩了，但又觉得秦蔺这个傻小子指不定要输得走路回家，他在好歹可以放放水，只是当他抬头看见秦蔺一脸纠结时，预感自己肯定操心不过来了。光是看秦蔺的表情，沈牧就能猜到他的牌面大小，一点都藏不住事，上赌桌就是给人宰的。

为了让他的表情不那么惹眼，沈牧费尽心思引出话题："顾岷之前不是不会打牌吗？"

第一轮的庄家是顾岷，下注后他才道："一年前学的。"他指的是当无国界医生的那一段时间，深夜里也得时刻观察伤者情况，有时候只能和身边的医生通过打牌或者聊天来打发时间。

姜意跟了注，沈牧用眼神示意秦蔺放弃，但他没看见，继续跟注。

陈青鹤算是看出来了，就算是十个沈牧都拉不回一个傻小子。

几局下来，赢得最多的是姜意，其次是沈牧，顾岷算不上输赢，秦蔺毫无悬念地垫了底，他的车钥匙重新回到了姜意的手上，连同身上的钱包。

沈牧掐了掐眉心，已经做好秦蔺要赖的准备了，结果他只是深深地叹了口气，默念："压岁钱、压岁钱，小意思、小意思。"

陈青鹤本打算再抽一根烟的，听到这句话没忍住笑了，拿烟盒的动作一顿，揶揄道："也是，马上新年也该发压岁钱了，要不你叫声哥哥？今天所有的账都算在我这里。"

秦蔺面无表情，不想说话。

沈牧不想掺和了，扭头看向一边。

到最后秦蔺也没叫，十分硬气，放下牌叫服务生送酒进来。姜意坐在沙发上调酒，秦蔺左思右想，还是悄悄地问道："如果我真叫哥了，是不是很没骨气？"

姜意沉吟了片刻，说道："那你不如叫我哥哥，我可以把车钥匙还给你。"

秦蔺愤愤道："连你也想占我便宜！"

"愿赌服输啊。"姜意桃花眼微微一弯，笑了，"这么久了你还是不长记性，沈牧都叫你别玩了，是你不听。"

"谁能想到我运气这么背啊。"

姜意一边调酒一边和秦蔺聊天，他现在接手了家里的娱乐公司，还在摸鱼的阶段，平时最烦有一些艺人来"咚咚咚"地敲他办公室的门，或者绞尽脑汁想着怎么在公司里和他偶遇。

秦蔺有些郁闷道："上次有个女的硬要扒拉我衣服，结果被沈牧碰见了。明明说好要请我吃饭，结果他转头就走，我那天又没带钱，只能开窗喝了一下午的西北风。"

姜意压不住唇边的笑意，看见沈牧额头的青筋都要跳出来了。一旁的沅辞看过来，低声问了一句："酒调好了吗？"

秦蔺默默无言地等了这杯酒老半天，觉得自己肯定能第一个喝到姜意调的酒，结果眼睁睁地看着姜意把杯子递给了沅辞。

秦蔺委屈道："哈喽？我不应该在沙发上，我应该在沙发下？"

陈青鹤在和顾岷聊当下的大环境，顺便问了下医生资源等情况。

"怎么？"

"缺几个随行医生，这个月一结束就得去德国。"

这时候有人敲了几下门，之前秦蔺点了不少小面包和甜点，姜意以为是服务生，过去开了门。

门外站的却不是服务生，而是一个留着长卷发的女人，说风情太过，说动人又太轻。如果开门的人是沈牧，大概看清来人后就会把门甩上，这就是那个扒秦蔺外套的模特。

姜意不知情，友善地开口："你好？"

女人落在她身上的目光有一点意味深长，往包厢里瞥了几眼后弯起红唇，说道："你好，听说秦总在这里？我来找他。"

这就是一个简单的私人聚会，姜意没想到会有人来打扰，她不能让人直接进去，只是在开口时和身后沅辞的声音重合在了一起。

"你等等。"

"怎么了？"

站在门外的那人看见沅辞的脸，明显愣了一下。虽然模特圈和音乐圈不同，但交集还是有的，更何况各个圈子就那么大，她不至于认不出来这人是谁。

姜意没注意到对方的神情，跟沅辞解释："她来找秦蔺，说是他公司的艺人。"

沅辞"嗯"了一声，一把搂过姜意的腰，带她往回走，淡淡地说道："让秦蔺自己出来跟她谈。"

即便门没有关，那个模特也还是没有进来，她有些瞠目结舌。音乐圈的这位从出道到现在，一点绯闻也没有，原来是早有心上人了？

秦蔺挠着头出门见到这位模特姐姐时，差点吓得转头就走，表情十分委屈，道："怎么还是你？"

这位模特姐姐准确来说咖位并不小，在公司里也有些地位，不知道怎的就看上他了，也不是想要主动接受潜规则，只是单纯看上他那张脸了。她曾经十分豪放地说过一句：秦总觉得不好意思的话，可以把我当成摇钱树呀，各取所需呗。

各取所需你个头！

他敢这样不三不四，他爹就能立马把他抽成一个开花香肠！

只不过他没想到，模特姐姐思考了一会儿后，说的是："秦总和沅辞认识？"

秦蔺心中顿时警铃大作，当场就说道："姐，你别动什么歪心思啊，我都得叫他哥呢！不是能妄想的主！"他们这几个人早就默认沅辞和姜意在一起了，不是旁人能动心思的。

模特姐姐有些为难，犹豫了下又问道："那你身边那个叫沈牧的？"

"想都别想！"秦蔺脸色更难看了，眼前这个人怎么回事啊，怎么对他身边好看的人都要惦记一下！

模特姐姐没办法了，该问的都问完了，于是说出了找他的目的："秦先生，我的上个老板托我带给你一句话，让你这个新年务必带个女朋友回家吃年夜饭。"

模特姐姐的上个老板也就是秦蔺他亲爹。

秦蔺彻底无语了。

聚会快散场的时候，姜意收到了在场几个人给的压岁钱，都是用红包装着的，里面好像不是现金，而是银行卡。

姜意没接。

在这些人里她的年龄的确最小，但彼此之间也并没有相差多少，没理由要人家红包，像她和秦蔺或者沈牧，生日只差了几个月而已。

陈青鹤作为年龄最大的那个，解释道："两年没见，你今年回京州，我们也得有点表示。"其实这件事他们没有商量过，也是今天才知道大家都准备了新年红包，索性一块儿给了。

早已经忘记输车这件事的秦蔺也笑嘻嘻地来了一句："新年快乐呀。"

姜意有些哭笑不得，她早就把车钥匙给了沈牧，让他过几天再还给秦蔺，但秦蔺还不知道啊，怎么现在又给她"压岁钱"了？

"有祝福就可以了，我不缺这个。"姜意看向身边没开过口的沅辞，干脆利落地把他拉下了水，"你说几句话。"

沅辞这才低头看她一眼，神色未动，沉吟了几秒后说道："新年快乐。"完全是一副让她坦然接受的模样。

从离开京州那年起，她就和很多人断了联系，因为要在国外参加训练，又要忙于比赛，她几乎没有空闲时间。再加上时差、地域等原因，她甚至已经做好了最糟糕的打算。

在离开京州的那趟飞机上，她难过于沅辞的拒绝，也难过于今后可能和这些人不会有交集了。

她很感谢秦蔺和沈牧在高中那一段时间对她的照顾，就连顾岷也维护过她。就算这一切一开始只是由于沅辞，她也依然感谢他们出现过。

最后姜意还是收下了红包，打算挑一个合适的时机再还回去。

出山庄会所的时候，姜意发现外面下了小雪，脚踩在雪上的声音细碎而温柔。

沅辞站在她身边，看她伸手想去接雪，只能一边撑着伞，一边把她揽进怀里，轻笑道："很冷。"

热意从他身上传递过来，姜意顺势抱住了他的腰，仰头眉眼弯弯地看向他，突然兴起，喊了一句"沅辞哥哥"。

其实在一开始她还没进沉宅见到沉辞之前，她是打算叫他哥哥的，只是后来不知怎么回事没有喊出口。

沉辞垂眸，深深地看着她。

那种没有言语的凝视，让姜意的心跳慢慢加快起来，怦怦怦的，一点一点乱了节奏。

卓然如玉，雪落无声，乱她心曲。

这样子一点一点深陷进去，是不是不太好？比突然的起落更加难设想结局，因为喜欢他，所以难免会有些不冷静、不理智。

姜意踮脚亲了下他的喉结，触感柔软温热，轻轻一碰，像是在和雪拥吻，温度微凉、唇角柔软。

她笑着向他要红包："叫了哥哥，压岁钱呢？"

沉辞的喉结微微滚动，像是在克制着些什么，沉默了一会儿后，问她："只要压岁钱吗？"

在渐大的雪里，他的声音显得有些低沉，在疏朗和温柔之间，他很认真地在向她提出疑问。

他的声色独特动人，稍微压低那么一点嗓音，都像是在刻意引诱。

姜意眨了眨眼睛，看着他，缓慢地说道："我不敢要太多的东西。"怕贪求会得不偿失。

天气骤冷下来，显得她的眼尾有些红，像是桃花的颜色。沉辞的克制和隐忍一点点瓦解，在随时可能有人路过的山庄会所外，低头吻了下她的眼尾，柔声道："想要什么，你都可以提，我永远对你有求必应。"

就像那时候，沉辞告诉她的那样——"想要星星？"

"我想要的东西很多。"

"你可以提，我对你有求必应。"

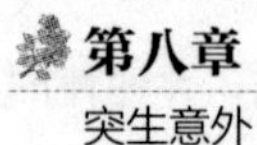

第八章

突生意外

雪一直下到了除夕那一天，早餐和午餐是姜意和沈苏绾一起做的，年夜饭则是由酒店外送过来的。

早上沅辞贴春联，姜意帮忙扶梯子，顺便看他有没有贴歪。年夜饭前，姜意和沅辞还去看望了隔壁的老奶奶。

“登对，真是登对。”老奶奶看着他们两个，拍了拍姜意的手，含笑道，“有没有考虑什么时候办订婚酒席？我看三月就不错，桃花灼灼，宜室宜家。”

姜意也有些不好意思了，刚想说太早了，她大学还没有毕业，身边的沅辞就先开了口：“我们会考虑的。”

姜意下意识地转头看了沅辞一眼，沅辞注意到她的目光，在桌子底下捏了捏她的指尖，唇角微扬，对老奶奶说道：“届时您如果有空，希望您能来当我们的证婚人。”

老奶奶连连说了几声好，笑眯眯地看着他们。

姜意和沅辞离开的时候，老奶奶的大金毛还出门来送他们，穿着一件喜气洋洋的红衣裳，摇着尾巴特别可爱。

姜意蹲下来摸了摸它的头，也不知道它能不能听懂，她自顾自地说道："要乖呀。"

大金毛乐呵呵地想舔她，但被沅辞隔开了。

姜意揶揄："金毛的醋也吃？"

沅辞拉着她走出院子，闻言深深地看了她一眼，不紧不慢地道："我只是觉得，它舔过你后，不方便我亲你。"

姜意一怔，瞪了他一眼，然后转移开视线，觉得耳朵有些发烫。

雪后初霁，道路两侧的绿植上还覆着一层薄雪。

有一句话说得好，当愿望成真的那一瞬间，你才知道你到底想要什么。至此，姜意觉得自己的愿望好像都实现了，至于其他的诉求她可以凭借努力来达成。

快到沅宅的时候，姜意问沅辞："一定要这么早订婚吗？"她觉得有点早了，沅辞还在音乐圈，而且她的大学学业还没有完成，订婚会不会太突然了一点？

姜意又说道："我们还没有跟争叔和绾姨商量，这件事也要告知你的经纪人吧？公开恋情会很麻烦。"

沅辞在沅宅门口停了下来，转过脸看向她，眸色有些深沉，终于还是说道："我准备退圈了。"

在说话时哈出来的淡淡白雾下，他的声音仿佛随风散开。他本就生性冷淡，此刻在雪色映衬下，更是清冷无双。

"既然下定决心要和你在一起，那么我希望那一天来得早一点。"

只是谁都没想到不久之后会有意外发生。

年夜饭除了叫酒店送的，沈苏绾还做了一些甜点。姜意在厨房吃了一小块水果千层，甜软适口，水果和奶油的香气很浓郁。

她吃完一小块后，沈苏绾笑着看她，问她要不要再吃一块，年夜饭还要再等一会儿。

姜意本来都要说不了，结果沈苏绾又递给她一块小蛋糕，比刚刚的水果千层还要甜……她又吃了一块，还在厨房吃了一点水果。

姜意对父母的记忆停留在了七八年前，有时候是真的很想很想他们，但他们已经很久没有在她的梦里出现过了，就连姜白也只在她的梦里出现过一次。

客厅一处堆放着昨天来拜访的客人送来的年货礼物，包装精致，拜完年后可能要腾出一个空房间来放置这些东西。

吃年夜饭的时候，姜意收到了沈苏绾和沅争两人的红包，一个是在市中心的一套房的房产证，一个是耳饰，都格外贵重。

这些其实她都不缺，但毕竟是长辈的心意，比起陈青鹤等人给的红包，她更难推辞。

年夜饭要结束的时候，沈苏绾给姜意戴上了那对耳饰。因为她没有耳洞，沈苏绾请人设计定制的是一对吊坠耳夹，坠着正圆孔克珠，很衬肤色。

另一边，秦蔺正身处于秦家老宅的水深火热之中，今天他求爷爷告奶奶地把沈牧带回家打算糊弄一下，虽然不是女朋友，但也是好朋友啊，希望他亲爹看在沈牧的面子上，能让他好好吃顿年夜饭，顺便再过个好年。

但他爹真是铁石心肠。

沈牧是吃了顿好的，但他差点连盛汤的碗都端不稳。

他爹就坐在他对面，放碗筷的动静大得吓人，他妈也在一旁数落他，数落就算了，还不停地给坐在他旁边的沈牧夹肉吃。

秦蔺刚想夹一块鱼肉，他爹就冷冷地咳了一声，吓得他立马转移方向又吃了片青菜叶子。

秦蔺此时也预料到了吃完这顿饭后他的下场，仅靠沈牧估计救不了他了，只能再找几个好友援助。

晚上七点左右，沅辞接到了秦蔺打来的电话，让他赶紧过来救救他，姜意在的话也带出来，惨兮兮地说他马上要被他爹丢到后山自生自灭了。

他打电话时，沅辞的手机没有开免提，姜意在一边都能听见他的鬼哭狼嚎。

他挂断电话后，姜意轻声问道："秦蔺怎么了？"

"他爸要收拾他，让我们去救场。"

他们就站在露台上，外面烟火绚烂，有着耀眼的璀璨和惊艳。沅辞的眉眼在夜色缤纷下显得很温柔，再也没有之前在山庄会所重逢时的那种冷淡和疏离感。

也是，她那时候不告而别，他生气是理所当然的。

久别重逢，庆幸那个人依然是他。

跟在客厅看春晚的沅争和沈苏绾打了招呼后，沅辞便带姜意出了门。

除夕夜，处处流光溢彩，沅辞一路开车驶出十二云栖上了大路。秦家离十二云栖有一个小时左右的车程，道路通畅，沅辞的车开得稍快了一点，四十多分钟后就到了秦家。

和沅家不一样，秦蔺爷爷奶奶都还健在，他们住的是老宅，除夕夜也比较热闹，都是亲近的人才能来的。车刚停进来，秦家的管家老伯伯就迎了出来。

"天这么冷，少爷还让你们过来，真是胡闹。"

管家记性好，他之前也见过姜意好几次，仔细看了一会儿后就认出了她。

"意意小姐这么长时间没来，老太太一直惦记着呢。"

说着他就把他们带了进去。

秦蔺打电话找人求助这件事，秦家老太太是知情的，在门口徘徊了许久，被管家劝了几次，刚刚才进客厅。秦蔺的父亲倒是不知道这件事，正在书房训秦蔺，沈牧则在客厅陪他的爷爷下棋。

秦蔺时刻关注着楼下的动静，从书房窗户那边看到沅辞的车开进院子后就开始撒泼："爸！家里来客人了！我得下去接客！"

秦父气得就要拿鞭子抽他，斥道："接客？你的嘴巴里就吐不出个花来！"

秦蔺觉得冤枉，眼看沅辞和姜意都来了，他爸怎么着也得给他留个面子，于是大声嚷嚷着，恨不得上蹿下跳，不满道："你这是对我有偏见！"

秦父就他这么一个独子，偏偏他还这么不着调，气得直上火，道："你给我滚出去！"

秦蔺来劲了，像是咸鱼要翻身，不知死活地调侃道："爸，我有句话不知道该不该说……"你脾气这么大，当初怎么追到的老妈？

"不知道该不该说，就闭嘴！"秦父一句话把他剩下的话给堵了回去，没给他什么好脸色。秦母就是在这时候上来敲的门，喊秦蔺下去，说是沅辞和意意来了。

"哎。"

秦蔺喜笑颜开地出了书房，剩下秦父和秦母两人。

"你看看这小子没皮没脸的！他不是和沅辞他们走得近吗？怎么就没学到人家半点好？"

"还不是你之前惯得太厉害了。"

秦家老宅的客厅。

秦老太太见姜意来了，拉着她的手嘘寒问暖，佯装生气地指责了沅辞一句："是不是沅辞惹你生气了？你们很久没有一起来奶奶家了。"

秦蔺刚下楼就听到这么一句，他和正在下棋的沈牧对上视线，还没来得及交换眼神，问这是什么情况，就又听见一句："还是我那不孝的孙子惹你不高兴了？有委屈跟奶奶讲，奶奶这就教训他！"

秦蔺的脚差点一软，如果不是他爷爷已经看见了他，他肯定立马转头回房间装睡。

秦家子女很少，这一辈里没有女孩，秦老太太唉声叹气过很多次，才会让秦父敲打秦蔺，让他早点结婚生子。这几年来，秦蔺也就只和姜意这么一个女生走得近些，她盼了又盼，不知道哪一天突然反应过来，这两人大概是真的没戏，遂放弃念想。

姜意不知道秦老太太的心理活动，解释道："没有委屈，这两年我去了国外，以后会常来看您的。"

秦老太太拉着她坐到一边的沙发上，对沅辞也很热情，喜笑颜开的，让下了楼默默坐在沈牧身边的秦蔺很是嫉妒。

管家端来了茶水和饮料，秦老太太就是在这时候看出了点问题。她之前也不是没想过沅辞和姜意在一起的可能，两个孩子站在一块儿确实登对极了，只是沅辞自小在沅老身边长大，由他亲自教养，不论是言行风姿还是心智谋略都比常人高出不少。出类拔萃不说，他还深谙收敛锋芒的道理。

秦老太太先前听秦蔺提过那么几句，说是沅辞身边一个女生都没有，她也就以为这个孩子生性冷淡，和姜意感情好只是因为她暂住在沅家，没往深处想。

可现在看来，好像不是那么一回事。

两人刚刚一块儿进来的时候，她没看清，他俩手好像是牵着的，而现在管家递茶，姜意的茶水放在沅辞跟前，他的指尖一直搭在杯沿上，像是在等茶水温凉下来。

言语间，两个孩子给人的感觉也是甜腻的。

样貌端正、言行合宜，这样的小辈谈起恋爱来，旁人瞧着都是赏心悦目的。

就是……秦老太太看向一旁观棋话多被嫌弃的自家孙子，有些头疼。

毕竟是除夕夜，沉辞和姜意在秦家老宅待了半个小时就打算走了，一同离开的还有沈牧。天冷、风大，秦蔺被派出来送他们到门口，顺便帮忙搬东西。

秦老太太准备了不少好东西，让沉辞和沈牧带回去，秦蔺就是个干活的苦力，把几大箱东西搬上两人的后车厢后，汗都出来了。

“这是我亲奶奶啊，什么东西这是？一大箱一大箱的……”秦蔺拍拍手，眼尖地看见沈牧的大衣衣袖下露出了一串紫檀手串，“咦”了一声，道，“我奶奶给你的？奇了怪了，她特意从寺庙求这个做什么，保平安？”

秦蔺的手上也有一串和沈牧的一模一样的手串，小叶紫檀，还是难得的瘤疤品相。

沈牧面无表情地看了秦蔺一眼，淡淡道：“本来沉辞也有的，你猜为什么老太太没给？”

秦蔺疑惑地问：“没给沉辞？”

姜意和沉辞就站在边上，她猜到了一点，轻轻“咳”了一声，示意秦蔺别再问了。哪想他十分好奇，非要刨根问底：“难道我奶奶终于想起来，我才是她亲孙子了？”

沈牧微微蹙眉，给了秦蔺沉痛一击，道：“这手串是招桃花、求姻缘的，老太太特意告诉我的，很灵验的。”

秦蔺先是一愣，而后像是被踩着尾巴的柴犬，哇哇乱叫。

“招桃花？开玩笑，我桃花还不够吗！追我的女生一大把一大把的，我才不缺——”

沈牧挑了下眉，手指勾着车钥匙晃了又晃，十分不留情面地揭穿他的老底：“那你有女朋友了吗？”

秦蔺一下子闭上了嘴。

秦蔺是他们这些人里最阳光朝气的一个了，偶尔浪荡，但从不逾越规矩，又不像沉辞和顾岷那样冷淡，他很招女孩子亲近……但亲近也没用，单身就是单身。

上车后，姜意不知道想起什么，笑了一下，忽然问了一句：“他们那个是佛珠吧？”大概真的能求得缘分。

在客厅聊天的时候，姜意就听管家说了，秦老太太在高山寺庙待了一个多月，前几天才回来，应该就是去求这个。

“嗯，那是老太太潜心礼佛求来的。”

沉辞开车驶离秦家老宅，沈牧和他们并不同路，直行一段距离后就分开了。车内开着暖气，姜意也就脱了外套，靠在窗户边看街景。

这里不是市区，也没有商业街，道路上几乎没有行人，只有挂在路灯杆上的灯笼依然火红一片，光晕仿佛随风晃动，很好看。

因为是除夕，朔月时不见月，只有天狼星依然清辉长明，高悬于凛冬的夜空。天狼星也被称作大犬座阿尔法星，由一颗蓝矮星和一颗白矮星组成，是夜空里常能见到的明亮恒星。

姜意找了一会儿天狼星，然后想到一个问题，转过头看向沉辞，问道：“秦蔺的奶奶怎么会知道你不是单身？”

沉辞实在是没想到她会问这个问题，恰遇前方红灯，他平稳地将车停下，沉默了几秒，问道：“我对你的心意，表现得不够明显吗？”

他没有看向她，手指搭在黑色的方向盘上，极其适合演奏乐器的一双手，骨节分明、干净有力，如琢磨过的玉石。

不是风流物不拈。

看着沉辞的手，姜意忽然想起了这句古诗，然而她也只晃神了这么几秒，就被沉辞的那句话拉回了思绪。

心意昭明、无处隐藏，也确实用不着高山佛珠，他已经有桃花了，仅此一枝。

姜意一怔，随后弯唇笑了起来。

怎么感觉……自己好像越来越喜欢他了？

晚上十点半左右，沅辞和姜意回到了十二云栖。先前沅老还在世的时候，新年都是在沅家大宅过的，有小辈一起守岁的规矩，现在倒是没有那些讲究了。他们虽是高门大户，但沅争和沈苏绾并不在意这些，只是今年姜意回来了，也就格外重视一点。

沅宅院子和一楼的灯一直亮着，沅争还让人准备了烟花放在院子里，等沅辞回来放，姜意跟着帮了忙。

沅争和沈苏绾的房间在三楼，有个露台正对着后院风景，往下望可以看见泳池池水，栖息着星辰般粼粼的光。七八个烟花箱子就放在泳池边上，他们准备等到零点的时候再点燃。

沅争和沈苏绾都没有熬夜的习惯，在回房间的时候，沈苏绾提了一句："以后会越来越好的吧？"

"会的。"沅争揽着她的肩膀进了房间。

未到零点，附近一片宁静。姜意和沅辞无事可做，只能坐在后院的西府海棠树下，闲闲地聊着天。西府海棠的花期未到，但姜意坐在树下，总觉得像是已经到了春季，海棠未眠，香味清淡而动人。

姜意差不多有三年没看见这棵海棠树开花了，不是因为出国比赛，就是因为要去外省参加集训，一直错过花时。

在初一到来之前，姜意提起了国外比赛的那两年，遇到过什么事、碰到过哪些人，那些过往她想让他知道。

在赛车圈内她算是新人，又是少之又少的女性赛车手，受到过很多冷遇和不公平的对待。但幸运的是，她也遇见过很多善良正直的人。

"我碰到过你的粉丝，在新西兰的机场。"

"很大方可爱的一个女孩子，分给我很多零食，边吃边聊天。"

在异国他乡的那两年里，和沅辞粉丝的偶遇交谈，算是她最轻松快乐的一段回忆了，即使有一点点的酸涩和苦闷，也算不上什么。

她喜欢的人站在光芒万丈处，而她在相隔数万里的异国他乡，很想很想他。

那个女生跟她说了许多有关沉辞的事，比如有什么新歌、专辑销量、视频剪辑……其中大多数都是她不知道的。

那时候姜意的手机壁纸是沉辞的一张照片，照片背景是图书馆，他看向窗外，红白设计的外套干净惹眼，而少年时期的阳光和明朗在这一瞬间深入人心。

这是他们高中宣传片中的一幕，沉辞和姜意都有入景，短短几秒，却异常出众。

有人在学校论坛上发了截图，姜意觉得好看便保存了下来。在一场物理实验赛前她将其设置为桌面壁纸，希望能有好运，后面也一直没有换过这张壁纸。

而在候机室遇到的那个女生之所以会和姜意聊这些，也是因为她无意间看见了姜意手机屏幕壁纸，以为大家同是沉辞的粉丝。

在大年三十这天晚上，姜意在寒风里说了许许多多的话，主要是她在说，沉辞静静地听着，中间怕她冷，他解开大衣外套把她半裹进了怀里。

温热一直不散。

在零点到来的那一瞬间，沉辞去放了烟花。

零点时分，烟花骤燃，一簇簇礼花绽放于夜空，虚幻惊艳，像繁星被吹落，然后纷乱坠落至人间，又如千树万树的花绽放。

除却沉宅这里，十二云栖还有其他人在放烟花，原本的寂静在瞬间被打破，在初一到来的这一刻，周遭热闹非凡，火树银花合。

姜意依然站在海棠树下，看着他半跪着点燃引线，然后起身朝自己走来。

隔着无数璀璨的烟火，山川湖海仿佛都在交错发光，让人分不清现实与虚幻，也分不清此刻是谁的心跳声最招摇、是谁的心意被燃放。

有些感情从初初心动到沦陷。

有些烟花从天上坠落到人间。

沅辞沿着泳池的边沿朝她走来，脚边的池水波光粼粼，像是撒满了星星。

而她站在海棠树下安静地等着他走近，眉眼弯弯，笑容灿烂。她耳垂上面的吊坠随着风在微微摇晃，珍珠掩在乌黑长发间，光华流转。

孔克珠的火焰纹在烟火下更是熠熠发光，格外漂亮、摇荡人心，却比不上她含笑的眉眼动人。

在沅辞走近把姜意搂进怀里的那一刻，他清晰地听到一句："那天在候机室，我很想你。"

啪——是心弦被猛烈扯断的声音。

沅辞靠近她，低头将她侧脸的长发别在了耳后，低头吻住了她雪白的耳垂，轻轻含咬了下。

滚烫的唇忽然落在原本冰凉的耳垂上，姜意的指尖骤然勾紧了他的外套，下意识地叫了一声他的名字："沅辞——"

他声音极低地应了一声，不似从前慵懒喑哑的语调，喉结滚动，离放纵与恣意只有一秒，呼吸纠缠，心尖失火。

他低低地开口："可能会有点疼。"

姜意都没来得及反应过来，话音刚落的时候，他就吻了下来，气息侵占，力道深重。

姜意靠在他怀里，微微喘着气平复着呼吸，夜里的冷风吹不散她耳根的滚烫和唇间的烧灼。

只缓了几秒，她的下巴就又被抬起，温热再度落在唇边，酥麻磨人、热意灼烫，由他把控着节奏。

她也是真的感觉到了疼，舌尖疼。

烟花彻底燃尽，这个漫长的吻结束在最后一片璀璨里。

因为折腾了一晚上，姜意回房间后很快就睡着了，中途醒了一次，发现不在自己的房间里，身边人是沉辞。

太困了，她没细想，转过身往他怀里靠了又靠。

沉辞还没睡，看见她往自己这边靠，伸手把她圈进了怀里。

凌晨三点零六分，新年快乐。

春节假期在新年初六那天结束，沈苏绾复职，初七飞去了法国巴黎第八区。沉争有个很重要的生意要谈，这一段时间也不在京州。

姜意返校前送沉辞去了机场，他的退圈时间在五月份，这之前还有一些工作要处理。而大学的假期其实还剩下半个月，只是她要提前进实验室参与课题研究。

她是年初第一批进实验室的学生，在接下来的十几天里从早上到晚上都要待在实验室，会比较忙一点。

等正式开学后，她还要分出时间去俱乐部参加训练，认真对待退役前的最后一场比赛。今年的 CSBK 赛事一共设了四站，通过全年赛事的积分排名最终确定年度排名。

姜意只参加第一站的比赛，也就不进入最后的年度排名。

两点一线的生活持续了一周，姜意早上去实验室看文献报告、整理数据，还要写论文，下午则在实验室里测量量子点团簇。导师去了国外，姜意和他通话联系也是在晚上十点左右。

第一天她进实验室的时候还跟导师视频聊天了，导师在国外参加学术研讨会议，问她的实验进展如何。去年刚复学姜意就进了课题组，实验也是从那个时候开始做的，只不过她的报告还没有开始作，导师盯着视频里的她，突然狐疑地问了句：“嘴角怎么有血痕？”

姜意愣了一下，想起初一那天醒来，嘴角隐隐还有些刺疼的感觉，随后弯唇一笑，从容淡定地解释道：“嗯……有点上火了。”心火应该也算是上火吧？

好在导师也没有多问，于是她继续勤勤恳恳地做实验、写论文。

陈值因为被董事会撤职，心里一直嫉恨不满，陈拙言的父亲前天刚回国，他就迫不及待地带着妻子闹到了他的跟前。

说出来其实不太光彩，陈氏集团起初是靠着陈拙言母亲娘家裴家才富贵显达起来的，陈拙言的父亲好手段，踩着无数垫脚石才有今天的无限风光。陈家的叔伯们不过是一人得道鸡犬升天，占尽了好处，凭着一点亲戚关系，也敢闹到陈家主宅这边。

陈拙言的父亲不管这些，冷眼旁观这一场闹剧。

陈值一家折腾了半天，陈父依然没什么反应，坐在沙发上端着杯子，似笑非笑地看着他们。当初他借妻上位，从其冷漠残酷的手段中就可以看出，他并不是个重情义的人。

就比如，即使陈覃进了陈家，他的生母也还是没名没分，甚至早在十几年前就被送出了国，再也回不了京州。

陈覃也并未见过自己的母亲，甚至不知道她是谁。

而陈值一家来闹事的时候，陈覃就在路上，比陈拙言更先回到陈家住宅，穿过高门玄关，一眼就看见了陈值一家“唱戏”的场景。他们就差一个戏台子，便可大方地往外宣称自己这些年有多不容易，对陈氏家族贡献有多大。

他冷笑，装作没看见这一幕，却在上楼前被陈父叫住，他淡淡开口：“别上楼了，在这儿等等你弟弟。”

管家先前就已经给陈拙言打过电话了，他不常回这里，另有住处，现在大概是在路上。

听到这句陈覃才停下了脚步，站在楼梯口，面容冷峻，在灯光的阴影下，像是冷面的修罗，透着沉冷的煞气。

管家在客厅忙里忙外，吩咐用人收拾陈值妻子打碎的花瓶，在心底连叹了几口气。饶是他这个外人也知道，这个家离散不远了。

正如大少爷和二少爷所想。

二十多分钟后，陈拙言的车驶进了前院，他下车走进了屋。

陈值是个商人，行事最起码会动动自己的脑子，买凶伤人尚且知道要隐蔽动手，可他的妻子并非如此。她身居庭院，其他本事没有，嚼舌根倒是厉害，在自己的丈夫被辞退的那几个月里，她被不少豪门阔太太冷嘲热讽了一番，有火发不出，此刻见到陈拙言更是怒目圆睁。

“你这个白眼狼！陈家好吃好喝地供着你，而你呢？你是怎么对你大伯的？！”

她脏话连篇，不堪入耳。

陈拙言表情冷漠，没什么反应。陈覃抬步刚要朝他走过来，让他上楼，不承想陈值的妻子冲动过头，直接拿起了茶几上的水果刀朝陈拙言冲了过来。

客厅里的用人们尖叫成一片。

刀尖锋利，淬着寒光——

血从陈覃的胳膊上涌了出来，不停地往下滴落，几秒之间就汇聚成了一小汪，鲜红刺眼。他拧着眉把陈拙言护在了身后，攫住陈值的妻子，冷冰冰地警告道：“滚远点！”

她一看伤错了人，手一抖，水果刀就掉在了地上，人就跟着瘫在了地上，拍着腿哭喊着。陈家在未发迹之前，本就住在乱巷里，市井小人的行径在鸡犬升天后也改不了。此刻她撒起泼来，一个劲地在说当年贫寒时，自己是有多不容易，作为大嫂照顾着一家人，没有功劳也有苦劳，现在丈夫没有工作遭人嫌，也没处讨个说法。

坐在沙发上像个局外人一般的陈父放下了茶杯，抬了下眼皮子，看了眼被血沾染的地毯，对于这场闹剧开口说了第一句话：“管家，叫人把血清理干净。”

说完他就上了楼，对陈覃的伤情视而不见，更别提会理会这种场面难看的闹剧。

客厅里一片凌乱，用人们都不敢出声，管家拿了急救箱匆匆跑过来，正要打120时，在给陈覃简单包扎止血的陈拙言开口了：“我送哥去医院。”

陈拙言的大衣上也沾了血迹，血浸在黑色的布料上并不明显，他此刻阴沉着脸，还吩咐了管家一句：“报警。”

陈值脸色大变，刚要靠近把管家报警的动作拦下，陈拙言抬脚就把他踹到了地上那个女人旁边，凶狠、不留情面。

这些人还是不够虚伪世故、圆滑奸诈……和他父亲比起来，还真是小巫见大巫了。

陈家的这些事没人隐瞒，警察一来，闹得沸沸扬扬、尽人皆知，也算不上是什么豪门秘密了。

已经没落的裴家，和曾经借着裴家上位、如今势头正盛的商贾陈家，一方起一方落，在京州倒也是寻常事。

这件事一出，倒是有不少人把之前的事翻出来重新摆在了台面上，说是陈家出了不少肮脏事，倒是陈家的两位少爷还称得上行事干净，没被陈家这谭污泥沾染。

姜意是在第二天下午听说的这件事。

周簇以为她知道，提了一两句，感慨陈家真是龙潭虎穴。

姜意没回复，转头就拨了陈拙言的电话，结果没人接。她想了想，又找了贺沉山。如果她没记错，贺家和陈家在同一个别墅区，虽然没什么交往，但应该多少会听到一些消息。

贺沉山此刻就在贺家，年刚过完没多久，他在家当一会儿咸鱼，之后也得进实验室，在这个时间点上接到姜意的电话，他还有些意外。

他现在的研究方向也和物理有关，行业内的大牛就那么几个，他的研究生导师和姜意的导师还是师兄弟的关系，这样算起来他和姜意也算是出自同一师门。

贺小公子傲娇归傲娇，但在正事上是很认真的，有问必答，并且从不胡乱窜改，有什么说什么，最后还说了一个医院地址。

姜意说了谢谢，在挂断电话之后，她看到了陈拙言发来的短信：“刚刚回拨你的电话，占线。怎么了？”

姜意刚刚得知陈家出的事，觉得陈值有些不识好歹，拎上外套披上身就要往外走，坐电梯离开实验楼的时候，回了条消息：“你在医院？我去找你。”

陈拙言应该是没有及时看到短信，她开车快到医院的时候，他才打来电话。

车停在医院内的地下车库，姜意戴着蓝牙耳机接通了电话，叫了一声：“队长。”

陈拙言听到了她那边车门关上的声音，沉默了几秒，才开口道：“你没必要过来。”

姜意没开口。

贺沉山说，昨天晚上警察去了陈家，只不过陈值一家人早跑了，今天早上在机场被拦下，陈值的夫人直接进了看守所。陈拙言和陈覃的律师都来了，不仅如此还带了保镖，以免再生意外。

陈值不是什么正人君子，一家子人都一样，难免不会再发生什么。更何况陈覃受伤住院，除了陈值这一位大伯，公司里还有几位叔叔，都不是什么善类。陈拙言刚好处在孤立无援的这个关口上，前有狼后有虎，有太多人盯着。

姜意本来就护短，这种时候更不可能坐视不理。

她来医院的时候，迎面碰上陈值在病房门口大骂陈拙言，极尽言语侮辱，指责他不念亲情，就这么报警把他大伯母抓了进去。

因为是私人病房，吵不到另一头去，医生和护士也不敢过来拦，更何况还有几个陈家的亲戚在一旁附和着，外人实在不敢拦。

陈值还有个不学无术的儿子，叫陈宗，今天也来了，在一旁跟着冷嘲热讽。陈拙言带来的保镖和律师已经出言警告过，但他不以为意，反而还要动手，保镖干脆利落地擒住了他的肩膀，把他摁在了一旁的墙上。

也就是这么一下，陈家人情绪瞬间就被点爆，他们原本就是半路起家，没什么底蕴，动起手来也不会管是非后果。

一方面也是自尊心作祟，毕竟是他们当初借着裴家上位，名声不好听，现在更不可能给陈拙言面子，尤其是裴家已经没落，更没了那讨好的必要。

几个陈家亲戚不嫌事大，煽风点火，明面上是站在陈值这边，其实不过是借刀杀人。他们最为担心的是自己有一天也会沦落到陈值这般境地，被逐出公司，重新回到当初的日子。

陈宗年轻，禁不起言语刺激，被保镖松开后就一脚踹开了病房门口的置物台。与此同时，不远处响起了一道冷冽的女声："陈值都不敢直接对他动手，你又是什么人？"

置物台滑出一段距离后刚好倒在姜意脚边，她将置物台扶了起来，然后大步走了过来。在场的人除了陈值和陈拙言，没人认识姜意，而陈值此刻再怎么怒火攻心，也是时候熄了，毕竟弄伤沅家护着的人，和弄伤自己的侄子完全不是一个性质。

可陈值想破了脑袋也料不到，自己的儿子会在这时候要硬气，非要争一口气，抬手就扇了一巴掌过去。

按理说，姜意是避得开的，但她只是微微后撤了一下，在他的手碰到她肩膀的瞬间，暴起把人掀翻在地，直接踩上了他的手骨。

正当防卫哟。

走廊上原本闹作了一团，然而姜意这么一个动作就止住了混乱。

主要是她手段太凶狠，跟他们这些人明显不是一路的，不知道来者何人，气场却跟那位还在病房里的不相上下。

"沅小姐！"

陈值满脑子都在想着沅家，也不清楚她和沅家的关系究竟如何，也就叫错了姓氏。

姜意没有挪开脚，整个人凌厉利落，她长发披肩，微微抬起眼眸时又显得漫不经心，说话却毫不客气：“我姓姜。”

北方京州、南方连云，姜家都曾经涉足过，如果不是当年的那场车祸意外，姜家现在依然在云端之上。姜意从小所受的教育，就没有告诉过她“隐忍”二字，后来更是有沅辞的纵容，有人为她筹谋控局、处处照顾，再加上她在赛车圈里待了这么些年，冷静是有的，但翻开这一面，骨子里是冷意和嚣张。

从某些方面来说，她和沅辞是很相似的，善于谋事，也会张弓搭箭，更知道进退分寸在哪里。

话一出口，陈值再愚钝也明白了姜意的意思，她出现在这里，不代表沅家，但同时也表明了这件事绝不可能轻易解决。

她是姜家独女，虽然父母和叔叔已经不在人间，但姜家留下的人脉和影响依然还在，除开这些，姜意也已经有了自己的人脉关系，从京州到国外。

陈覃刚刚醒来，走到病房门口就看见了被撂倒在地的陈宗，眉头都没有挑一下，只是在迎上姜意的视线时，很客气地点了下头。

而陈拙言几乎没有怎么开口。

在陈宗动手的那一瞬间，最心惊的人莫过于陈拙言，只是他还未将人护在身后，她就做出了反应。

陈拙言清楚姜意不需要人保护，她本身就足够强大，但他还是想把她护在怀里，远离这些是非。

可说到底，他并没有可以抱她的理由，哪怕是出于喜欢。

陈覃出来后，那些陈家亲戚的怒意瞬间就消了。

陈覃的手段他们都是见识过的，但他们实在没想到他会这么护着同父异母的陈拙言。陈拙言后进公司，人心不稳，他们好煽风点火，但陈覃这人行事太狠，对一些事不仅能做到斩草除根，而且还不会引起半点非议。

这些人在陈拙言面前一副模样，在陈覃面前又是另外一副模样。

陈覃懒得理睬这些人，只对陈值说了一句：“报警这件事是我授意的，难道大伯觉得我会放过伤我的人吗？”他左胳膊上裹着厚厚的一层纱布，现在还透着一点血迹，刀口太深，险些见骨。

然而即使他脸色不好，气势也依然压人一头。

陈值干巴巴地笑了下，道：“这不都是误会吗？”

这就是陈家的私事了，和陈拙言无关的她也不想插手，更何况陈覃自己能解决，学校那边刚好来了个电话，她走到走廊另一头才接听。

也就几分钟的时间，不知道陈覃说了什么，陈家那些人就悻悻地离开了。这时候姜意还不知道这件事的影响有多大，甚至有她意想不到的人被牵扯进来。

陈覃还要输液，现在已经回了病房，而陈拙言一直站在原地等她，结束通话后，姜意朝他走了过来。

“这件事会让你惹上麻烦的。”

姜意来之前就考虑过后果，不过她不在意，笑着反问道：“你之前帮我的时候，怎么不觉得麻烦？”

陈拙言很轻地皱了下眉，他就没管住她过。

“有一些事你不方便处理，那就让我来。”姜意知道他还有一些顾虑，不想他有心理负担，淡然道，“我有分寸。”

其实更早之前，姜意就见过陈宗。

在姜白离世后的那一段时间里，她经常待在训练场上，周末及假期的时候，更是整天整天地坐在观众席上，从天亮待到天黑。

她不想和人相处说话，但免不了有人找上前来。

训练场有时候会对俱乐部以外的人收费开放，不能包场且有时间限制，碰见陈宗的那天并不在开放日内。

训练场上的人不多，观众席上只坐了姜意一个人，长发高束，面容冷清漂亮，又在耀眼的阳光底下，尤为惹眼。

陈宗原本是来看看他那个“流落在外”多年的哥哥在玩什么车，在看到姜意起了歪心思后，这件事就被抛到了脑后。他迅速走到了姜意跟前，开口就是意味深长的一句：“陪人来看比赛的？现在也没事，哥哥带你去开小钢炮？”

他说的小钢炮便是跑车。

姜意拧了下眉，不想开口浪费时间。

陈宗仗着陈家胡作非为过很多次，只不过在训练场这个地方，他实在料不准她是跟谁来的。百年前在这个地方，在道上随便碰见个人，都说不定是位王侯贵胄，更何况来训练场飙车玩乐的大多都是世家子弟。

陈宗想了想也就没再招惹她，暗地里骂了几句后便走了。

时过境迁，陈家的生意越做越大，陈宗借着陈家的名头做过不少不能上台面的事。他做事向来不考虑后果，尤其是在亲戚面前被一个女人掀翻在地，更是恼火，咽不下这口气。

陈值还在心惊胆战于陈覃的那番警告，没注意到自己儿子狰狞的表情，也忘记提醒他别去惹是生非。还没出医院，陈宗说了句还有事让他们先走，陈值还在心里盘算着其他事，没多问，后来被人堵上门时才知道陈宗闹了多大一件事出来。

另一边，姜意和陈拙言聊了几句话后，就打算离开了。住院部离车库有些距离，她坐电梯出来后，还要走一段路。

下午这个时间点，住院部外也没什么人，但姜意隐隐感觉有人在盯着自己，带着恶意。她停了下来，就在回头看的一瞬间，车胎剧烈摩擦的声音响了起来，一辆黑色轿车冲过草坪朝她飞快地开了过来。

姜意反应及时，在车头快要碰上的那一瞬间，从侧面避开了，但也因为躲闪撞上了一旁的建筑物，手被尖利的石块蹭破了。

车辆驶过的那一刻，姜意抬头看见了驾驶座上的人——陈宗！

见第一次不成功，他掉转车头，往后倒退了一点，还想开车撞过来。

对方车速太快，而姜意又是在平坦的路上，处于被动状态。然而也就是这么几秒思考的时间，不知道从哪里又窜出了一辆吉普车，提速直直地朝陈宗的车子撞了过去，速度非常快，“砰”的一下直接把陈宗的车怼到了几米外，撞断了几棵树，火花和烟一直在往外冒。

吉普车的车主下了车，然而他还没来得及有什么动作，就见跟前一个身影闪过。

姜意上前打开车门，把陈宗从冒烟的轿车上拽了下来。

仅一秒，她抬脚踹上了对方的腹部，他的后背猛地撞上了靠路边停放的另一辆车，报警声骤响。

“这就当是……”姜意抬了下手，血珠从手背上滑了下来，就那么一点，伤痕很细，却因为沁出了血珠格外惹眼，“这点伤的利息。”

说了是利息也只是利息，本金让警察来算。

这件事算得上是蓄意谋杀了吧？陈值那人看起来老奸巨猾，伤人都要绕着弯来，怎么会养出这么一个跋扈的蠢东西！

收起冷淡和戾气，姜意转身看向另一边还有些蒙的吉普车车主。对方出现得太及时，并且明显像是手下留情了，否则陈宗的车不可能只是后车门被挤压变形。

毕竟在这么快的速度下，什么时候刹车是很难把握住的。

姜意心里压下了这一点怀疑，认真地向对方道谢。

吉普车车主迟疑了一下，要不是姜意先开口，他可能一张嘴就要夸她身手利落了，比他还干脆利落。

他还没张口，抬头就看见保安快步朝这里赶来，这一边动静太大，没人注意到才有问题。

姜意也看见保安来了，估计还报了警，组织了下语言准备复述场景时，身边的吉普车车主几步上前，以目击者的身份跟人描述起了前几分钟的情况，用词简洁，只是省略了后半段他下车后的事。

倒在地上的陈宗现在也爬了起来，脑子清醒后，知道事情没法解决了，腹部还在痛他也没法跑，还有两个保安虎视眈眈地盯着他。

他再抬头，哆哆嗦嗦地迎上姜意的目光时，忽然有了一种大事不妙的感觉，尤其是她身后那个开吉普车撞过来的男人挑着眉看着他时，气氛更加诡异。

最后警察来了，取证完把他们都带去了警局。

陈宗开来的车和那辆吉普车不能再开了，他们并排坐在警车后座，去了公安局。也就是在他上车的时候，听到了后头那个男人似笑非笑的一句话："胆子够大啊。"

什么人都敢动，嫌命长？

陈宗的心脏都快跳到了嗓子眼。

什么……什么意思？

陈宗开车撞人的目的很明显，再加上监控里显示他还掉转了车头，打算二次撞人，性质等同于谋杀，不管是蓄谋已久还是一时冲动，结果都不会好到哪里去。

姜意和吉普车车主在局里待了一下午，做笔录、接受询问、取证，到了晚上才结束。也是在局里，姜意才知道吉普车车主是外籍华人，有个挺奇怪的中文名，叫一三。

与其说像是名字，倒不如说像一个代号，联想起他出现的时间点……

巧合太多，姜意心里难免存了疑惑，只不过现在是在公安局里，她什么都没提，离开时才叫住了对方。

“你的车被拖走了，我送你。”她是开自己的车来公安局的，那时候车上还坐了一个女警员，她笑道，“也谢谢你在医院救了我。”

还没等姜意再说几句什么话，那人脚下像生了风一样跑了，只丢下一句：“不用不用，我叫了车！”

他多说一个字都不肯，生怕说多错多。

姜意在车边站了一会儿，微微皱了下眉，不知道在想些什么。

这个人的来路有些奇怪。

已经八九点了，姜意在外面吃了碗清汤面后又去了趟实验室，差不多十点离开了。回公寓后，她打了沉辞的电话，没有接通，语音提示对方已关机。

他的手机一般不关机，除非是在飞机上。

姜意想起春节那几天的网络热搜内容，其中就有沉辞，因为那场提前录制好的晚会演出。在璀璨的灯光背景下，他抱着一把吉他独唱，而舞台上还流动着云雾。

灯光五彩斑斓，坠入雾里，每一帧都十分好看。

那段时间，网络上最常出现的一个词是“人间银河”。

姜意是和沉辞一起过的年，她也没有看春晚的习惯，还是在进了实验室后才看到晚会表演的剪辑视频。

他踩碎星光和云雾，在长明的银河里，像是周身发光的神明。月亮不会坠落，他却令无数人在这一场云雾里沉沦。

太让人心动了。

一半是舞台效果，一半是音乐的感染。

姜意不知道沉辞退圈这件事会在之后带来什么影响，也猜不到今天会有多少意想不到的事发生。

她在实验室工作了差不多一整天，在下午四点时提前离开了学校，按照短信发过来的地址，她去了陈值家。

短信是陈值发来的，姜意想了千万种可能，都想不到陈值这人会拉下脸来跟她道歉，连发了十几条，时间集中，要表达的不外乎一个意思，求沉辞放过陈宗。

姜意也是中午的时候才知道，陈值费了很大劲才把陈宗保释了出来，走了很多关系和门路，试图为他开脱罪行，甚至还想给他弄个精神失常的报告出来。

看到没头没尾的几条短信，姜意突然将这两天的很多信息串在了一起。她开车赶到短信上说的别墅区，就见外院停着两辆车，其中一辆是黑色吉普。

姜意进了院子后，还看到了意料之中的一个人。

一三就站在门口，看见姜意来了，愣了下，他摸了摸鼻子，立马低下了头。

他怎么也想不到姜意会突然来这里，没道理啊，当然他更想不到的是陈值敢找她求救。

正常人都不会这么想。

而陈值也是真的走投无路了。他就这么一个儿子，如果罪名被坐实，他儿子这辈子也就算是完了。

这小子惹谁不好，没长眼非得去招惹姜意？寻常招惹个人兴许磕个头什么的还能过去，开车撞人可不是简单赔罪就能解决的。

但话说回来，陈宗先前也不是没做过类似的事情，只不过对象不同。事到如今，陈值要骂也只能骂陈宗不长眼，动错了人，心里头无耻地想假如她是个普通人家的女孩，这件事就好解决多了。

姜意进别墅前，站在门口的一三本来是想拦的，但手还没伸出去就收回来了。

拦也拦不住啊，总不能让他动手吧？老大身边的这位看起来身手也不比他差多少啊。

于是一三继续眼观鼻鼻观心，当作没看见，反正老大在里面，陈值一家也开不出什么花来，况且人来都来了……他有点心虚。

另一边，陈值家的客厅里，被保释出来还没来得及喘口气的陈宗正跪在地板上，背都弯得不成样了，脊背上全是陈值拿戒尺打出来的一条条血痕。

陈值知道，自己要是不动手，他儿子只会被整治得更惨，但他到底也舍不得下狠手，只做了个表面功夫，而后看向不速之客，满脸赔笑，希望对方能够网开一面。

他琢磨着，沅姜两家虽然是世交关系，但姜家人差不多都死绝了，沅辞没必要为她大动干戈，也没听说过他是个爱管闲事的人啊！

姜意还没进客厅，就听见了陈宗崩溃恳求的声音，还有陈值低低的骂声。

隔着镂空雕刻的置物台，姜意看见了地上的血迹，然而只看了那么一眼，她就收回了视线，和走出客厅的沅辞四目相对。

沅辞看见她，脚步有一瞬间的停顿，然后大步朝她走了过来，扣住她的手腕就往外走，没有开口说一个字。

隐隐的风雨欲来。

留在客厅里的陈值气都要喘不上来了，陈宗现在才知道慌了，忍着背后的疼，嘶嘶地往外吐气，让陈值再想想办法救救他。

他嚣张跋扈惯了，哪里想得到会有大难临头的这一天。

沅辞只给了陈值两个选择，要么京州再没有陈宗这个人，要么让他在监狱里好好长长脑子。

二者选其一。

陈值只能选后者。

他的妻子还在看守所里接受调查审问，而儿子面临的也是几年牢狱之灾。

咎由自取，不过如此。

一三在外面等着，见沉辞和姜意一起出来，也没敢开口。

他感觉气氛就不对。

他提心吊胆地跟在沉辞和姜意身后，心里七上八下的，结果走到车旁还是听到姜意问他的老大：“你其实一直都有派人跟着我？是从什么时候开始的？”

实不相瞒，一三想先溜为敬，在这大冷天里一边哆哆嗦嗦，一边骂自己这么简单的事都没处理好，居然让陈宗这小子被保释了出来！

但当务之急是怎么帮老大解释跟踪人这件事。

一三刚要开口，沉辞的声音就响了起来：“SCC 那次宴会之后。”

姜意愣了下，想起那次宴会起冲突的时候，贺沉山也在场。

“沉辞……”

她的话被打断，只听见沉辞冷淡地说了一句：“你没有告诉我，陈值的人对你动过手。”

他指的是那次在医院地下停车场的事。

“我没有受伤，而且对方目标也不是我。”姜意觉得他现在这副模样有些陌生，心里有些不安，上前一步想靠近他，却被他一句话止住了动作。

“那如果我告诉你，我让人跟着你，除了保证你的安全，还另有目的呢？”沉辞冷静地看着她，在得知她险些出事后，一些极端糟糕的情绪就又涌了上来。

有一些事只会一直糟糕下去，没有好转的可能，他的心理问题从姜意回来的那天开始，就注定了会有爆发的那一天。

姜意愣了一下，还是问道：“什么意思？”

“任何事你都可以不用提，但我不能不知道。如果某一天你还是想要离开，我恐怕会疯。”

离开京州，又或者像两年前一样彻底离开中国。得到后再失去，比一开始就求而不得更伤人。

他们之间的隐患一直都存在，而沅辞不可能什么都不做。

此刻他站在烈风中，眸色深暗，仿佛冷静到底，再没有什么能掀起波澜。他犹似高高在上的神明，仿佛没有悲喜，也不会受触动，却在和最喜欢的人说着心里最阴暗的一面。

“先前你离开京州，我就动过把你关起来的念头。”

“或许到了那一天，你连逃的余地都没有。”

没有后路，谁都阻止不了。

一三一直没有开口的机会，突然被沅辞点名时，还心惊肉跳了一下。

“老大？”

“送她回去。”

一三还没来得及愣神，沅辞就上了车，把另一辆越野车开走了。他沉默了半天，才敢回头看姜意的脸色。

“那个……”他本来就是一个话痨，现在有话不能说，这种感觉快憋死他了，“老大可能要冷静冷静，我送你回学校那边吧？”

姜意没说话，几秒之后忽然问道：“你是氘的人？”

没想到姜意会提到这个，并且她看起来也不像生气的样子，一三顿时松了口气，就着这个话茬絮絮叨叨说了起来：“是啊，你认出我啦？不对啊，我之前出任务的时候没在你面前晃悠过啊。”

“你在国外打比赛的时候，就是我们小队负责你的安全，本来这次应该是队长来的，可队长现在还在大沙漠里，没十天半个月赶不过来。”他又道。

他们小队里的人都习惯叫沉辞和陈时延“老大”，跟年龄无关。

“姜小姐，其实就这件事，老大也就只让我负责保护你，没有什么其他的目的。”

不是监视，沉辞也没有让他汇报姜意一天都做了什么，所以他一天到晚清闲得很。他刚来京州没一周就摸透了各大地区的麻将打法，还顺便学了五十K、炸金花和斗地主，要是没陈宗这件事，他这两天就该学会桥牌了。

姜意听到他这么说，也没什么反应，只是“嗯”了一声，拿着车钥匙就要往外走。

“姜小姐要回去了吗？我送你吧，我开车特稳！”

“我去找沉辞。”姜意声音很淡，刚刚那几分钟里她把思绪重新整理了下，对某些事下定了决心，“你不用跟着我。”

一三下意识地“啊”了一声，有些困惑。

人海茫茫，这怎么找啊？开车追出去都见不到影子了。要是老大想一个人静静，就是他们这些搞侦查、追踪的好手都不一定能找得到他。

氘有两个老板，严格来说陈时延是总负责人，而沉辞像是个挂名的，除了和姜意有关的任务，他很少管事，他不经常来美国，也几乎不出现在联络网上，要联系他很麻烦。氘内部大多数人都没见过沉辞，更别说有接触了，但一三和队长见过啊。

两个老板虽然在靶场里玩枪，但不是实战，也看不出来什么，直到后来有一次氘实在抽不出人手指挥一个任务，沉辞刚好在美国，就接手了。那时候一三还没接过这种任务，不能上一线，只能在幕后当个后勤人员，沉辞远程指挥的时候他也在场。

指挥这种事虽然在幕后，重点看配合，但作战策略的容错率极低。

头一次见沉辞负责指挥工作，一三还好奇了半天，任务顺利结束后，他忍不住多问了一句，才知道老大的祖父任过指挥官一职。

一三回头就把这件事跟队友挨个讲了一遍，夸沅辞真是不出山则已，一出山就惊人啊。

话说回来，老大让他送姜小姐回学校公寓，姜小姐让他别跟着，他到底听谁的啊？只是他还没想好措辞，前方车灯一亮，一辆车开到了他的跟前。

“姜意！”

陈拙言开车过来的时候，姜意正准备离开，迎着车灯的光看过来，被刺得微微闭了下眼。

他匆匆下车走到她面前，急切地询问道：“你怎么会来这里，有没有受伤？”

陈拙言一直有派人盯着陈值一家，收到消息说陈值家出了事时，他正在公司，因为距离较远现在才赶过来。

姜意摇了下头，没有具体说什么，只是说陈值给她发了短信。

看到她站在陈值家院外，陈拙言的心有一瞬间的紧绷，现在才松了一口气，可随后又深深皱起了眉。

她看起来像是有心事，站在路灯的光晕里，周遭的明亮更加显得她情绪低落。

“因为沅辞？”陈拙言凝视着她，淡淡地开口道，“我在来的路上看见他了。”

因为是相反的方向，他的车速又太快，陈拙言其实没有看得很清楚，只是那张脸确实出众，难有人相似，更何况姜意从来不会为其他人烦忧。

一三在国外负责姜意安全的时候就见过陈拙言，但是就那么一两面，印象并不深。他们负责安全保护的人员，没经过雇主同意，为了避免太过招摇，一般都是暗中执行安全任务，这也是一三头一次正面接触陈拙言。

他心大，看不出什么。

姜小姐的队长嘛，特殊对待一点也正常，只不过今天好像有一点不太一样？

陈拙言垂着眸，认真地问了她一句："沅辞对你来说，是不是真的很重要？"

"嗯。"姜意不知道他为什么这么问，抬眸迎上他的视线时，忽然明白了什么。他站在那团路灯的光晕之外，头发漆黑如墨，眼眸也是，仿佛落着将要熄灭的光。

电光石火之间，姜意好像明白了他多年的心意。

他隐忍不发，而她之前也从未察觉。

心动是一瞬间，惊觉也是一瞬间。

此刻在昏黄温暖的灯光下，姜意分明看见了他身上的温柔与哀伤。

"姜意。"

他很少这样正式地叫她的名字。

"不要再和他错过了。"

爱而不得，真的是一件很叫人难过的事情。

第九章
陷入僵局

那一天姜意并没有找到沉辞，但她第二天在网上看到了他的消息。昨晚有粉丝在机场意外遇见了他，远远地录了段视频。

那个时间点，只有去南陵的航班。

评论里也有人问了：这几天他应该在南陵有海报拍摄等活动，一个人出现在京州机场是出了什么事？

在那天之后，他的手机一直没有开机。

倒是容久给她打了电话，跟她解释，沉辞的手机落在京州的车上了，这几天有事可以联系他。

电话里，容久让姜意等一下，沉辞现在在拍摄，待会儿再把手机给他。

她婉言谢绝了。

沉辞现在大概不想理她吧？

另一边，电话挂断后不久，拍摄到了下一环节，沉辞下场休息，情绪十分低落。他本来就很冷淡，现在更有一种生人勿近的疏离感。

工作人员递给沉辞一瓶水，他接过后也没喝，站在窗边皱着眉。

容久走上前，说道："我按你的话跟姜意解释了。不是在一起了吗？你从京州回来后状态就不对。"

他不喜欢这种失控的感觉，尤其是失控状态下他可能会伤到姜意，所以只能避着。

"她说什么了吗？"

"让我提醒你注意休息。"

沉辞没有再开口，侧身靠在窗户旁，垂眸看向外面，楼底下有一片湖泊，上下天光，一碧万顷。

南方马上就要春和景明了，他却走进了僵局。

三月初，各大高校陆续开学，姜意也确定了读研的意向，打算跟着本校的张于驰教授读研究生，和导师沟通后，研究方向也确定了。

一三依然日日严格执行安全任务，有天中午时分，他正在姜意学校的食堂看看有没有糖醋排骨和椒盐土豆。打完饭菜，他精心挑选了一个位子，刚坐下没多久，背后就来了几个物理学院的学生。

怎么知道是物理学院的呢？因为他们端着餐盘子的时候，都还在讨论一些奇奇怪怪的公式和定律……一三咬着大排骨，还听到背后有人谈论保研名单。

听到"姜意"这个名字时，一三警惕地竖起了耳朵。

"之前不是说，她不确定要不要读研吗？"

"不读多可惜啊，我们院内这一级有哪几个成绩比得过她？"

"我也想跟张教授读研啊，奈何实力不够。"

"虽然休学了两年，但成绩确实够牛。"

"她去国外读研，发展空间岂不是更大？"

“肯定有她自己的理由啊，而且我们学校也是排名前几吧。”

一三心想，姜小姐选择在本校读研是因为老大吧？

他没再听下去，换了个位子继续吃饭，不为别的，只是因为那些人又开始谈物理了，这让他十分不能理解，怎么？物理很下饭是吗？

学渣一三食不知味。

下午的时候，一三跟着去听了一场学术讲座，姜意坐在第一排，旁边是教授、导师，以及研究院的人，一三仔细想了下，最终坐到了最后一排的角落里。

一三想着等会儿听累了自己还能偷偷躲在角落里睡一觉。结果他真的睡着了，讲座结束的时候才清醒过来，而且醒来的时机十分凑巧，他眼尖地看见有一个穿着运动服的男生直奔第一排而去，停在了姜意跟前。

对方一头棕色短发，笑起来时尤为阳光开朗。

一三心中警铃大作。

这个人的风格和老大完全不同！怎么办？怎么办？要是姜小姐更心动这样的怎么办？等等，老大有让他掐桃花吗？

啊！他到底该不该上前把这撬墙脚的家伙丢进尼罗河里喂鳄鱼呢？

一三丰富的心理活动进行还不到一分钟，就听见姜意说了句什么。那个男生低头摸了下后颈，笑了下，和同伴一起离开了阶梯教室。

她这是拒绝了？

一三还在琢磨，结果一转头就对上了姜意的视线。看见一三在这里，姜意也不意外，和身边的教授和导师告别，朝他走了过来。

一三心虚，刚要解释自己没有要把人丢到河里的想法，姜意的声音就响了起来：“等下有空吗？”

来者不善，善者不来。

一三张口就要说待会儿要和正在下海捞鱼的队长连麦，转念一想跟前是老大的心上人，他敢临阵脱逃，队长就能把他摁在海底，于是话在嘴边转了一圈后，说出来的是：“有的，姜小姐……”

然后一三就跟着姜意吃了顿火锅，番茄锅底加麻辣牛油锅底，吃得忘乎所以，吃人嘴软，他惨了。

姜意问了一句："我在国外打比赛的时候，沉辞是不是也在？"

一三筷子上夹的丸子掉到了蘸料碟里，滚了一层辣椒面。

"呃……大多数时候都是在的。"他记得只要是正式比赛，老大好像都在场。

姜意还问了一些其他的事，一三知道的都说了，感觉自己像个助攻工具人，刚刚放松下来，就听见姜意问道："他为什么不直接见我？"

一三没有防备，脱口而出："怕自己忍不住吧……"这句话还是一三听陈时延说的。不过，原话是：你不去见她，是怕自己失控，会不顾她的意愿把人强行带回国？

在国外的那两年，沉辞一直在避免和她正面碰见，倘若克制不住，他不知道自己会用什么强硬的手段把她带回国。

到时候姜意的拒绝没用，恳求没用，哭泣也没用，想来沉辞也推测不到之后的走向会如何，唯一能做的就是彻底避免这种情况的发生。

一三还没有意识到自己到底说了些什么，也没注意到姜意神情的微微变化，在快离开火锅店的时候，才疑惑地"咦"了一声，发现姜意几乎没怎么吃东西。

晚上的时候，姜意让一三不用等她，她一整夜都留在了实验室，做实验、看文献。

高三的时候，她常常是夜里两三点才睡，又要早起，睡眠时间很短，现在重新回到那样的作息，适应起来也不难。

这样的生活状态一连持续了好几天，实验室里的人不了解内情，毕竟她下午不在实验室，大家都以为她回去休息了，但一三清楚，姜意下午一直待在训练场练车，哪儿也没去。

车速快、风声大，过弯道时车身压低贴紧地面，飞驰而过，轮胎摩擦声和轰鸣声暴烈刺激。要不是一三负责姜意的安全，这对于他来讲简直是一场视觉盛宴，没有几个男性不喜欢这样热血沸腾、肾上腺素狂增的场合，追逐速度，也追逐力量和强大。

就是有点危险。

三月的京州，绝对算不上热，甚至还有些冷，但一三现在感觉自己满头大汗，生怕训练场上发生什么意外。

这样的汗流到第五天，一三受不了内心的煎熬了，登上氘的联络网给沉辞留言：老大你什么时候回京州？姜小姐一直在训练场，车开得快要飞起，会不会有意外，我要不要拦住她？

想了想，一三又发了一句：明面上拦可能不行，要不然我把姜小姐摩托车的轮胎给卸了？我的眼泪快忍不住了。

不知道老大何时才会上线，一三流下了晶莹的汗水，他唯一可以庆幸的是姜意这周末要回十二云栖，也就代表他可以放松地喘两天气。

这样战战兢兢的生活一直持续到三月底的周末，沉辞回来。

彼时姜意在二楼，正在踩着梯子换灯泡，刚拧下旧灯泡就听见了脚步声，还没低头，沉辞的声音就响了起来："我来。"

他抵住了扶梯，让她下来。

将近半个月没看见他，姜意一时不知道说些什么，看着沉辞很快就换好了灯泡，把伸缩梯搬回了阳台。

沉辞回来时，她还保持着原来的姿势，在等他。

不知道什么原因，她的眼尾和脸颊有些红，不太自然，状态不是很好。

沉辞走近她，手探上她的额头，声音低柔地问："发烧了？"

"嗯？"姜意还没意识到自己发烧的事实，只是觉得自己有些不舒服，现在出声，才感觉声音有些哑。可能是因为这几天休息不够，昨天她又是吹着冷风回来的，身体又不是铁打的，这么大强度的连续运转，不生病才怪。

"可能是低烧吧，我回房间睡一觉。"

她揉了揉额头，全身温度有些高，感觉不到额头的温度，可能不提还好，一提她就感觉累，想休息。

沉辞一直没怎么说话，姜意就先回卧室了，只是刚躺下裹进被子里，门锁就被拧开了，沉辞拿着在楼下找到的退烧药进来了。

“吃完药再睡。”

不知道是真的困，还是药物的作用，姜意原本只是想休息一下，结果不一会儿就沉沉地睡了过去。

半梦半醒的时候，她感觉好像有人在润湿她的唇，额头也一直清清凉凉的，像是放了条湿毛巾。

烧得最厉害的时候，她也不知道自己在想些什么，是清醒着还是在睡眠中，有人靠近测量她的体温，她下意识地依偎了过去。

有些畏冷。

而那个人身上有着她很熟悉的气息，温暖干燥，她就这么落进他的怀里。

在姜意发烧睡熟后，沈苏绾来看过一眼。她复职的这一两个月很忙，有很多工作要交接，周末在沉宅待的时间很短，通常是和姜意吃一顿饭，然后就要走。

这个时间点她会回来，还是因为家里阿姨打了电话给她，说沉辞到家了，问她退烧药在哪儿放着。阿姨猜测道：“可能是意意小姐发烧了，早餐她就只喝了一点粥，脸色看起来不太好。”

沈苏绾处理完手头的工作，匆匆赶回来了一趟。

沉辞在姜意的床边守着，沈苏绾问了下姜意现在的体温后，把沉辞叫了出去。

“和意意闹矛盾了？”

沈苏绾一般不过问他们之间的事，从小沉辞就不用她和沉争怎么管，从他祖父那里回来后，很多事都是由他自己选择和决定的，有时候沈苏绾也会觉得她这个母亲当得太容易了一些。

沅辞没正面回答，只是说："是我的问题。"

沈苏绾没再说什么，下楼吩咐了阿姨几句，到时间就离开了。

上面下来了文件，她被平调去亚洲司，之后可能要长期驻外，一年也回不了几趟京州，更别说十二云栖。而沅争的工作也一直很忙，沈苏绾有些不放心沅辞和姜意，总觉得这两个孩子之间有问题没解决。

姜意醒来时是在晚上，错过了晚饭时间，但沈苏绾走前吩咐过阿姨，让她熬了鸡汤，还煮了粥，一直温热着。

沅辞就坐在床头，她的头靠在他腿边的枕头上，挨得很近。

她睡得有些昏沉，醒来后抬头先看见了沅辞的下巴，还没想起在走廊换灯泡的那一幕，话先出口："你回来了？"

感冒音还在，她的声音很低，也很软。

沅辞见她醒了，移开腿上的手提电脑，握住她的肩膀将她扶起来，脑海里不知道闪过了什么念头，半晌才"嗯"了一声，继而问她："要不要喝粥？"

姜意摇了摇头，烧是退得差不多了，但食欲还是不佳，不想吃东西，还想睡觉。只是发烧出汗，她感觉身上有些潮热，想起来洗个澡。

她刚掀开被子，准备下床，就被他揽住了腰，她的后背抵上了他的胸膛。

"我让你不高兴了？"

姜意刚退烧，反应本来就有些慢，但也知道沅辞指的是她最近这几天的生活，隔了几秒才说道："没有。"

不算不高兴吧？就只是茫然而已。她不知道自己该做什么，只能忙于实验、训练，以免想太多。冷静和理智，但凡在一些时候能起一点作用，她也不会走进这样的境地。

姜意在沉辞怀里半转过身，距离太近，只能仰头看着他，问：“发烧会传染吗？”

沉辞静静地回望，道：“不会。”

在过了很久之后，沉辞依然能记得这天，她的体温高，指尖却意外有些冰凉，碰上他喉间的弧度，有着特别的颤动。

她微微直起身，挨近，咬了过来。

她没有控制力度，沉辞疼得闷哼了一声。

喉结剧烈地滚动了几下，不肯归于平静。

沉辞拧着眉，抬手捏住了她的肩头，却没有把她拉开，而是低沉地叫了声她的名字，连名带姓，忍耐和警告的意味很明显。

很快，姜意就放开了他，把头靠在了他的肩上，呼吸贴着他的脖颈，心跳声怦怦，平静不下来，连同她的声音也是：“原本 Senior TT 比赛结束后，我打算直接定居国外，不回来了。”

沉辞垂眸，喉间发紧，然后就听见了她的下一句。

“可在那之前，我还是想见你一面。”

她以为，沉辞不喜欢她，那她何必要出现在他的面前，令他徒增不快，也就是想再远远地看他一眼，从此分道扬镳。可她也清楚，那只是她心里一瞬间的想法，稍纵即逝。

但也有一些想法自始至终一直不变。

沉辞感觉肩颈处一凉，先是一滴，随后一片冰凉。他骤然觉得心慌，听见耳边她的声音：“沉辞，你别离我太远，我也会担惊受怕。”

她的父母已不在人世，姜白也已经离开，那个在她幼年记忆里更像是哥哥的青年走得太远了，曾经踩着阳光来接她，明亮热烈，给了她许许多多的勇气。

可她现在好像什么都没有了，什么都要失去了。

沉辞分不清是姜意的哪句话让他心惊，还是肩颈处的冰凉让他感到不适。

他退开了一点，手指捏起她的下巴，低头很轻地吻了下她的眼尾，肌肤相贴、亲密接触，他的声音十分轻柔：“我错了。”

姜意抬手揪住了他的袖口，抬头时，眼里是氤氲的水光，晃动着壁灯橘色的光晕。

她不知道怎样才能给沉辞想要的信任，也许之后她还是会离开京州，因为学术研讨会，又或者因为其他，但她真的不会再不告而别，不会长时间不回来，也不会再弄伤自己。

“我会让一三回去，”他垂眸说道，不明白这些天到底是在折磨她还是在折磨自己，“但你也要保证，之后不能再有受伤的事情发生。”

“只要保证这个吗？”停顿了一下，姜意问，“不需要我保证不离开你吗？”

沉默了几秒后，他才开口回答这个问题。

“关于这一点，我还是不太能相信你。”

沉辞仰了下脖颈，喉结微微疼痛的感觉还在，拧着的眉也未松开。

“但今后，我会尽量改。”

他不知道自己的偏执会不会减轻，他只知道姜意要么救他，要么和他一起陷落。

那天之后，天气就开始逐渐升温，一场又一场的雨接连而下，有些潮湿闷热。

除开下雨天，姜意每天都在学校和俱乐部之间往返，周末也暂时不回十二云栖了，毕竟马上要比赛，虽然算不上紧张，但她还是要全力以赴。

在姜意延缓实验进度的时候，沉辞的团队在网上发布了一段乐队表演视频一石激起了千层浪。

所有有关视频的评论里都能见到“初心圆满”这个词。

沉辞有自己的工作室，也有专门的乐队，但没有一个人是他出道那场摇滚表演时的乐队成员。那场摇滚表演里还有顾岷和傅时青，一个是吉他手兼伴唱，一个是鼓手，不论是哪个单拎出来都足够引人注目。

而在这个摇滚主题的视频里，这些人重聚，演奏了一首歌。

是初心不忘，也是初心圆满。

所有热烈张扬的感情都藏在音乐声中，沉醉和迷人永远只在一瞬间，没有过渡，最接近自由和放纵。

姜意在课上时，身边就有人在偷偷地看这个视频，耳机可能有些漏音，坐在旁边的姜意也听到了一点声音。

看视频的是个留着寸头的男生，没忍住捶了好几下桌子，还好声音不大，讲台上的老师没有注意到。

姜意写着题，就听见他和好友低声交谈的声音。

“什么时候开演唱会啊，想去看现场版。”

“啧，嫉妒啊，那张脸太醒目了。”

不知道他们在说谁。

这是今天的最后一节课，姜意收拾好了课本，打算去俱乐部的时候接到了秦蔺打来的电话，说他现在在她学校，问她有没有时间一起吃个饭。

姜意推迟了训练的时间，去找秦蔺。

秦蔺和她约了在离她教学楼最近的食堂门口见，下车后就靠在车边低头玩手机，给沈牧发了一个又一个表情包。这几天他存了不少搞笑的图，给不熟的人发吧，会破坏自己的形象，但发给沉辞或者顾岷，铁定会被拉黑。所以他的快乐分享途径比较单一，主要是沈牧、姜意，以及不认识的游戏网友。

食堂门口来往的学生有很多，有不少人注意到了路边树荫下玩手机的男人，主要是他靠着的那辆车，前后座车门上各喷绘了一个热门游戏里的英雄角色，一个嘴角叼着草，一个扎着红色高马尾。

这画面很惹眼，连同秦蔺那张脸也是。

有女生上去搭讪了，秦蔺抬起头笑了笑，阳光清爽，像是初春早晨的太阳。

然而姜意走近，就听见他问了句："食堂几楼的菜最好吃啊？不卖馒头和鸡蛋的吧？"

姜意的脚步一停，差点露出和那个女生一样疑惑的表情。

他什么珍馐美味没吃过，怎么会对食堂的饭菜这么情有独钟？

在那个女生走后，姜意走上前，看见秦蔺格外灿烂的表情，思考了下，问道："你来我们学校做什么？"

秦蔺和她一起往食堂三楼走，手指勾着一串车钥匙，心情愉悦地说："来谈生意，和这里的一个教授有一些合作。"

"你不是做娱乐的吗？"

秦蔺冲她眨眨眼，笑道："也要搞搞投资的啦。"老是待在公司里看艺人，他都怕打开电视了。

食堂三楼有家日式饭店，姜意坐下后看秦蔺新奇地翻开菜单，点了不少东西，难免好奇道："对我们食堂很感兴趣？"

秦蔺手肘撑在桌上，闻言叹了口气道："算是吧。"

他和沈牧当初读的是封闭式大学，实行军事化管理，大门不能出、二门不能迈，而且学校食堂里多是馒头和与鸡蛋相关的菜品，鸡蛋炒韭菜、西红柿炒鸡蛋、丝瓜炒鸡蛋、土豆丝炒鸡蛋……差点把他逼疯。

想当年他三番五次地想翻墙出校改善伙食，结果不是被保安大爷养的狼狗追，就是被后头大院一户农家养的大鹅啄，真是不堪回首的一段往事。

姜意知道后，眉眼弯弯地说道："当初不是你非要跟着沈牧去那所大学的吗？我记得沈牧提醒过你，说那里的条件不太好。"

"我哪知道啊，我以为沈牧诓我呢。"秦蔺有苦说不出，高三那时候他也头悬梁锥刺股了，可以去的学校多了，可他偏偏鬼迷心窍跟着沈牧报了个大山里的封闭式学校，肯定是那会儿的散伙饭有问题。

他们之间没有什么“食不言寝不语”的规矩，拉面和牛肉饭团上来后，秦蔺也没停下说话，聊起了沅辞工作室发的那个摇滚视频。

“凭什么啊，几年前我刚好感冒，嗓子哑了不找我也就算了，这次也不找我！什么意思啊，我长得还没有顾岷和傅时青好看？”

原本在吃草莓大福，很有兴致听秦蔺吐槽的姜意沉默了一下，接不上话。

秦蔺的音乐感之差，她深有体会。有一年她生日，秦蔺说是精心准备了一首歌送给她，而且练习了好几天，结果他还没开始唱，陈青鹤和顾岷就借口有事要谈起身出了包厢，剩下几个人也全是皱着眉头。

如果不是姜意在身边，沅辞早就出了那个门。

结果害得姜意不想过这个生日了，耳朵也不想要了。

秦蔺唱的没有一个字在调上，非常折磨人，明明声音很好听，但唱起歌来就像是在锯木头。

想到这些，姜意轻咳了一下，立马转移了话题：“七月份你要一起回高中吗？”

高中母校百年校庆，联系了不少近几年毕业的优秀学子，姜意也在其中，行政处的老师还特地打来了电话，寄来了邀请函。

“回啊，我那个班主任把我手机没收了还没还呢，我得去要回来。”

四五年过去了，手机八成是要不回来了，秦蔺重点也不在手机上，主要当年因为手机被没收这件事，他被安排站在国旗杆子下念检讨书，比较丢人，这一局得扳回来。

说起来那份两千字的检讨书还是姜意帮他写的，因为当天班主任就打电话到他家里去了，他爸接的，撂下电话后他爸就拿鞭子狠狠地抽了他一顿，说他不学好。

天地良心，他只是打电话叫了个外卖！

姜意看着秦蔺神采飞扬的模样，嘴角一直弯着，仿佛回到了高中那段时光。

秦蔺说的每一件事都与她和沅辞有关，说了那么多，却只字未提她离开的那两年发生了什么。原来真的有人能什么都看透，却又什么都不说透。

这么几年过去，他依然最像少年，神采飞扬，通透明亮。

姜意很想谢谢他，又不知道该怎么开口，想谢谢高中那几年他的照顾和陪伴，也想谢谢他依然把她当作朋友，没有因为她冷漠地断绝联系而指责她，也没有过隔阂。

“秦蔺。”姜意很认真地叫了一声他的名字。对面的青年拉回思绪，眉眼带笑地看过来，问，“怎么了？”

她停顿了一下，还是没把谢谢说出口，觉得太生分了一些，而是说道：“之前认识的一个主办方，给我寄了很多东苏那边的特产，你走的时候拿一下，还有沈牧的。”

东苏是甜点之乡，特色也多是甜食一类，最负盛名的是咸甜青团和桂花糕，而秦蔺很喜欢那边的吃食。

“怎么沈牧也有份？”

姜意支着脸笑了，像是无心地开口：“不给他吗？你每次都会分给他，所以我干脆准备了两份。”

秦蔺和沈牧打小就认识，一起在泥里打过滚的那种朋友，有什么好吃的，秦蔺都会分给沈牧，没吃过独食。

秦蔺想了一下，好像还真是这样，虽然他经常嘴贫，但有什么好的就没落下沈牧过。

“那你待会儿给我吧，我刚好也要去找他。”

出了食堂后，秦蔺就跟着姜意去了她的公寓，搬了两大盒特产走，顺便还吃了一小碗的樱桃，又甜又多汁。

秦蔺走后，姜意也要去俱乐部，她收拾了一下准备出门时，看到客厅茶几上剩下的一点樱桃，脚步停了一下。

那些樱桃是沉辞前几天让人送过来的，送来的时候樱桃上还沾着水。

另一边，准备进录音棚录歌的沉辞接到了一通电话，一旁的工作人员就见他忽然笑了一下，微微垂着的眉眼间有着藏不住的喜色。

忽如一夜春风来的感觉，刹那间桃花盛开。

工作人员噤声，没敢打扰他打电话，只听到一些只言片语就已足够震撼。

沉辞笑着，低声对手机那边的人说了句："我很想你，但还能忍，所以暂时没有关系。"

录音棚外听清这句话的人都僵住了，怀疑是不是自己耳朵出了问题。

眼前这个人可是音乐圈的高岭之月啊……就这么被摘下来了？

当晚，容久收到了不少消息，电话也接了一两个，来问的不外乎是沉辞恋情这件事。

沉辞去录歌，他另有事情要处理，就没有陪同过去，不知道发生了什么，现在收到这些消息也是哭笑不得。

名义上他是沉辞的经纪人，实则上他们是雇佣关系，没有授意，容久不好承认这件事，只好避而不谈这件事，并一一叮嘱没有确切消息不要外传。

距离沉辞五月份退圈，就只剩下一个月左右了。

工作室上传的摇滚视频算是退圈的一个预告，有始有终，一切回归初心。而沉辞今天下午去录音棚录的歌，是他在音乐圈里的最后一首歌曲，作为退出这个圈子的告别曲。

他不在名利场上，会选择进入这个圈子完完全全是因为一个人，现在那个人已经回来了，有些事就没必要再继续下去了。

京州多花树，五月时春林初盛，景色浓艳。

在这一个月里，沅辞退圈、姜意退役，前者在圈内圈外都引起了不小的轰动，而赛车这项运动在国内缺乏群众基础，属于小众圈子，可姜意退役这件事意外地上了热搜，和沅辞退圈这个话题前后并排。

在CSBK第一站比赛中，她拿到SBK组第一回合杆位，观众对场的实时数据显示屏显示SA车队的Jiang在Best Tm中排位第一，第二名与之相差0.637秒。

就实际情况而言，第一站的国际赛车场有18个弯道，低速弯较多，过弯速度较高速弯慢，但这对姜意来说很有优势，她擅长暴力提挡，更擅长超速过弯。

热搜话题里也有不少姜意的照片，不过大多都是身穿赛车服、戴着头盔，少有清晰的正脸照片，唯一一张还是之前外网上的Senior TT赛视频截图。

她坐在摩托车上，已经摘下了头盔，偏头看向镜头，格外帅气，整个人锋芒毕露，连同那辆红黑的摩托车也醒目至极，暗红追风、所向披靡。

这场赛事结束，也意味着姜意彻底退役，不再参加比赛，也结束了和俱乐部的合作，退出SA。

当天晚上，俱乐部的一群人在酒吧玩了个通宵，SA车队的前成员也来了。

主角是姜意，此刻她坐在中间，金色的光线落在脚边，一闪一闪、晃晃荡荡。灯光绚烂，再加上酒气令人眩晕，总有那么几个人看她看得眼热。

她长得盘正条顺不说，听说她还有顶级的家世背景……有人暗暗地起了其他心思来，想着近水楼台先得月，就算得不到，说不定也能来个露水情缘！灯光红酒热闹暧昧都有了，就差那么一点催化剂了。

周东昀一抬头就看见有不相识的人递了酒给姜意，她接过了，但没喝，侧着脸漫不经心地和旁人交谈。

周东昀默不作声，看向边上的沈柔，她捧着姜意调的酒在喝，一点一点地抿着，对刚刚那一幕毫无所知。他也清楚，姜意分明知道那杯酒里有什么，只不过按兵不动。

所幸队长刚刚出去打电话了，要不然那个人的手恐怕是会被当场拧断的。

姜意一直没喝那杯酒，递酒的那个人等得有些着急了，便出声喊人："姜意……"

话音刚落，陈拙言回了卡座，位子好巧不巧就在那个人的对面，一抬头就能看见他的一举一动。

那人顿时怕了，没敢再开口。

酒吧里音乐声大，谁都没有注意到他戛然而止的这句话，他咬了下牙，看了一眼与他隔了几个位子的姜意，心中突然起了一股征服的欲望。

于是，在姜意离开卡座后不久，他也跟了出去。

姜意手上沾了酒，有些不太舒服，想去洗一下。一离开吵闹的卡座，在远离吧台的酒吧边缘时她就察觉到了有人跟着自己。在盥洗台前洗了手后，她又放满了一池水，等着那人按捺不住跳出来。

池里的水差不多满了，那人也等不及了，装着酒醉就撞了过来。

姜意腰靠着盥洗台，侧身避开了这个满身酒气的家伙，然后抬手扯住他的后衣领，按着他的头按进了水池。

姜意接触赛车圈子这么久，先前又练过格斗，把一个成年男性按进水池里的力气还是有的，也就几秒，她就松了手，冷淡地看着不知道姓名的那个人猛地挣扎出来，呛水后疯狂地咳嗽起来。

"酒醒了？"

那个人被呛得面色狰狞，再加上酒精作祟，此刻怒火冲天，抬头恶狠狠地看着她。只不过姜意下一句话出来后，他猛地一怔，酒意瞬间下去了大半。

"这件事我会追究，你尽快找律师。酒里有什么，你比我清楚，想好措辞，东西来源、经手的人是谁，交代清楚，可能会关系到量刑。”

姜意重新洗了手，抽出一张纸擦干后，当着他的面说了最后一句话，“如果你要报复，随时都可以来找我，我在京州沅家。”

全京州，只有一个沅家。

这也是姜意第一次搬出沅家来压人，不再理会盥洗台前那个脸色青白的男人，她径自走了。

她还有点希望这个人能来沅家找她的麻烦，被沅辞知道，他也会高兴一点吧？毕竟沅家这个背景她都用了。

重新回到卡座的姜意有些走神地想，到底要怎么才能哄好沅辞这个高岭月亮呢？

明明在想一个难题，可想着想着，她忍不住弯唇笑了。

算了，反正有很长的时间可以哄他。

主要是当下……她好想他呀。

姜意怎么也没想到，她只是这么一想，下一秒，沅辞就给她发来了消息：在聚会上？

姜意低头看手机，直接发了定位过去。

她以为她发了定位，沅辞也会礼尚往来告诉自己他的位置，没想到沅辞紧接着发来了一句：我也在商业街，要不要来找我？

怦怦怦，姜意感觉自己的心跳骤然加快。

心想事成的感觉来得太快，她几乎要以为这是自己的臆想。

她为比赛忙着训练了许多天，而沅辞又因为退圈等事宜不在京州，她见不到他。前几天他结束所有工作，终于回了京州，可她又因为比赛飞去了另一个城市，今天才回来，晚上俱乐部又有为她的退役专门举办的活动，她不好推掉。

她已经近一个月没有见到他了。

姜意在手机上点了几下，发出去一句：等我一下。

随后她就收起了手机，和陈拙言等人简单解释了下，说是临时有事要先离开，让他们慢慢玩。

自从陈值那件事后，姜意和陈拙言也见过几面，相处依然如同往常，没什么特别的。陈拙言从来都是不动声色的，姜意明白过来他的感情时，已经有些迟了。也是那时候姜意才明白，为什么陈覃曾经提醒她，要和陈拙言保持距离。

往外走的姜意正要发消息问沉辞在哪儿，她要过去找他。

只是她还没按下发送键，走到酒吧门口时，仿佛有感应一般，一抬头就看见了酒吧外站着的那个人。

他戴着纯黑色的口罩，站在路灯光晕里，身后是斑斓热闹的商业街，人来人往，谁都想不到前几日退圈的沉辞会出现在这里等一个人。

姜意落进了他的怀里，热意蔓延，她心动不已。

“你怎么会在这里？”

“陈青鹤在这里有一个局。”

这两天沉辞没回十二云栖，一直待在半岛公寓，原本打算回绝陈青鹤，只不过后者定的地点恰巧就在姜意聚会的那条商业街上，于是就来了。他思忖了几秒后，脸上带了笑意，身上落着商业街缤纷斑斓的灯光，像星火。

他戴着口罩，只有眼睛露在外面，深邃迷人。

也许是她的注视太明显，沉辞收紧了些揽着她的手臂，垂眸盯着她。

酒香弥漫，灯光闪烁，音乐声不止。

酒吧此刻放的音乐刚好是沉辞出道时的那首摇滚乐，曲调野性激扬，在炸裂的音乐声中，鼓动着纷乱雀跃的心跳。

他的声音仿佛与此刻的音乐融合，一面是热烈的令人沉醉的音乐，一面是低沉而喑哑的询问。

“喝酒了？”

“喝了一点，酒气很重吗？”姜意有些走神，主要是他们现在就站在酒吧门口，里面的音乐听得一清二楚，她曾经把沉辞的这首歌翻来覆去地听过无数遍，牢记于心，现在总有些……不真实感。

在炸裂的音乐声里，曾经的主唱就站在她面前，对她说："有一点葡萄味。"

又有一点英国梨的香甜。

沅辞的指尖揉按了一下她的红唇，最后隔着口罩吻了下她的耳垂，明明没有实际性的接触，她的耳朵还是红了一圈。

一个在五月末里稍显灼烫的耳边吻，又轻飘飘地落回了春日夜晚。

在这个晚上，如果她摘下了春日里那个葡萄味的月亮，能不能用来和他交换一个吻？

陈青鹤过几日要回德国，事情如果不顺利，可能要在那里待小半年，临走前叫了人聚一下。傅时青本就不在国内，顾岷晚上又有一台手术，姜意进茶楼包间的时候，沙发上坐着的除了陈青鹤，只有秦蔺和沈牧，还有一个伏案在茶几上写作业的小姑娘。

扎着小辫子的小姑娘是沈牧的堂妹，家里长辈都有事要忙，沈牧只能奉命把她带出来，所幸小姑娘很乖，一进包间就开始写作业。

秦蔺买了一大堆薯片可乐等吃的喝的给她，她都不为所动，十分有定力。

秦蔺刚想夸夸小姑娘，结果姜意进来了，刚上初中的小姑娘一下子放下了作业，在脚边书包里找了又找，掏出一个运动手环，送给了姜意。

小姑娘自己的手腕上也有一个一模一样的运动手环，可以监测心率的那种。

秦蔺顿时嗷嗷叫："你最先遇见的不是我吗？怎么不送给哥哥？"

小姑娘很高冷，有理有据地道："那是粉色的，给姐姐更适合一点。"她特地准备的礼物，送人攒运气，希望下个月的考试能顺利一点。

秦蔺有些郁闷了。

姜意笑出声来，微微弯腰摸了下小姑娘的发顶，声音柔和地说："谢谢你呀，我会好好保管的。"这时候的姜意还不知道，这个运动手环会给她带来什么。

陈青鹤几个人在聊京州郊区的一块地皮，姜意不太懂这些，坐在小姑娘的身边看她写作业，偶尔给她答疑解惑，也不觉得无聊。

只不过作业写完后，小姑娘就有些坐不住了，想玩游戏。

沈牧一年和这个小堂妹也见不了几面，对她也比较纵容，更何况出门前他的母亲兰女士还再三提醒，要照顾好小姑娘。

于是就有了接下来的画面，八个人端正地围坐在木雕茶几旁，玩起了狼人杀。

原本人数是不够的，另外的人是秦蔺去隔壁包厢叫来的。他为人爽快阳光，认识的人很多，隔壁包厢就有几个他的朋友。

只是那两人过来时，明显没想到在场的还有陈青鹤、沈牧和沅辞，他们面面相觑了一下，都谨言慎行了起来。

和秦蔺做普通朋友简单，但要进他的圈子可不容易。

沅辞对这类游戏不感兴趣，选择了上帝这个角色，其余人用手机小程序随机决定。

第一局姜意是村民，她也不擅长这类游戏，不怎么发言，小姑娘和隔壁包厢的那两个人是高端玩家，分析起来头头是道。

剩下的人除了陈青鹤看人准，其他人差不多就是走个过场。

沅辞作为上帝，不参与具体的游戏，却又知道每个人的身份。姜意看着坐在对面的他，想看看能不能得到一点提示，然而他只是笑着看着她。

最后凭借着队友的配合，狼人一方还是输了。

第二局姜意是女巫。

当熟悉的声音念到"女巫请睁眼"时，她睁开了眼，隔着一张长而窄的茶几，沅辞压过来亲了她。

在短短的这段时间里，唯有女巫和上帝睁着眼，静静地交换了一个葡萄味的吻。

仅一秒。

他低头看了一眼她的手腕，忍着笑意，轻不可闻地说了一句："心跳太快了。"

运动手环显示心跳——每分钟 116 下。

天亮请睁眼时，姜意一抬眸就撞进了对面上帝的眼里，他望着她，眼里有几分笑意。

坐在姜意旁边的秦蔺拿桌上杯子时，低头看了一眼，无意间瞥见了姜意手环上的数据，惊了："姜意你该不会是狼吧？心跳怎么这么快？"

她百口莫辩，第二回合的时候就被投票淘汰。

这一局以小姑娘为首的狼人方获胜。

姜意借口出去打电话，因为投错票正在捶桌子的秦蔺逼问她为什么不是狼人心跳还那么快，不科学啊。

在包间外，姜意快步走到了走廊尽头，想冷静一下，可那个吻还是在脑海里挥之不去。

当时只要有一个人偷偷睁眼，就能看见他们在做什么，况且……在一个茶几旁玩游戏，大家之间的距离并不远，动作再轻也会有声音，或许有人猜到了游戏天黑时发生了什么呢？

偏偏运动手环上还显示着心率。

藏都藏不住，太犯规了。

然而更犯规的是，她一转身，就发现沅辞站在走廊的转角处，在等她。

我很想你，但还能忍，所以暂时没有关系。

但也只是暂时而已。

晚上十一点，聚会才结束。

姜意一上车就摘下了运动手环，收进车内的储物格里，虽然心跳早已趋于平稳，但这个手环真的太犯规了。

沉辞开车回半岛公寓，车子经过中心商务区，姜意一眼就注意到了临江那栋大厦LED屏上滚动的文字。

估计是有粉丝舍不得他突然退圈，但又理解他这一决定，大手笔买下了巨屏广告投放他的名字。

一整栋大厦的LED屏广告，当时段的滚动播放定价为180秒5万元，360秒10万元，540秒15万元。

巨屏广告上滚动播放的文字为："沉辞""退圈快乐""永远支持你"。

姜意问道："之后你有什么打算？"

"做风投。"当初沉辞在国外碰见陈时延，就是以资金方式入股的氘，他说，"只不过注册地可能不会在国内。"

姜意思忖了一会儿，在车子驶入高架桥前，出声道："在我出国比赛前，你是不是就做好了规划？"他看起来像是早就规划好了一切，以资金入股氘是其一，注册地在国外是其二。

沉辞淡淡地应了一声，没细说。

早一点晚一点，对他来说没什么区别。

高架桥上的霓虹流光溢彩，一点一点滑过他放在方向盘上的长指，漫上手腕上那根黑色的发筋，她亲了亲他的脖颈。

姜意想起那次叫他哥哥，咬他喉结，也想起一个小时前上帝的那个吻，蜻蜓点水。

她想要掌控一点主导权，也想给他再多一点安全感。

反正就是……失控在即。

回到半岛公寓，进玄关后，姜意忽然靠近沉辞，手扶在他的肩侧，踮脚吻了上去。

一切颠倒过来，女巫掌握了权势，手握解药和毒药，不知道失控的人是谁。

她低低地问了他一句："阿辞，你要不要吻我？"

她很少这么叫他，声音娇软。

玄关处一片漆黑，只有淡淡的月光从落地窗处漫进来，光落在她的长睫毛上，微微抖动再落下。

而葡萄味一直都在，落在唇齿间。

淡去的酒香又袭了上来，葡萄与英国梨，馥郁又缱绻、温柔且沉醉。

那天晚上，沅辞只问了她一句："按我的节奏来，好不好？"

如果姜意没有被他眼里的色彩所蛊惑，如果她没有太过心动，如果她理智尚在，她就应该知道，她不能答应下来——

可她没有。

予取予求，无法拒绝。

翌日，晨光熹微，越过卧室落地窗半掩的深蓝窗帘，落在黑色的床尾，清澈透亮。

溏心的太阳，如棉花糖的云朵，柑橘味的曦光。

姜意闻到香味，有些清醒的时候，已经是上午十点半了。温热的浓汤和淋着枫糖浆的柔软松饼，正在源源不断地散发着香气，旁边的碟子里还有一枚鲜嫩的荷包蛋及一杯牛奶。

沅辞曲着一条长腿坐在床边看文件，衬衫的纽扣没有全部扣上，露出了锁骨，带着几道细长的抓痕，像被猫挠了一样。

姜意微微动了下，不是很清醒的时候，感觉脸颊边的长发被拨到了耳后，一道低柔的男声响起："早安。"

我的月亮。

第十章

校庆遇故人

很快就到了六月份，紧接着是七月。

姜意和沅辞是前后生日，刚好在高中校庆的那几天。而在校庆之前，姜意还碰见了老 K，准确地说，是老 K 打听了几天，花费了不少精力才找到她。

之前在酒里动手脚的那个人把老 K 供了出来，但没有直接证据证明东西是老 K 给的，他被保释了出来，但也只是暂时的，警方在顺藤摸瓜，过不了几天就要找上门。

老 K 从一线车手降为替补队员后，就一直记恨着姜意，就是没想到麻烦会落到自己头上。

更不巧的是，他堵姜意的那天，秦蔺也在场。他要去谈收购案，对方公司的负责人是个赛车迷，所以秦蔺特地来找姜意帮忙，投其所好，收购案谈起来也会轻松一点。

当时秦藺在车上等姜意，结果刚见到她出校门，就有个穿黑大衣的人冲了上去，脸红脖子粗的，一副想动手的样子。

下一秒他就下车甩上了车门，几个大步走到老K面前，钳住了他抬起的手臂，然后发狠踹上了他的小腿。

几乎没给老K反应的时间，秦藺车上冲下来的司机就把老K摁在了地上。秦家早年生意有些乱，仇家不少，秦藺小时候被绑架过，因此他身边的人多少都会一点功夫。

这件事以老K重新进局子为结局，之后姜意抽出时间和秦藺去了趟他的公司，见了收购案的另一方。秦藺打算收购这家新闻媒体公司，只不过这公司的负责人是个硬骨头，难啃不说，打起太极来和他家老爷子有得一拼。

生意场上的人大多都喜欢交易和娱乐并进，秦藺带两方团队一起去了娱乐厅打台球。

在打台球休息的过程中，姜意和那个负责人聊了起来，聊了快一个小时，对方的态度才有些改变，随后就是秦藺团队要负责的事了。

姜意出了休息室，在自动贩卖机前站了几秒，挑了一瓶白桃奶茶，包装上印着个扎着红色高马尾的游戏角色，和秦藺那辆车上的喷绘图案好像是一个人。

在贩卖机旁接了热水冲饮放凉后，姜意喝了一口，觉得茶味有些重。她不太能喝茶，但在秦藺送她回去的路上，不知不觉喝掉了小半杯。除了茶味，它还有白桃的清甜，不腻，清甜绵密地漫在舌尖，奶的味道也很新鲜。

这几天沅辞都在半岛公寓，姜意也住在这里，沅争和沈苏绾双双因公出国，沅宅里就一个阿姨。

回到公寓后，姜意把奶茶递给了沅辞，想让他帮忙拿一下，她要换鞋子，结果沅辞咬了下吸管，刚好覆在那一圈淡红的印子上。

姜意换上拖鞋，一抬眼就看见沅辞喝起了那杯奶茶，顿时有些哭笑不得。

因为今天出门陪秦蔺谈生意，场合特殊，她化了淡妆，也涂了点口红，喝奶茶的时候难以避免吸管沾上淡淡的口红印。

“你别把口红抿进去。”

姜意想拦他，穿着拖鞋刚上前两步，沉辞单手把她搂进了怀里，说了一句：“今晚可能要失眠了。”

话题变得太突然，姜意一下子没反应过来，疑惑地看着他。

“咖啡碱含量太高了。”沉辞看了眼奶茶包装上标明的主要成分和含量，有些温吞地建议道，“睡不着的话，今晚要不要在书房陪我？”

他微垂着眼睑，眼的轮廓很漂亮，这样静静地看着她，太过勾人了，让姜意瞬间想起了那个晚上他拧眉的神态。

她呼吸一滞，想后退一步，但横在腰间的手臂力道微重，她只能装作思考了下，回绝道：“会打扰你工作。”

“不会。”沉辞放下白桃奶茶，指尖勾住她的长发，将其撩到了耳后。长发晃动间，她脖颈后的一个印痕微微露了出来，微深的草莓色。

他眸光闪动，缓缓地说出后半句：“今晚没有重要的事。”暂时没有。

姜意有些恼，瞪了他一眼。

而她也确实后悔，后悔喝了奶茶，明明只喝了一点，却一直清醒到深夜。沉辞在书房里开视频会议，她踮着脚在书架前找书，动作很轻。

在女生中，姜意的身高算高的了，但还是够不到书架最上面那一层的书。沉辞看了她一眼，和视频会议那边的人低声说了句什么，然后摘下耳机起身朝她走了过来。

“要哪本书？”他的指尖已经搭上了一本书的书脊，手指纤长、骨节分明，和暗红色的书相得益彰。

姜意伸长胳膊指了指，道：“左边那本。”好像是她高中时用过的竞赛书，她想拿下来再看看。

不知道是不是错觉，姜意总感觉自己说完这句话后，沉辞好像迟疑了一下？几秒后，他才帮她拿下了书。

沅辞回到桌子后继续开视频会议，姜意则坐到有些远的懒人沙发上准备看书。

书中的竞赛题已经很陌生了，姜意一页一页地翻着，看到了很多自己和沅辞的解题思路，整整齐齐地写满了边页的空白处。

在其中一页，她看到自己的照片被夹在书页间。

画面上的她坐在教室里答题，还穿着红白的夏季校服，蓝色的窗帘在身边微微扬起了一个角，在她手臂上落下了淡淡的影子。

翻飞的窗帘落在夏天里，而有的人落在了心上。

姜意捏着照片的指尖紧了一些，将照片放回原处，合上了书，支着脸看向了沅辞那边。

她不想看书了，只想看着他。

高中时候的沅辞是什么样的？好像没有现在这么冷淡。

直到现在，姜意偶尔还是会想起高三百日誓师那天，她作为高二学生代表站在首列，而沅辞身姿挺拔地站在旗台上，身后的国旗随风飘扬。

那天的操场上落满了灿烂的阳光，在青草地上闪烁时，有那么一点像星星的光芒。

姜意会喜欢上星空，也是因为沅辞。那时候她刚来沅家，对很多改变都感到了不适应，姜白出去打比赛后，她更是开始失眠。

忘记具体是哪一天了，她睡不着，半夜下楼倒水喝，碰见了同样来倒水的沅辞。客厅的灯只开了一盏，微微泛着橘色，仿佛弥漫着落日的颜色。

彼时姜意赤着脚站在楼梯口，和沅辞对视上的那一刻，感到了局促。

她刚来十二云栖，和谁都不熟悉，谨言慎行，唯恐出什么错。不知道沅辞是不是看出了她内心的不安，又或者只是出于无聊，随口问了她一句“要不要来看星星”。

于是同样失眠的两个人，就这么在二楼的大阳台上吹了一整晚的风。

星光闪烁在高天，与那夜的海棠花一样灿烂，许久未眠。

一切都是贺礼。

沉辞结束视频会议后，已经是夜里三四点了。

姜意身上盖着毯子在沙发上睡着了，沉辞准备起身过去时，桌上的电脑发出了一声沉闷的提示音，一封邮件直接跳在黑色的屏幕上。

是氘的例行报告，每三个月汇报一次，主要内容包括氘出行的任务和完成情况，以及后三个月要处理的订单。其中一个订单的地点在金三角，百分之三十的酬金已经打进了氘的财务部。

鼠标在“金三角”这个字样旁停顿了一下，随后沉辞关闭页面，打了个电话给估计还在大沙漠的陈时延，但他未接。

定金已经打进账户，说明氘已经接下任务，不可取消订单。

沉辞转而致电远在美国办事处的一位负责人，让他注意金三角那位罗佬的订单。结束通话后，他抱起姜意回了卧室，动作很轻，她没有醒，安安静静地在柔软的床上渐渐睡熟。

而睡眠质量变好的不止姜意一个。

失眠可以被治愈，偶尔涌现的不安全感也可以被消除。

只要……她在身边。

到了七月初，京中百年校庆。

此次校庆在周日举办，邀请了很多知名校友，各个年级的学生代表也在，坐满了整个礼堂。

今天也是沉辞的生日，而姜意的生日在今夜零点之后。

与沉辞关系亲近的这些人里，陈青鹤和傅时青都不是在京中读的高中，去了礼堂的也只有姜意和秦蔺。沉辞和沈牧在校长办公室里坐着，顾岷迟了些时间才到。

礼堂里的位置早就安排好了，前几排的位置都有名牌，秦蔺先到，在礼堂门口等了一会儿，看见姜意及她身边一个笑容灿烂的少年时，挑了下眉。

现在的小孩怎么回事？脸这么红。

进了礼堂后，姜意发现秦蔺认识的人真的很多，有不少校友上前跟他打招呼，有一些是商界新贵，还有一些则是资本继承人。

一圈下来，秦蔺终于打完太极坐回姜意身边，他觉得有些热，一边单手扯着衬衫领口，一边叹气道："怎么都明着暗着让我帮忙牵线认识沅辞，我是搞娱乐的，又不是牵红线的。"

这两年沅辞虽然主要在音乐圈，但并不是没有参与过资本运作，秦蔺这几年做的生意就有不少是他带的。

秦蔺叹了一口气，深深感觉自己不容易，生意场不适合他，他该下乡养鱼养螃蟹致富才对。他还想具体形容一下刚刚的场面，结果刚偏过头，就看见了礼堂边上正在攀谈的那两个人。

其中一个穿着红色裙子的女人肤白高挑，很亮眼。

"她怎么来了？"

秦蔺皱了下眉，先前他要了份校友名单，元音这个人并不在单子上，说是有合作要谈赶不过来，联系的老师还确认了好几遍。

不知道这人在搞些什么名堂，来意不纯，八成是为了沅辞。

高中那几年，元音对沅辞的心思就差摆在明面上了，做的一些事情表面上看起来没什么，但一细想就格外令人硌硬。饶是秦蔺心这么大，都懒得和这个同班同学有什么接触，把他当梯子踩去认识沅辞就算了，有一不可能有二，可元音像是没完没了，他给姜意买的零食，课间一会儿的工夫就被她吃了个遍。

每袋零食都被撕开了一个角，吃了一点，她以为是在超市尝鲜啊？

他一个男的又不能拉下脸去冲女生发火，干脆把抽屉里所有被她碰过的零食都扔进了垃圾桶，转头离开教室去学校超市重新买了一大袋，直接给了姜意。

彼时元音就站在走廊上等他，一副可怜兮兮的表情，估计是想亡羊补牢跟他道歉，结果看见他进了姜意班上，脸色唰地阴沉下来，扭头就走。

这还不是重头戏，后续是她回到教室大哭了一场，恨不得让所有人都知道她不是故意动秦蔺抽屉里东西的，只是碰了一点点，真的很对不起，她可以赔。

她是只碰了一点点，每袋零食都只碰了一点点，但这比吃光一整袋薯片还让人糟心，而不论是哪一件事，元音都没有经过秦蔺同意。

翻抽屉是其一，撕开所有零食袋子是其二，哭泣示弱是其三。

你哭你就有理啊？秦蔺气得不行，踹了一下自己的桌子，一句话都不想说，转头走出教室去操场上找沈牧了。

班上只有几个人在，没人敢多问，秦蔺也没有跟别人提过这件事，所以知道的人并不多。

姜意也注意到了那个穿着红裙的女人，有些眼熟，想了想说出一个名字："元音？"

秦蔺的教室就在她隔壁，他班上的一些同学姜意也是认识的，不过并不熟，知道这个人是因为正面碰见过几次。

对方对她好像隐隐有一点敌意？

秦蔺往后靠在椅子上，懒洋洋地说了一句："别是来找麻烦的吧？"

结果他刚说完这句话，远处的元音笑了笑，看向了这边，明显看见了秦蔺和姜意，眸光微微闪动了一下，随后袅袅婷婷地走了过来。

一抹红色的倩影，在灯光映照下，裙尾的银线在闪闪发光。

她先是走到了距离姜意和秦蔺最近的一个校领导跟前，打完招呼后，偏头看向他们，弯唇展颜道："好久不见呀。"

然后，她再自然不过地在姜意身边坐了下来，很是自来熟地和姜意聊了起来。

“听说你最近两年休学了，去了国外？外国人热情开放，你应该有交到男朋友吧？”

“我们好几年没见了。”

“你现在还住在沅家吧？刚好沅伯父和我家有生意上的来往，我方便去拜访一下吗？”

元音说了这么多，恐怕最后一句才是重点。

姜意淡淡地道：“争叔近几个月不在京州。”

元音面不改色，继续道：“没关系的，我和你叙叙旧也好呀，说起来我还没进过十二云栖呢。”她似乎忘了，她和姜意根本不熟，因为年少不懂得遮掩情绪，她们高中时说过的话总共不超过二十句，说认识都是客气了。

秦藺差点被气笑，这简直就是司马昭之心啊，就差明说了。他有些不耐烦，刚想开口替姜意拒绝的时候，她的声音就响了起来：“我现在不住在十二云栖，也不是一个人住，不方便让外人来拜访。”

不知道为什么，听到这里元音的心突然向上提了一下，十分勉强地笑着，试探地问道：“果然是有男朋友了啊，我认识吗？”

姜意静静地看着她，不说话。

元音的笑容也渐渐消失。

如果不是偶然从其他人那里得知姜意会来，说不定沅辞也在的话，她根本没打算参加这次校庆活动，觉得全是浪费时间和精力，更别提她现在知道姜意和沅辞很有可能在一起后，几乎维持不住平和的表情！

她姜意不就是住在沅家，近水楼台先得月吗！无父无母，凭什么得到最好的沅辞？

元音坐不住，可又不能撕破脸，更何况她还没等到沅辞出现，漂漂亮亮的指尖捏紧了手包，装作不明白姜意的言外之意，进一步问道：“沅辞还没到吗？”她抬手将耳边的卷发撩到耳后，微微侧头看向礼堂入口，一边等着人进场，一边压着愠怒，笑盈盈地继续试探道，“话说回来，这么多年过去，你们几个的关系还是一如既往地好呢。”

她一路直升上京中，在此之前成绩优异，又长得漂亮，即使什么都没做，也有不少人围着她转，虽然离众星捧月还差一点，但至少不是背景板，来自同学和老师的优待只多不少，可是这一切都在进入京中后戛然而止。

京中是入围国家数竞集训队人数最多的中学，每一级都有拿下国奖的选手，有天才，也有极为努力勤奋的学子，出过女奥全国第三，也拿到过亚赛金牌。许多的佼佼者在这里只能算作平庸，元音也是，但她不甘于平庸，像身边大多数人一样做出了努力，深夜学习、早起苦读，可成绩到了一定水平后，是很难再往上提高了的，只能努力维持。

元音明白这个道理，只能放弃在不突出的成绩上花心思，转而和班上的同学们搞好关系，送小蛋糕、请客吃饭、主动约他们出去玩……可即使这样，她还是进不了一些人的圈子，如果非要进去，也只能是没有存在感的背景板。

比如，班上秦蔺和沈牧的圈子。

她想站在中心，不想游离在圈子边缘。

后来，元音碰见了沅辞。她之前听过他的名字，也远远地见过几面，然而近距离的接触还从未有过。

那天她抱着作业本穿过走廊，在楼梯口见到了沅辞。他靠在雪白的墙壁上，没穿校服，像是在等人，听到脚步声才抬起眼看了过来，又迅速移开。

冷淡吗？当然。

但元音就是止不住狂乱的心跳，一颗心不上不下地悬在半空，像是下楼梯时一脚踩空，心悸感犹在。

元音张口想和沅辞说话，又不敢，她抱紧了手里的作业本，很慢很慢地从他身边走了过去。有那么一瞬间，她想停下来跟他说一句话，可到底还是太慌乱了，脸很烫。

她终于上了楼梯，再往下看时因为位置不太好，只能看到一个挺秀的背影，但很快，她连一个背影都看不见了。

有人叫了一声他的名字，带着很软的笑意，沉辞朝她走了过去。

元音认得那个声音的主人，是隔壁班一个人缘很好的女生，就连自己班上的秦蔺和沈牧都对她照顾非常。

到底凭什么？

元音快要分不清自己在嫉妒些什么了，她抱着作业本去了办公室，然后顺着原路返回，再没有碰见沉辞了。

她在沉辞待过的那个楼梯口站了一会儿，心跳从快变慢，准备抬步回教室的时候，一个同班同学叫住了她，笑着问她："你和沉辞学长认识啊？我出来接水的时候，好像看到你们站在一块儿。"

元音犹豫了下，鬼迷心窍般地撒了个谎。

仅仅是"沉辞"这个名字就能让她在焦点之上，她几乎可以像以前一样，什么都不用做。

元音突然意识到了什么，她找老师换了座位，调到了秦蔺前面，有意无意地和他聊天，想认识沉辞，想再靠近他一点点。

于是，她小心翼翼地做了许多事，不太光明，甚至可以说是卑鄙。

面对元音，姜意的话并不多，只在她提起沉辞时才偏过头，似笑非笑地看向她。

元音总觉得姜意好像看出了什么，捏了下指尖，一面觉得姜意不回她的话有些不知好歹，一面又有些紧张。

然而心惊胆战的还在后面，元音怎么也没想到，姜意会忽然来了这么一句："高中的那些谣言和恶语，是你传出去的吧？"

元音诧异地看着她，心猛地提到了嗓子眼，想躲开姜意的目光，却发现浑身僵硬，从脊背往上更是冰冷了一大片。

秦蔺听到这句话更是炸了，神经紧绷了起来，如果不是顾忌今天校庆，礼堂里还有记者，他才不去考虑动手揍女人会不会有失风度。

他只知道，在姜白去世后，姜意的情绪极其低落，偏偏那段时间还突然风传起了许多关于她的谣言和恶语，所有可以用来诋毁女生的恶毒言论都落在了她身上。

虽然没人相信，但不能避免这些谣言和恶语成为一些人的谈资。

秦蔺紧绷着下颌，盯着元音，一字一顿地问："是你在造谣？"

元音精心涂绘的指甲扎进了掌心，却感觉不到疼，只是明明是七月天，她却感觉到了手心湿冷。

她咬牙，张口就道："姜意！你这是在污蔑我……"事情过去那么久，哪里还能找得出什么证据？

她的声音又细又弱，但还是引起了周围人的注意。她之前打过招呼的那位校领导皱了下眉，抬步就要走过来，秦蔺上前几步把他拦住了，说了些什么，校领导就走开了。

元音看见这一幕，说不上是心慌，还是怨恨。

每个人都在帮姜意，甚至沅辞身边眼高于顶的顾岷，都在谣言四起、恶语中伤姜意时维护过她。

"那些事到底是不是真的，你自己不清楚吗？你不用拉我出来洗白自己……"

元音在赌姜意并不知道幕后造谣的人到底是谁，只是猜测，但姜意的下一句话就让她真正害怕起来。

"证据我一直都留着。"

"怎么可能？！"

"那些证据原本当时就要公开的，只不过那样你大概会被退学，所以给你留了后路。"姜意的语气很淡，对过去那些事冷静得像个旁观者，

“那段时间，我确实心情不好，不想费心思在无关紧要的人身上。”

谣言源头在元音身上这件事，除了姜意和沅辞，只有顾岷知道，人也是他揪出来的。他没有告诉秦蔺和沈牧，是因为他们和元音是同班同学。

其实那时候姜意有些愚蠢地想过，她放过元音，算不算积善？能不能换来一点奇迹，那些噩梦会不会都是假的，叔叔其实一直都在她身边？

痛苦自责难过绝望纠缠，她深陷其中。

直到现在，姜意都希望那只是一个噩梦，姜白依然是最年轻的冠军赛车手，潇洒自在，更没有因为她放弃过梦想和热爱的赛车事业。

元音不知道这背后真正的原因，在姜意的注视下，感觉自己的手指都冰透了。她心里有鬼，也知道那件事过去这么久了，旁人想再追究也翻不出什么新来，可那人是姜意……光是一个秦蔺就可以把她赶出京州！

元音张了张口，感觉四面八方的目光全都汇聚了过来，更别提秦蔺还在一旁火冒三丈地盯着她，让她动弹不得。

大概是惊惧和不甘都达到了极点，她有些口不择言了，怨恨的意味很明显：“你不过是仗着沅辞有恃无恐——”

姜意微微地笑了，眉眼动人，带着桃花的明艳，灿烂而漂亮。

“那又怎样？”

被偏爱的本来就有恃无恐啊。

元音铁青着脸，被秦蔺让人“请”出了礼堂。秦蔺也不敢在姜意面前多提她，担心姜意想起姜白的离世，情绪又低落起来。

礼堂里的人渐渐坐满了，主持人上台前，秦蔺提议道：“等晚上饭局过后，我们去玩通宵吧？给你和沅辞过生日。”

校庆结束后，还有个饭局，宴请方当然是学校，来了部分校友，差不多有两桌。

“饭局我和沅辞就不去了，我们打算单独过。”姜意有预感秦蔺听到这话肯定会说他们重色轻友，又补了一句，“改天请你们吃蛋糕。”

还是单身的秦蔺面无表情地“哦”了一声，憋了半天才说出一句：“别秀恩爱啊！酸得很。”

姜意没忍住笑了起来。

秦蔺看她没有因元音的出现影响到心情，也放松了些。旁边有个中年男士入座，认出他来，几句寒暄后聊起了生意场上的事。

姜意原本低头在给沅辞发消息，结果听到那个中年男士爽朗地笑了笑，说道：“后来居上的青年真是越来越多了，我们这一辈的，再过几年恐怕只能退位让贤了。不知道小秦总有没有兴趣合作？我的女儿最近对娱乐行业很有兴趣。”

就连姜意一个商场外的人都听懂了中年男士的言外之意，秦蔺不可能不懂，对方是想介绍自己的女儿给他认识。

秦蔺装作听不明白，立即随意扯了个话题，把这件事混了过去。

中年男士也没有多说，点到为止，和他聊起了京州最近刚出台的土地政策。

校庆很快就开始了，即使是京中这样的名校也避不开繁琐的致辞，之后还有一系列的节目。现在台上表演的是古典舞，京中社团的几个成员身着汉服跳舞，很惊艳，伴奏乐曲也很经典。

这个节目快要结束的时候，姜意在微信上问了沅辞一句：“还在校长办公室吗？”

几分钟后，沅辞才看到消息，回了她：“嗯，怎么了？”

“你方便出来吗？我在你高三时的那间教室等你。”

沅辞回了句：“好。”

他甚至都没有问她为什么。

姜意在离开礼堂前，跟秦蔺说了一声，他一脸“重色轻友”的表情，叹了口气，酸酸地道：“不回礼堂了是吧？那蛋糕别忘了啊。”

校庆在周末举行，教室里没有多少学生，因为高考已经结束，高三的教室更是空着。

姜意来的时候，沅辞已经在教室里了，靠着一张桌子，看着窗外一树的夏花，听到声响时才转过脸，等她走近。

不知道为什么，姜意突然想到，沅辞好像从来没有让她等过，一直都是他在等她。

一步两步，她终于走近了他，被他搂进怀里，和他言笑晏晏。

“还没跟你说生日快乐呢。”

他低头看了她一会儿，把她抱到了课桌上，有些无所谓地说道：“不重要。”

他并没有觉得这个日期有什么特别的，认为和其他普通的日期一样，并不值得放在心上。

“很重要的。”姜意清楚他在想什么，伸手轻轻扯低他的衣襟，让他弯腰靠近自己，笑道，“我很感谢你来到这个世间，让我遇见。我剩下的所有愿望，都用来祝你快乐，好不好？”

“沅辞，生日快乐，我永远喜欢这一天。”

一切都明亮，所有爱意都坦荡，而她的胸中回荡着马的嘶鸣声。

“你大概不知道我有多喜欢你。”她抬起头，眼里亮晶晶的，继续道，“沅辞，你能不能告诉我，摘下月亮后，怎么才能让它只属于我？”

他静默不语了很久。

其实很长一段时间以来，他都不记得自己的生日，是从前几年才开始有所改变。他记住了她的生日，才顺便知道了前一天的日期。

生日有意义吗？沅辞并不知道。但他此刻低下头，动作轻柔地吻上了她的额头，缓慢滑下，灼热的气息包裹住了她。

从头到尾，都好温柔。

窗台上有一盆白色的铃兰，柔软洁白的花朵垂在枝条上，像一个个铃铛。

窗户没有关紧，风吹进来的时候，铃铛就开始微微地晃动，鲜嫩明黄的花蕊若隐若现，仿佛有叮当声传来。

焦糖色的阳光碎成了糖粒，洒满窗台，微微闪着光。

就好像很久之前，课桌上的书重重叠叠，教室里有窗外花树的香飘进来，沉辞来到她的教室。

玫瑰吸收太阳光芒，大地按捺清香。

是灿烂的夏天，适合公开最最热烈的喜欢。

当天姜意和沉辞没有回半岛，而是坐飞机去了国外的一个海岛，八个小时之后落地，有人在机场接送，到酒店后差不多是早上十点。

这里一岛一酒店，整个酒店只有十五个房间，各不相同，环境很幽静。

姜意站在阳台上就能看到海，这一片海滩属于私人领域，星星般的光浮于海面上，就连礁石也像是在发光。

在来之前姜意才得知，这个海岛酒店创立之初，沉辞向其提供了资金支持，私募股权。他们刚到岛上不久，就来了一个穿着沙滩裤、踩着拖鞋的金发男人，他也是酒店合伙人之一，此刻正坐在房间客厅里，抱怨沉辞不管这边的生意。

姜意坐在阳台吊床上吹了会儿风，想进去倒杯冷饮，结果刚路过沙发就被沉辞叫住，然后坐到了他身边。金发男人睁大了眼看了她好一会儿，又看向沉辞，说起中文时腔调有些奇怪，常常是一句中文夹着一句英文。

“你居然藏了一个人在这里！SIC 大区的商会会长还想把你绑过去跟他女儿订婚呢，电话都打到我这里来了，要不是惹不起氘，他早派人过来了——”

金发男人叫爱德华。

他差不多自言自语了一分钟，拐弯抹角地说沉辞不来海岛管生意就算了，此刻还藏着一个大活人，害他忙里忙外，还得想办法打发那个商会会长，累得想跳海。他琢磨过好几次，这个东方朋友当初投资酒店，是不是看他穷得要睡在码头才救济他的？否则怎么这么放心他打理酒店，还不过问？

想到这里，爱德华还问了另外一件事：“听说氘接了金三角那边的单子，打算打开那边的市场？”

姜意听到“金三角”这个词，有种不安的预感。

而沉辞并没有正面回答爱德华，反问道：“是你父亲告诉你的？”

爱德华的父亲主要从事高精尖武器零件的制造行业，同时也掌握着一些当地的政治动向和暗道消息，其中一家分公司就在老挝。当初沉辞会选择投资爱德华的生意，一方面是因为他的项目确实特别，另一方面则是他父亲的缘故，只不过爱德华本人并不知道这一点。

“是啊，我父亲前几天得到的消息，让我来问问你的想法。那边秩序混乱、社会环境待整治，倒是适合暴利行业生存，但不太好站稳脚跟。”

“放心，氘没有在金三角开设办事处的计划。”

那天之后陈时延给他回了信息，说是他之前欠了那边一个人人情，所以才接下了这个订单，他亲自负责，主要是给当地民间组织运送物资。

在爱德华走后，姜意不放心地又问了一遍沉辞有关金三角订单的事。沉辞把她抱在怀里，下巴抵在她的发顶上，解释了一遍后，沉沉地笑了一声，戏谑道：“担心我？”

姜意就坐在他的怀里，背后是温暖的胸膛，气息炙热，而身前有海风穿过，有一点不真实感，也有一点遗憾。她摁住了他的指尖，和他十指纠缠的时候，说道：“我总感觉自己错过了很多有关你的事。”

“你想知道什么？我可以把每一件事都讲给你听。”

“你和你祖父的事，也可以吗？”

姜意在他怀里半转过身，仰头看着他，视线滑过他的喉结、下巴，最后迎上他的目光。他微微垂着眼看她，眸色很深，半晌之后才应道：“可以的。”

沅辞从小由沅老先生亲自教养长大，严苛是其一，压抑是其二。晚年的时候，沅老先生的心理问题就已经很严重了，就算极力控制，也很难不影响到在他身边长大的沅辞。沅老先生曾经无意识地对沅辞说过，沅辞和他太像，或许也会爱而不得……这话并不是没有道理。

就连一开始他不反感姜意，也是因为她初来沅宅，太过安静，让他有了一种同道中人的错觉。

沅老先生把自己半辈子学到的东西都传授给了沅辞，包括布局谋略，也包括人心算计。而他们之间可以聊的其实并不是很多，大多都是沅老先生说，沅辞听。

姜意觉得心里有些沉闷，有着说不出来的难过，但又不能吐露分毫，只能转移话题，继续问道："那我离开的那两年，你又做了什么？"

"进音乐圈，同时做风险投资，投资组合包括海岛的这家酒店、氘，以及科技项目等，主要的投资还是在国内。"

沅辞说完这些后，想起今天是她的生日，问了一句："那你有什么愿望吗？"

姜意摇摇头，伸手搂住了他的脖颈，把头埋在了他肩侧，闷闷地道："你要不要像爱德华说的那样，把我藏起来？"

沅辞低笑，反问她："藏在哪里？"

"你的怀里？"

"如果不只是藏呢？"

"什么？"

姜意等了一会儿，没有等到他的回应，有些奇怪，刚想抬头时，沅辞抬手捏了捏她的后颈，没让她看自己的表情。

可到最后沅辞也没有正面回答，而是告诉她："不用迁就我的想法，我们之间，主导权一直都在你那里。"

中午，姜意和沅辞在酒店吃了海鲜餐，下午的时候去了另一座岛，沿着海滩看了很久的海景。日落的时候，两人在海边小店等烧烤，还喝了新鲜的椰子汁，椰子汁清清澈澈的，只是不太甜。

夕阳落满了整片海，沙滩也在闪闪发光。

夕阳落尽，海滩边亮起了灯光。这时烧烤也端上来了，还有海鲜粥和面食，姜意和沅辞边吃边聊天，这一顿饭花了将近一个半小时。

天彻底暗了下来，一颗颗星星在天空中闪烁起来。

吃完烧烤后，姜意和沅辞在海边散步消食，最后坐在一块很大的礁石上看海浪。姜意提起一件事："阿富汗那边的俱乐部邀请我过去当赛事解说，十二号就要出发。"

她最后一门科目的考试在六号，结束了就可以离校，暑假期间可以不用去实验室，没有行程上的冲突。

今年有一场公路比赛在那边举办，主办方和姜意认识，有一点交情。

姜意笑意粲然地看着他，轻声问："要和我一起去吗？"

沅辞按过她的后脑勺，在她唇上亲了亲，低低地说："那个地方最近不安全。"言外之意是，就算她不提，他也是要陪她去的。

又在礁石上坐了一会儿，姜意的长裙被突然卷上的海浪弄湿了一大片，她正要把手上的芒果递给沅辞，自己拧一拧被海水弄湿的裙尾时，沅辞已经半弯下腰给她拧裙子了。

看够了夜色和海浪，姜意拉着沅辞走回去。在回酒店的路上，他们经过一片小树林，碰到了一两对在林子边相拥接吻的情侣，影影绰绰，所有细碎的声响都融合进了海浪的声音里。

"沅辞。"

"嗯？"

"毕业后我们就订婚吧？"

沅辞低低地笑了一声，问她："一定要毕业后吗？"他停了下来，姜意也只能止住脚步，回望向他。

由月球引起的潮汐涨落过细沙，大海的呼吸声随风漫开。而在这星光闪耀的夜色里，他的眼中有着清晰又动人的笑意，声音低沉温柔，用近乎诱哄的语调道：“八月，我们订婚，好不好？”

他用这种声音来征求她的同意，真的很犯规。

姜意的心跳渐快，被他握在手心里的手指动了下，碰了碰他的指尖。像是过去很久，也像是只过了几秒钟，她咬唇，忽然笑了一下，轻声道：“你应该在昨天这样说的，那样你的生日，就是我们的纪念日了。”

那样的话，他也会重视一点自己的生日吧？明明也是一个很美好的日期。

沉辞知道她在想什么，拢住她被海风吹散的长发，贴近她，低头含住了她的唇，一个很轻的“嗯”隐没在唇间。

芒果的味道，月亮的颜色，以及他的吻——一切都值得珍藏起来。

回国后，姜意就要开始准备大学的课程考试了，科目不多，结束最后一门考试，姜意刚走出教学楼，就被人叫住了。

刚认识一年的同班同学红着脸走上来，问她有没有时间，想请她吃饭，说是谢谢她的课程笔记。旁边还有不少人起哄，都是院篮球队的。

如果一三在的话，就会发现这个人很眼熟，上回在讲座结束后，他就找过姜意。

“没时间的话也没事，就是……听说你是京州人，这个暑假我留校备考，方便的话我能约你出来吗？”

眼前名叫贺之礼的男生眉目俊朗开阔，头发很短，显得利落又干净，他认真而又紧张地看着她。临近考试这一段时间，他经常来找姜意，很有礼貌而且还很善谈，笑起来有虎牙。

姜意愣了一下，有些没反应过来。

这些天来找她借书借笔记问重点的人真的很多，可能也错过了贺之礼小心翼翼表露的喜欢，没有早一点发现，更没有回应，所以今天考试结束后他忐忑地直接找了上来。

回过神来的姜意觉得有些头疼，她能说自己把他当弟弟吗？小了两岁，也算是弟弟吧？

但这样说多少有些伤人，更何况贺之礼的朋友还在旁边，为他加油鼓劲，热闹地起哄。

这算是这个年纪男生的一点小心机吧？他知道她有恻隐之心，即使要拒绝，也不会在这么多人面前。

姜意也确实没有当面拒绝他，只是推说没有时间，让他加了微信。

姜意她的微信头像是一张照片，照片上她半蹲着抱着一只大金毛，笑容粲然，而画面里她的左手被人牢牢地握在了手心里。

照片里的那人只露出一条胳膊，黑红袖口下的手腕上戴着一根黑色发筋，手指修长漂亮。

贺之礼心头一跳，抓着手机的手指紧了紧，似乎想到了什么，有些茫然地抬头看着迎着日光的姜意，欲言又止。

知道对方大概明白了她的意思，姜意也没有明说，弯唇笑了下，表情温和又疏离："备考加油。"

她的语气十分真诚，站在日光下，微弯的桃花眼也像是染着光，有些晃人眼。

贺之礼听着身后朋友们的起哄，有些清醒过来，后悔自己头脑一热就来找她，差点带来麻烦，也庆幸她没有直接拒绝自己，也还好一切都没有明说。

"谢谢。"贺之礼压下心里的酸涩，笑了下，虎牙若隐若现，有些不好意思，但更多的是少年气的阳光和率直，"这几天麻烦了你很多，如果你有时间，我还是想请你吃饭……要不然我给你买块蛋糕当答谢吧？"

实在推辞不掉的姜意带着芒果蛋糕盒子和几个草莓大福回了半岛公寓，顾岷几个刚好在，秦蔺鼻子灵敏地闻到芒果和奶油的香气，以为是姜意特地买的，于是毫不客气地把芒果盒子吃了个一干二净。

草莓大福是姜意另外买的，她吃了一个，外面的糯米皮十分软糯，里面的草莓果香很浓郁。她递给在酒柜后的沅辞一个，看他吃下去后，忽然问道："草莓甜吗？"她喂的那颗果香浓郁是浓郁，但好酸。

沅辞漆黑漂亮的眸子看向她。

她笑得明艳动人，问他："不甜吗？"

他抿了下唇，还是不说话。

姜意凑上去亲了沅辞一下，草莓的香气落在唇上，轻轻柔柔的笑意仿佛也带着果肉的一点酸甜。

"我觉得很甜。"

姜意的桃花眼里都是笑意，撩拨够了，想退回原位时被人扣住了肩膀，温热咬过唇角时，伴着低笑的声音："酸的，你再喂一个。"

绕过酒柜打算过来拿冰块的秦薗心里暗道：我瞎了算了。

他们是过来给沅辞和姜意补过生日的，秦薗带了很多火锅食材，打算吹着空调吃，还让沈牧带了酒。

傅时青和陈青鹤都不在京州，赶不过来，吃完火锅后秦薗拍了张合照，还特意把他们两个合成火柴人放进照片，发了朋友圈。

聚会到了一两点才散场。

临走前，顾岷给了沅辞一张从病历上随手撕下的纸，上面写着一些人的联系方式，全是在阿富汗当地有头有脸的人物，其中有一个是华人。

他当无国界医生的那段时间，去过阿富汗，现在还有不少认识的人在那边。

"你和姜意什么时候走？"

"十二号。"

隔了几日，姜意和沅辞启程去了阿富汗。

出发前，赛事的主办人特意联系了姜意，跟她详细说了当地的一些情况，因为这几天她的航班降落的城市有部分地区发生了暴乱，让她多做防护，注意安全。

当地时间下午四点，机场遭袭，许多反动分子涌进了大厅，附近还发生了汽车爆炸事件。

彼时姜意和沅辞刚下飞机，还在机场，几乎是遭袭的同时，氘的人就冲了进来。这一趟航班上有不少国人，机场大厅内也有，二十六人为一支的分队成员迅速找到了他们的老板，并且站圈示意，不可伤华人。

让姜意意外的是一三也在，他的状态和之前见面时完全不一样，脸上没有什么表情，持枪站立，侧影像是一把淬冰的军刀，笔直地站在悬崖上。

这才是他身为氘的一线安全官该有的状态。

暴乱持续了将近十分钟，最终以氘和当地军队的介入迅速结束，不少人受了伤，所幸并不严重。

机场外停了数辆防弹越野车，每辆车的引擎盖上都涂绘着统一的图案，暗金、银红、玄青，主色醒目且嚣张，像是浮雕一样的纹路构成了氘的主标志D。每一辆车旁都站立着一名氘的成员，背着长枪，武装戒备。

赛事主办方的人也在外面等着姜意，有一些关于赛事的信息需要和她交流，刚刚目睹了一场爆炸，仍心有余悸。在焦急等待中，主办方负责人看见了姜意，正准备上前时注意到了她身边的人，表情顿时变得奇怪了起来。

Deuterium，氘，其办事处遍布中南亚，同样在阿富汗这里也有代理点，氘的肩章独一无二，主办方绝不会认错。

氘虽然是个安保性质的公司，但和当地军方有过不少合作，至今还保持着密切联系，订单完成率高，目前从未发生过雇主不满的情况，与之相对的是，氘的开价也非常高。

主办方负责人十分惊异，他们给的费用也才几千美金，Jiang究竟是什么来路，居然请得动Deut.？

另一边，当地某组织的负责人也在等候沉辞。

在这里拥有武装力量的人数一旦超过一定的比例，就可以控制这个地区，而这个组织属于友好的中立派。

有一个合作需要沉辞亲自去谈，于是氘的人分成两队，其中的骨干人员负责保护姜意，剩下的人跟随沉辞前往该武装力量的驻扎地。

姜意走到主办方负责人跟前时，他的表情还停留在震惊和诧异之间，欲言又止，但还是选择了不多问，按原定计划带姜意去熟悉赛道。

这场赛事说是公路赛，其实也有点接近于沙山拉力赛，赛道地形复杂，要穿过沙丘、岩石和草丛，但比赛的赛段只有几个，也并不长，全程大概只要半天时间就能结束。参赛的大多数都是业余选手，除了摩托车组，还有小型汽车组和卡车组。

到了晚上，姜意才初初熟悉了一遍赛道，同行的除了主办方，还有小型汽车组的解说员。第二天一大早还得再来熟悉一遍赛道细节，晚上十点多，姜意才回到下榻的酒店。

酒店由氘这边的人负责安排，他们的行李也早已经被人送进了房间里面。在外面待了一个下午，又是地处多沙丘地带，风沙很大，姜意回到酒店后先进了浴室，带着水汽出来时，酒店的餐刚好送到。

她点了两人餐，但沉辞还没有回来。

姜意大概猜得到沉辞和别人谈的是哪方面的生意。

酒店里的电视一打开就是新闻频道，报道的是边境小镇的武装冲突。新闻报道结束后，姜意收到了一个陌生号码发来的短信，看口吻大概是一三发来的，说是今晚的生意很重要，沉辞明早才能回来，如果有意外状况发生，务必第一时间联络给她安排的安全官，他们会安排好一切。

这条短信刚发过来不到两分钟，酒店房间的门就被敲响了，一个东亚裔的女人站在门口，虽然瘦弱，但制服下的手臂线条分明，刚劲有力。她不太会说中文，和姜意交谈用的是英文，她恭敬地道：“小姐，今晚由我来负责您的近身安全，我就在门外，有需要随时叫我。”

姜意注意到了她后腰别的枪，以及这条走廊尽头两端站立的四个人，挺立于阿富汗极深的夜色中，像是乔木。她突然想起之前来阿富汗的那一次，在这里停留了三天两夜，白天还好，而夜晚的时候走廊上也有像这样的人伫立守着，寸步不离。

他们几乎不与任何人交流，面孔冷漠肃杀，是素质极强的退伍士兵。

彼时姜意只当同楼层住了一个重要人物，现在想起来，那些人估计也是氘派遣过来的。

这座城市的另一端，地下室，壁灯、矮几、高灯，桌上随处可见凌乱的弹匣，沿墙摆了近百个铝箱。

这单生意很重要，但谈判起来并没有什么难度。

陈时延几乎从不与人谈判，外界也知道这个规矩，而沅辞出面甚少，知道他底细的人更是一只手就能数得过来。也因此对方心存忌惮，几番下来，开的价只高不低。

对方还送来了女人和酒，而后者只是顺带。

胡子拉碴的中亚人也不冒进，只让那个金发雪肤的女人半跪着坐在矮几边的地毯上，并为沅辞倒酒。

女郎身上有着很重的香水味。

沅辞指间夹着一支烟，没有抽，幽幽的星火燃尽之后再重换一支。他神色一如既往的冷静沉稳，旁人也猜不到他的心思，就这么谈到了天亮时分。

中亚人及其下属将沅辞及氘的人送到了大厦外，那位女郎也在，身上披着蓝色薄金的纱，身段娇柔。在送沅辞离开的时候，她开口说了第一句话，音色甜美："沅先生。"

是中文。

女郎留恋地看着即将离开的沅辞，期待的神色很明显，但他仿佛什么都没看见，依旧在和中亚人在车旁交谈。末了，中亚人也像是才注意到女郎含情的目光似的，顺水推舟般地说道：“安莱是我在拍卖会上花大价钱买下来的，一直没去向，沅先生要是愿意……”

“客气，不必了。”沅辞眉眼未动，淡淡出声打断了中亚人的话。

天光微亮，从远处传来爆炸的声音，沅辞身形笔直地站在黑色越野车前，一看就知道不是属于这片土地的人。

第十一章

夏日黄昏

这里处于三大区域的交叉地带，且位于两个国家之间，近年来一直战火不断。清晨，这座城市在枪火声中迎来天光。

走廊上伫立的士兵换班休息，沅辞回到了下榻的酒店。姜意休息了一个小时，换了冲锋衣正要穿鞋出门，刚好碰见回来的沅辞，他身上带有一点香水味，紫罗兰和玫瑰的香气，还有一点烟味。

姜意的表情意味深长起来，长指勾上沅辞的衣襟，看向他的桃花眼里荡着明艳，弯唇笑道："那个人很漂亮？"

"没注意，"沅辞凝眸看了姜意几秒，才反应过来她说的是谁，淡淡道，"她只是来倒酒的。"

站在门边的一三心里暗自嘀咕道："不漂亮，见老大走了还哭了，看起来就不像很能打的样子。"

姜意要出门，然而沅辞还站在玄关外，也没有进房间的打算，她换鞋子的动作停顿了下，似笑非笑地看着他，道："你不会要陪我出去吧？你才刚回来，还没休息。"

"倒时差，睡不着。"

站在门边的一三暗暗想着：我抱着枪倒头就能睡。

沉辞让姜意等了一会儿，他进浴室简单洗了下澡，换了件衣服就出来了，发梢还湿着，正往下滴着水。姜意只能走过去，让他坐在沙发上，给他吹了几分钟的头发。

之后他们下楼去吃了早餐，一三和氘的其他安全官在周围落座，十几分钟后驾车去了城市边缘。这里多山，主办方负责人和工作人员都在半山腰，姜意让沉辞在车里休息，昨天花了很长的时间熟悉赛道情况，今天相对会快一点，大概两个小时后她就能回来。

后天就是正式比赛，这几天除了工作人员等，外人不能进场，昨天氘的安全官是在山脚等的她。当地夏天的气温很高，结束熟悉路况的工作后，姜意和沉辞整个下午都待在酒店里，黄昏时分，陈时延打来了电话。

陈时延和一队人已经到了金三角，所在地交通闭塞，山峦重叠，信号不太好，通话的时候有些卡顿。

一三原本在汇报工作，此刻也止住了话。

电话那边，陈时延简短地说了一句："这个订单不好处理，大概率要起冲突。"他揉了下眉心，有些烦躁。

氘的前身不是私人安保公司，而是类似于南非的EO，沉寂了好几年，他才从父辈那边接手过来，近年来重新接受订单。最开始的时候，遇到过不少麻烦，压价压货、黑吃黑、反水，他几乎什么都碰到过。他第一次和沉辞见面时，就是因为客人临时违约、变更条件，才会遇到突袭。

但这两年氘的名声逐渐打响，几乎没有这么"不懂事"的顾客了，不知道是金三角那边消息闭塞，还是那个叫罗佬的走投无路，居然把主意打到了氘身上。陈时延因为欠了金三角那边一个人的人情，才会接下这个订单。中间人也没想到罗佬穷途末路到了这个份上，但毕竟自己人微言轻，发挥不了什么实质性的作用，于是不再插手这件事。

陈时延联系沅辞的时候，姜意并不在酒店里面，而是在附近的一家法餐厅。主办方负责人今天有事忘记说了，电话里也不方便讲，只能让工作人员过来一趟，详细说明。

法餐厅在花园里的一堵墙后面，除了美食，还售卖手工艺品及当地珍贵石材制作的珠宝。

因为是冲突地带，安全形势严峻，酒店和餐厅都设有检查点，姜意在离开时碰见了正在过检查点的颜月等人。

为首的几个人正在谈论剧本，而他们这些人大多都容貌出众，或者气质独特。

姜意看见颜月的时候，她正好抬头，表情惊喜。她已经过了检查，看见她后便小跑了过来，笑容格外甜美，给人元气满满的感觉。

“你来这里拍戏？”

“是啊，和战争有关的题材，要在这里取景。”颜月刚到这里，一下飞机就感觉到环境有些压抑，现在心情才好了些。在看到姜意后，她忽然想起了什么，刚想要道歉，导演的声音就在身后响起，打断了她的话。

“小颜啊，这位就是你照片上的那个朋友？”

颜月如果有猫耳朵，都要耷拉下来了，飞快地和姜意道歉并解释道：“对不起对不起，我和你的那张合影被林导看见了，他准备了好几年的一个电影还差个角色没敲定下来……”然后她转过身看向她母亲的恩师林榭，规规矩矩地点头，“是……但……但她……”大美人不可能会进演艺圈的吧？而且男神都已经退圈了。

林榭已经走到了姜意跟前，温和客气，非常有涵养，他道：“你是小颜的好朋友？我是她伯伯。”

这个关系瞬间被拉得极近。

“伯伯好。”姜意莞尔一笑，顺着对方的意思喊了声伯伯，有后辈的姿态，但也不亲近。

一旁的表演老师看着颜月的这位朋友，也觉得不错，模样周正，骨相和皮相都挺好，看起来干净明艳，适合老林电影里的那个角色。他们这个行业，更多时候看的是骨相，骨相好，上镜才漂亮出众，能抓住观众的视线，也看眼缘，凭多年来拍戏的经验和直觉。

林榭一直有意让颜月合影照片上的那人来试试戏，演技不好也可以培养一段时间，只可惜颜月说对方不是这个圈子的人，对这个圈子也不感兴趣，遂放弃。

结果呢？结果在大老远的这里碰见了，这就是缘分了。林导一想起自己那个准备了八年的电影就差一个女三的角色没定下来了，就有些抓心挠肺。他亲自操刀写的剧本，女三的戏份不多，但对整个电影情节来说非常重要，这也是他花最大心血创造的一个角色，自然特别小心对待。

林导一眼就看中了颜月这个朋友，有心带这个人进圈，自然不能一开口就说自己是个导演，只能从颜月这边切入，再引个话题到戏上。

只是这个话题还没引过去，后头剧组里的人倒是骚动了起来。林榭清楚现在这个剧组里有不少人都盯着这部电影，想方设法找门路拉关系，大半夜来敲他酒店房间门的也大有人在，这段时间他算是见多了，气得吃了不少降血压的药。

林榭正要转头让组里的人安静一下，也不看看在什么地方，裹着头巾也不见话少一点。只是这句话还没说出来，林榭自个儿就愣住了。

隔着一条花园的过道，有一个青年正在往这边走来，穿过了阿富汗黄昏的光。

不仅是林导，整个剧组在场的人都在发蒙的状态中。

那不是刚退圈的沅辞吗？

傍晚，高空云色分明，像是一幅画，无数的光落在地上，如同闪亮耀眼的金箔。在这片动荡不安的土地之上，晚霞重叠晕染，是天边氤氲的浪漫。

也是在这个时间点，不远处突然传来了沉闷的爆炸声，很小的一场爆炸，但周围还是瞬间充满了尖叫声。

有人惶恐不安，也有人见怪不怪。

沅辞在爆炸后的余声中走近，客气地对一旁的林榭点了下头后，拉过了姜意的手，问她："谈完了？"

他指的是主办方那边的事，姜意"嗯"了一声。

沅辞伸手的那个动作太过自然亲昵，惊呆了剧组里的人，更别提他们交谈时的那种默契感，饶是林榭和颜月就站在跟前，也感觉氛围太好，不适合贸然插话。

可剧组里的一些人不这么想，唐栗子从后头的检查点走了过来，笑意甜美地和沅辞打招呼，还问了一句："陈制片说的那个特邀嘉宾是沅辞哥啊？"

林导的阅历摆在那里，眉头一皱就明白唐栗子在想些什么，他板着脸咳嗽了一声，还是给剧组里这个颇有灵气和演技的小姑娘留了一点面子，沉声说道："老陈说的不是他。"

不得不说，偶像出身的唐栗子很是青春靓丽，表情管理也很到位，即使表情有些失落看起来也相当漂亮。

颜月担心唐栗子会在姜意面前乱说话，心跳很快，欲言又止。但所幸唐栗子并没有说什么，只是在回到助理身边前深深地看了姜意一眼。

她一直没出声，面对林榭抛出的"橄榄枝"一点都不动心。

唐栗子有一些……羡慕，羡慕林榭看中的这个人，对一块摆在跟前的大蛋糕无动于衷，这是她做不到的事。

回到剧组安排的酒店后，唐栗子拿起手机发了一条微博，说已到阿富汗，很安全，让粉丝别担心，此外还发了一张助理拍的照片。

唐栗子的助理拍了很多张照片，她一眼就挑中了这张，因为特别，不起眼的角落里露出了旁人的一截手腕，还有那人手腕上的黑色发筋。那根发筋已经很旧很旧了。

有些事可能存在巧合，但一般不会一再巧合，唐栗子需要热度，而这张照片也确实在网上引起了极高的关注度。

因为照片有些模糊，所以有不少沅辞的粉丝很客气地来唐栗子的微博评论下问，沅辞也在阿富汗吗？

唐栗子一条都没有回，抓着手机，心跳得很快。

粉丝数一直在涨，唐栗子的经纪人在一个小时后打来了电话，说她太过急功近利，而很快她就尝到了这件事的后果。

前天她在直播的时候，唱了沅辞的歌，现在又似真似假地发了一张这样的照片，颇有深意。但随后容久就以沅辞前经纪人的身份发了条微博，特意解释，沅辞确实在阿富汗，在陪初恋。

其他的，容久一个字都没有提起，只是说沅辞现已退圈，初恋也不是圈内人，望粉丝勿念。

一条微博，在网上掀起了轩然大波。

同时，唐栗子先前的一言一行皆被放大。

对于沅辞有喜欢的人这件事，粉丝们都心照不宣，现在忽然看到“沅辞初恋”这条微博，也只在最开始有些意外，随后纷纷表达祝福。

从出道至今，他的手腕上一直都戴着一根黑色发筋，从未摘下来过，也从未更换过。其中的意义非同寻常，即使是路人也能察觉到一星半点，更别说沅辞的粉丝了。而除此之外，还发生过一件事。

沅辞开过一场演唱会，在南江的四月中下旬，晚樱灼灼开放的时候。

体育馆满座，线上也有直播，场内场外燃成了一片，灯光与星火璀璨，光海闪亮。荧光棒、音乐声、云雾特效、台上超大幅的 LED 屏……

所有人都在欢呼，都沉浸在演唱会中。到了最后，有一个粉丝点歌环节，大屏幕显示抽到了一个女生，她点了一首《至此》。

这首歌里有一句歌词是：至此，我十二万分地爱你。

她还问了一句，是有喜欢的人吗？

万人体育馆里一片安静，沅辞的面前就是立麦，场内场外，无数人重听了一遍《至此》，也听到了他的回答。

“是。”

在他唱到那声“爱你”的时候，场内的观众像是瞬间反应了过来，尖叫声此起彼伏。

谁能毫不动情？

网上的消息一直在更新，话题的阅读量一直居高不下。

姜意是在第二天才知道这件事。

林榭剧组安排的酒店和姜意住的在同一处，她和沅辞在一楼吃早餐的时候，刚好碰见了林榭为首的一行人，唐栗子不在，颜月远远地朝姜意比了个小爱心。

昨天唐栗子走后，姜意就向林榭表明了自己的想法，她不会进演艺圈。如果姜意身边站着的人不是沅辞的话，林榭还能说出一长篇的话来游说她，他现在只能扼腕叹息。

姜意太适合他新电影里的那个角色了，剧本就像是为她量身定做的一般，林榭敢保证，他可能再也找不到比姜意更合适的人了，至少在这几年里找不出来。

今天剧组还有几场戏要拍，林榭等人下来得早，准备离开时他才看见靠窗坐着的沅辞和姜意。

就在刚才，剧组里不少工作人员和演员都在谈容久昨天晚上发的那条微博，谁授的意不言而喻。

剧组里不是没有家世和背景甚高的人，尤其是制片人和导演，不知道和多少个眼高于顶的投资人打过交道，其中不乏来自京州的商业大鳄和名门。圈内大部分人不清楚沅辞的家世很正常，而他们这些处于两个圈子交集处的人就算心里再门儿清，也不会把这件事往外讲。

有的人非池中之物，有些祸从口而出。

后者好比唐栗子，照片这件事估计没那么容易结束。

林榭意味深长地问了沅辞一句："不知道以后有没有合作的机会？"

沅辞微微沉吟："会有的。"

沅氏集团旗下有一家专门管理风险基金的子公司，上个月递了商业计划书，其中就包括文化娱乐行业运行趋势的投资分析报告。

另一边，在沅辞和林榭交谈的时候，颜月加了姜意的微信，然后在去片场的车上给姜意发了一个视频，是那场南江演唱会上的《至此》的官方现场版。

颜月顶着那只英短蓝猫的微信头像，还发了一张微博底下评论的截图，全都是祝福沅辞和他初恋的话。

姜意有些不明所以，上网浏览了一遍国内的新闻，才知道昨天晚上发生了什么。

继沅辞退圈后，沅辞恋爱的消息也差点让微博崩溃，媒体紧急加班处理。他已经退出了这个圈子，但恐怕要很久之后才会彻底淡出众人的视线。

直到公路赛正式开始的那一天，姜意都还在想，如果去年她没有回京州，而是定居在国外，是不是会和沅辞错过？

下午的时候，公路赛三个组别的成绩名次出来了，摩托车组的冠军是名女性，一头棕色长卷发，特别英气。比赛结束后，她抱着头盔上前来跟姜意握手。

对于姜意退役这件事，她表示可惜，但同时又很高兴今天能在这样一个场合和她碰面，交谈了几句后，忽然问道："Jiang，那位是你男友吗？他好像等你很久了。”

姜意惊讶地顺着她的目光转头看向身后，看见了沉辞。

解说场地半露天，而他站在几米远处的树下，身后是一三等人。

比赛有场外转播，观众一般不会到解说台这边来，更何况这是私人赛事，来这边的人其实很少。

姜意大大方方地承认道：“是，他是我的恋人。”

对方善意地笑笑，猜测道：“为了喜欢的人退役？Jiang，这很浪漫，但你的老板知道后恐怕要大发雷霆了，毕竟你退役，这可是一个不小的损失。”

姜意没有细说自己和俱乐部的事，和对方结束交谈后走向了沉辞，不知道为什么，她觉得一三等人的表情好像有些凝重。

昨天晚上沉辞接了一个电话，长达几个小时，几乎一夜没有休息。

一三开车，坐在副驾驶位上的人抱着枪，姜意和沉辞坐在后排，上车后姜意问道：“今晚回国吗？”

“氘在金三角那边出了点状况，我要过去处理。”沉辞本来打算回酒店后再和姜意说这件事，但她刚好提到，就说，“一三会送你回京州。”

陈时延亲自带领队伍给金三角的罗佬运送物资，不想出了问题，对方拒绝支付除定金外剩下的百分之七十报酬，并企图吞下物资。

陈时延决定杀鸡儆猴，罗佬没有任何赢面，没撑多久这个武装组织就倒台换人了，而氘这边也有伤损，一队人正在某个小寨里养伤。这件事引起了当地政府的注意，后续有一系列的事要处理，需要沉辞过去交涉。

总的来说，这件事并不严重，只是处理起来会很麻烦，并且该地区大部分是崇山峻岭，道路崎岖、交通闭塞，是真正的“三不管地带”，倘若真的发生些什么，政府有心插手也鞭长莫及。

这个地区生产毒品，因此有许多亡命之徒，在这里枪支、黄金、毒品，以及妇女儿童都可以成为交易品，犯罪事件层出不穷。

沉辞原定送姜意去机场后再去越南，他联系了爱德华，爱德华的父亲会帮他们进入金三角。

姜意一路都没有再开过口，回到酒店后她坐在飘窗上看了一会儿山景，才转头看向在收拾行李的沉辞，问道："如果我不想回京州呢？"

沉辞靠在卧室门框边，和她四目相对了几秒，而后把门关上，向她走了过来，长腿抵住飘窗下的墙体，距离太近，几乎要把她圈在了怀里。

"不会有事的，我很快就会回去。"

姜意没说话。

窗外远处的山景有些荒凉，与国内截然相反的环境下，只有眼前的人能给她带来熟悉的安全感。

她好像也有一点偏执了。

如果在沉辞身上有意外发生，哪怕只有一点，也会把她逼到魔怔。就像是曾经无数次，沉辞担心她的那样。

沉默了很长一段时间，依然是沉辞先开口："我带你一起去。"

他有些无奈，只能履行曾经对她说过的那句话，对她有求必应，也从不会真的拒绝她。

"如果我不在你身边，一三和氘的安全官会负责保护你的安全，你不能单独出行。"

金三角毒枭猖獗，充斥着各种暴力和拐卖事件，做边缘生意的人更是数不胜数，每一年有无数起失踪案件在这里发生。

"好。"

姜意答应了，伸出的手扯住他一侧的领口，仰头靠近他，却不亲上来。他的位置居高临下，低头看着她的脸，眼神晦暗。

姜意不是看不出他是何意。

她原本已经想好了不回京州，自己就在边境城市等他……还好他同意了。

"沉辞，"她仰着脸看他，眉眼漂亮而柔软，与之相反的是她语气中的认真和坚定，"你要是受伤，我同样会疼痛。"

他尝试过射击、拳击、攀岩、格斗……受过伤也吃过很多苦头，曾经在一次攀岩中，被尖锐锋利的岩石划伤过他的后背，疤痕至今还留着。

这座城市终于迎来了落日。

原本这时候的姜意应该在检查行李，准备几个小时之后离开这个国家，而不是在这里看阿富汗的落日。山边沉下的太阳像是一枚溏心蛋，橙红的光落满这一片苍茫的大地。

不知道是不是心理作用，姜意总感觉金三角这一行会出事，心情不免沉闷，那种风雨欲来的感觉很让人不舒服。她只能极力寻求沉辞的一个承诺："冠军的奖杯给你，获得的荣耀给你，我的爱也给你。只要你答应我一件事，好不好？"

"什么？"沉辞看着他，眼眸里落有橙红的光。

"你别这么爱我，多爱自己一点。"

沉辞的神情没有任何变化，半分钟过后才静静地开口道："意意，已经不能了。"

有那么一瞬间，姜意觉得他的声音好温柔，带着不甚明晰的笑意，可下一秒就绷紧了心弦，酸涩难过的情绪铺天盖地汹涌而来。

沉辞挣扎过吗?

早在多年前他就尝试过，但结果依然没有改变。

一方面，他想要把什么都送给她，包括自己；一方面，又想要残忍地掠夺她的所有，包括她的爱。

他做不到爱自己，更做不到不爱她。

直到落日的光彻底黯淡，姜意都没能忽视掉心口的钝痛和酸涩，有什么正在失去，也有什么已经无法挽救。

姜意圈住沉辞的脖颈，和他交换了一个短暂的吻，声音温柔低软："我这么爱你，你可不能不爱自己。"

而只有姜意自己知道，在沉辞看不见的地方，她的手在微微发抖……

八月初，沉辞和姜意从越南进入金三角，氚的人陪同在左右，他们一共来了两支分队，共五十二人。

在边境线的一些小镇上，虽然时不时有全副武装的人走过，但整体上还是一副岁月静好的模样。而深入金三角到一些大寨时，环境又是全然不同的，这里有临河的吊脚楼，依山傍水、层叠而上，寨子外还有士兵把守。

这个地区因为地貌特殊及历史等多方面因素，属于官方管理的灰色地带，黑色行业众多，武器也不被限制，出行随意，所以，毒贩猖獗，私人武装甚多，稍不注意就会碰上毒贩的车队。

沉辞通过爱德华的父亲牵线，进了一个大寨，和氚的人在一个竹楼里休息。因为在深山树丛里，不远处又有水源，所以即使是盛夏，寨子里也很凉快。

姜意在二楼的凉台上吹风，沉辞在竹楼外的空地上和一个高瘦的缅北人交谈，两个人面色都很平静，却是在聊当地最近几次恐怖的贸易事件。

那个缅北人叫尤川。

姜意想起之前闲聊时，听一三说过，这尤川是金三角缅北这一块的奇人，不碰毒、不主战，他所在的辖区不能种植毒品原植物，更不能做毒品交易，因此很多人都把他视为眼中钉。

他能坐上这个位置，还能稳坐了这么多年，实属难得。

差不多过了一个小时，有一个皮肤黝黑的士兵上前跟尤川说了句什么，隔着一段距离，姜意都能感觉到那个缅北人冰冷僵硬的脸色，脊背绷得像一根直弦。

尤川和那个皮肤黝黑的士兵匆匆离开，身影很快就消失在了树丛里。氚的几位安全官站在竹楼下，沉辞上楼的时候，姜意正坐在藤椅上等他。

“很无聊？”

沉辞带她回了房间，在外面吹冷风的时间太长了一些，两个人的手指都是冰凉冰凉的。

大山里没有什么信号，不能上网，与外界交换信息通常都是依靠人力。此地除了这种都是士兵的大寨，其他的寨子几乎没有什么青壮年，多是老人和儿童。

姜意说了声“还好”，赤脚踩上房间内光滑的青竹地板后，忽然想到了什么，问道：“他们做的是武器生意？”

“嗯，和爱德华的父亲有一些合作。”

这不是一个安宁的地区，阿富汗至少有政府管制，而这里地处三国交界处，没有一个国家有权对这里进行全权管理，政府军想要围剿犯罪分子都很困难。

军火、玉石、黄金、毒品……暴利行业无数，注定了这个地区每年都要发生无数起冲突事件。

沅辞还跟姜意解释了这次来金三角要做的事，除了交涉，还要肃清罗佬手下的人。

氘经营的业务种类较多，其中包括运送合法物资，也承担与安全相关的业务，如国际组织的安全保卫，像陈时延亲自负责的这次业务就属于前者。

“氘这种事很多吗？”姜意停顿了下，问道，“都需要你出面？”需要经常出入一些极端危险的场合？

“平时我不负责这些，也不会在一线，这次是因为陈时延出事了。”沅辞坐在床尾，长腿微曲踩在地上，伸手就把她带进了怀里，从后面搂着她，下巴抵在她的发顶，语调慵懒低哑，“这样的情况很少。”

之后也不会再有，他舍不得带她来这种地方。

竹楼能防蚊虫，房间里也提前熏过了天竺葵，这香气有一点像玫瑰，床尾花香尤甚。

姜意靠在沉辞身上，不知不觉就这么睡了过去，再醒来时是第二天凌晨五点左右，沉辞已经起来，正在凉台上和人交谈。

姜意洗漱完走出房间，沉辞刚好结束交谈，准备带她离开这个寨子。

天已经亮了，姜意看出了沉辞神色有一丝不对，但也知道这时候不适合问原因。上车后，开车的人是一三，副驾驶座上坐着一个姜意没啥印象的安全官。

几辆越野车开出了山寨，四十分钟后在一个路口分开，轧过杂草进了丛林间。

气氛紧张。

坐在前头的两个人脊背绷直，遒劲的线条很明显，像是随时都可以进入作战状态。

沉辞在这时候开口了："尤川的军队里有人叛变，他昨天在外遇袭。"

尤川派的人赶了回来，传消息让他们尽早离开，叛军很快就会赶回山寨，必定会和氘起冲突，一是为了在寨子里示威，二是为了给尤川的支持者一个警告。

现在越野车各路分开而行，是基于不熟悉这里的环境和地势的考虑，当地的人熟悉这一片地形，他们很容易被集中开火袭击，只能分头行动。

沉辞给了姜意一把枪，但同时叮嘱她不到必要时候不能开枪。

即使装了消音器，枪声也还是不小，很容易引来不必要的麻烦。

姜意以前经常跟着沉辞进出射击场，但她的枪法并不是很好，比起用枪，她更擅长近身格斗，和赛车一样的风格，直接利落，不留后路。

"我知道了。"

她轻轻地说了这么一句。

越野车飞快地在丛林间的小道上行驶，几乎没有遇到其他车辆。

这里离陈时延养伤的寨子还有很长一段距离，至少要翻过两座山头，而在这时候丛林里突然响起了一阵刺耳的鸣笛声，还有枪声，辨不清是从哪个地方传来的。

一三和副驾驶座上的安全官交换了一个眼神，提高了车速，最后听从沅辞的吩咐将车停在了一处茂密的芭蕉林外。四个人下了车，钻进了林子里。

金三角七八月份经常有暴雨，在这种情况下很容易形成沼泽地。

一三对这种地形比较熟悉，走在最前头，另一个安全官断后，两人背上背着枪，肩上还扛着一把，腰间还插着匕首和精巧的小手枪。

不知道走到了一个什么地方，最前头的一三警惕地停了下来。

靴子踩地的声音很扎耳。

六个皮肤黝黑的高瘦男人在低声交谈，口音很重，同时眼睛还在四处看着，像是在找什么人。

他们说的不是中文，神情分外凝重。

而这个丛林里有一片区域是战争时期留下的雷区，分布散乱，有几处做了标记，不允许人进入，但是还有几处没被发现，前一年就发生了一个毒贩被地雷炸断腿的事。

此时，一个脸上有刀疤的男人抬了下手，其余人瞬间安静下来。他又指了个方向，示意那里有动静，几个人悄无声息地潜了过去。

他们先是听到了一声被努力压下的尖叫，探头出去，目光登时直了。

“是那个女人！！”

在寨子里住了一夜的那个女人！没想到她一个人跑到这里来了！

在这穷乡僻壤里，简直美得要命！

尤川军里有一部分人不是正规军出身，叛变的也恰好是这一部分人，其余人不是在大山深处，就是在边境有要事在身，一时赶不过来，才被叛军钻了空子。但这些叛变的人心里也门儿清，如果三天之内没处理好这件事，他们落不了好。

基于多方面的考量，他们没敢动尤川，只能先从他的支持者下手。

而现在那姓沅的指挥官的女人就在跟前！她露在外面的小腿白得耀眼，轻轻捏在掌心估计都能压出薄红来，让他们这些人盯红了眼！

有个人激动地骂了句粗口，摸了下腰间的枪，最后抓了把刀在手上，表情丑恶淫荡，旁边的人也跟他的想法不谋而合。

变故就是在这么几秒里发生的。

原本他们还打算再观察一下附近有没有沅的人，结果那个女人像是发现了什么，又或者是受到了惊吓，转身就跑进了丛林深处。

刀疤男人有些警惕，让其中两个人跟了上去。

在那两个人消失在丛林里后，这片林子又重新寂静了下来，几乎连风声都没有，天也出奇地暗沉。

一分钟过后，刀疤男人的余光里猛地出现了一把匕首，冷光骤亮，比雪白的肌肤还晃眼。

下一秒，狂风大作。

在跟丢人后，那两个人瞬间意识到这可能是一个圈套，有些乱了阵脚，刚要掏出枪就被从后卸掉了胳膊，手里的枪托也被硬塞进了口腔里，直逼咽喉！

不止一个人！

除了那个女人，还有Deut.的人！

一三几秒做完这一切，身体每一条肌肉都紧绷，转头就看见姜意把那个还试图反抗的人摁在了地上，极硬的靴子踩在他的手指骨上。

这两人口中被塞了枪托，发不出声音，浑身狂冒冷汗，喉咙里传来的呜呜声很烦人。

一三干脆打晕了这两个人，将枪支等器械拿走后把人丢到了一个杂草堆里。金三角地带有自己的规矩，这些人还要等尤川回来后处理。

姜意和一三解决完这两个人后，打算原路返回与沅辞等人会合，结果还没有动身，林子里突然传来了几声密集的枪响！还有卡车马达的轰鸣声！

不知道来了多少人！

一三训练有素反应极快，拉着姜意拔腿往反方向跑！

沅辞嘱咐过他无数遍，必须保护姜意安全！

本能驱使姜意回头找沅辞，然而现实告诉她，她现在回头只会给氘带来更大的麻烦……可沅辞身边只有一个安全官。

姜意绷紧了心弦，只感觉喉咙里传来腥甜的味道，一路泛上舌尖。

那些人暂时不会动尤川，是因为他是寨主，也因为他在这片土地上有极高的话语权和众多的拥护者，但这不代表他们会对氘的人以礼相待。

尤川禁止种植毒品原植物多年，无疑是在和一些犯罪头目作对，如果不是他手握重兵、身边护卫众多，早就下了台。现在那些人抓住机会逼位夺权，在这个关头不杀一儆百，给那些尤川的支持者看看下场，那还要等到什么时候？

冲突是必然的，只是一切发生得太快。

而随着密集枪声的响起，一场暴雨也接踵而至。

恶劣糟糕的环境永远是突围反击的最好时机。

一三深谙这一点，姜意也同样清楚，只不过一三没打算带上姜意，实在太危险了，他让她在这里等氘的人找过来。

他们的人不可能全军覆没，可能几分钟后就会根据定位找过来，也可能要雨后才能解决掉麻烦，但老大等不起，不知道那边来了多少人。

一瞬间，一三心中有个可怕的猜想，老大临时让他跟着姜意，是不是察觉到了什么？明明应该把人放在身边才最放心……更何况是在这种地方！

姜意也想到了什么，拧着眉，侧脸线条都是紧绷着的，雨水滑过脸庞，看起来有些生气。

“你是不是要去找沅辞？我和你一起。”

一三愣了一下，没想到她一点都不怕危险，有些哑口无言，半晌后劝道："姜小姐……"

"我会权衡利弊的。"如果她什么都不会，完全是牵制、阻挠沅辞的存在，她也不会去自投罗网，可现在的情况明显不是那样，她说道，"你的老板是沅辞，不是我，你应该最先保证他的安全。"

她在手上缠了几圈从衣摆处撕下来的布，以防雨湿打滑，然后又从一三那里拿了把匕首，抬头看见他一副欲言又止的样子，补充道："我是不会给你拖后腿的，放心。"

不知道是雨势太大，还是她太坚定，在这种局势下一三竟然出奇地镇定。

这些人不是正规军，枪支器械不多，没有受过训练，素质不高，单个解决的话还有一点胜算。

只不过还没等到那个时候，丛林的另一端就响起了巨大的爆炸声，混合着雨声，惊起了无数尘土，鸟兽乱鸣。

之前战乱，这里留下了一大片雷区，有的区域被清理了，有的则是被围起来做了警告标志，也有一些雷区无人发现。

姜意的心被剧烈地拉扯着，那种感觉像是有什么东西与她撕裂开来，只差一点就要和她彻底分割。

"姜小姐？"

她收回了思绪，匕首在手心轻轻摩擦，强自平静地说了声："走吧。"

不论是平安还是灾祸，她都要和他一起度过，之后无数个深夜与清晨她都要在他身边，而不是只能在梦里看见他。

然而一整个早上过去，姜意和一三都没有碰见任何人，到了下午，在路口分开的安全官们都找了过来，有几个人受了重伤留在车上休养……失踪未归的人只有沅辞和他身边的那个安全官。

姜意找到了发生爆炸的那片雷区及被炸毁了的卡车。暴雨停过一段时间，此刻又下了起来，道路泥泞，可即使这样，地面上还是有深深的血迹。

雷区后是更为茂密的丛林，暴雨降临过后看不到一丝有人进入过的痕迹，藤蔓遍布，土地湿滑。随着雨势的渐大，在场的人都有些睁不开眼睛，然后在丛林里又传来了异响。

雷区已经发生过爆炸，这片区域暂时没有什么危险，也不知道那一辆卡车上的人去了哪里，是不是在爆炸中受了伤撤离了这里。

姜意擦掉了脸上的水珠，和一旁的一三交流了下，认为那些人不会这么容易就善罢甘休，就算撤离，也只是部分撤离，另一部分人肯定进了林子。

换句话说，沅辞现在的处境大概还是安全的。至少，他不在那些人手上。他身边只有一位安全官，也不知道在那短短几个小时里他们经历过什么……但看雷区爆炸的状况，结果肯定不会太好。

那些当地人知道这片地方有雷区，氘的人在抵达金三角之前也做过无数次调查，递交过多份报告，所以沅辞不可能不知道这里的情况。爆炸发生前，局势是有多胶着紧张，才逼得一方进入了雷区？又或者是有人刻意进入了雷区？

不论是哪种情况，姜意都不敢想结果。

她和一三进了林子，雨声太大，很难分辨出刚刚传出异响的具体地点，只有一个大概的范围。

进入林子之后，他们先碰见了沅辞身边的安全官，然后才找到了沅辞。

彼时还有一段距离，雨势极大，姜意看见沅辞的那一刻就停住了脚步，呼吸一滞，心跳加快，感觉肋骨那里剧烈疼痛。

她呼吸不上来，连喘息都觉得困难。

那一秒的画面，姜意这辈子可能都不会忘记。

他在不远处的大树下草草地处理自己背后的伤口，血迹斑斑，背对着他们。但他警惕性极高，下一秒就回过了头，随即愣住了。

姜意狠心地咬了下唇角，血腥味漫上来的时候，她朝沅辞走了过去，不知道自己有没有掉眼泪，反正眼圈很酸很疼。

“给我看一下你的伤……”

姜意想看看他后背的伤势，但沉辞并没有答应，侧身避开了她，握住她的手将人抱进了怀里，俯下身脊背弯曲成一条弧线，肩胛骨处的线条明显，充满力量，而他的身后是狂风暴雨。

他的声音嘶哑：“意意，不要看……”

他的背后血迹斑斑，很快被暴雨冲刷掉，但下一秒又会渗出血来，地雷的碎片扎进皮肉，血腥味萦绕不散。

姜意张了张唇，想叫一声他的名字，却发不出一点声音。

她快要疯了。

沉辞身体紧绷着，不敢用力拥抱她，也不知道该怎么安抚她的情绪，亲了亲她湿漉漉的眼尾，跟她说：“别掉眼泪。”

“意意。”

姜意忍不住情绪崩溃，太过浓重的血腥味几乎要盖过雨中泥土的气息，她的指尖在发颤，怎么都避不开肋骨压迫心脏的痛感，越来越重。

“沉辞……”

“嗯。”他回应道，在周围雨声极大、硝烟刚熄的时刻，低头吻了吻她，冰凉的唇相贴了一下，又分开。

雨水湿润冰凉，有那么一点青草的温润。

然而他们也只分开了一秒，随后他的长指就压上了她的后脑勺，继续刚刚的吻。

潮湿闷热，不透气，呼吸困难。

从到了金三角那一刻起，到后来跨越雷区，爆炸发生，这其中沉辞后悔了无数次，不该让她来这里，更不该让她难过，最开始的时候他就应该拒绝她。

是好是坏、是祸是福，他都可以承受，唯独她的眼泪不可以。

他不想见到她这样难过得撕心裂肺，她太能忍了，对所有的痛苦都放在心底，只会掩盖起来、生生忍下。

在车后座上，有专门负责处理伤情的安全官给沉辞清洗包扎伤口，而姜意一直拉着他的手，一刻也没有松开。

沉辞没有让她看处理伤口的场面，她靠在他肩颈处，从头到尾都很安静，只在远离这片地雷区的时候说了一句话："沉辞，你是我最后一次求生的战争……"

你是我路上最后一个过客，最后一个春天，最后一场雪，最后一次求生的战争。

如果他也离开，那她只能选择战败。

此后，再不见天光和黄昏。

夜里两点，离陈时延所在地还有一座山的距离。

几辆车停在路边进行人员休整，有人轮流守夜。

沉辞后背有大片的伤，不能平躺也不能靠坐，姜意拿了薄毯，让他侧躺在自己的腿上。

他有点轻微发烧，眼尾发红，很像黄昏收起时天边的那种颜色。

姜意睡不着，直到天光大亮的时候他的烧彻底退了，她才放松下来，有了一点困意，不知道什么时间睡着的，再醒来时已经到了目的地。

陈时延所在的这个寨子很小，和尤川的不同，这里居住的大多都是老人和孩童，很纯朴，会说中文的人有很多，但口音很重。

陈时延这边的人提前收拾好了小楼，也得知了尤川寨子出事的消息。只不过当天下午尤川就夺回了掌控权，亲自过来向沉道歉，还给出了一些承诺。

尤川来时姜意并不在场，她在小楼里休息，竹床并不柔软，但胜在凉爽，她睡得有些沉。沅辞和当地组织的负责人交涉完后回来，看见的就是她睡熟的这一幕。

窗户微开，风声很轻，沅辞在床边坐下，把姜意散落在肩侧和脸颊的长发拢到了一侧，避免压到。

她睡觉一向很安静，今天也一样，大概是昨天情绪太过紧绷，现在松懈下来，疲惫感也特别强烈。

黄昏降临，暮霭重重的时候，沅辞才叫醒姜意。

寨子里燃起炊烟，姜意醒来的时候先看见的是沅辞，然后是窗外随云而上的袅袅烟雾，山林墨绿、竹楼林立，不像是在人间。

而他微微垂着眼看她，挡住大半绯红的光，那身上的颜色，与昨日深夜时分他眼尾的颜色一模一样。

姜意坐了起来，还有些没睡醒，脚尖才刚刚碰上地板，眼前就落下了一片阴影。他靠了过来，指尖触碰上她的脸颊，微微抬起她的脸，低头吻了吻。

“醒了？要不要吃一点东西，今晚有汤面和椰浆饭。”

姜意没说话，伸手拉下他的衣领，仰头和他继续刚刚的那个吻，温柔缱绻，无关情欲。

她还不是很清醒，像是在梦里一般，生怕下一秒醒来还身处在那片丛林，地雷爆炸、无人生还，而她一直自我欺骗。

半分钟过后，她才稍微从混沌中找回了一点思绪。

“沅辞……”姜意叫了一声他的名字，有些犯困地把头抵在他的肩膀上，问他，“你明天还要出去？”

“尤川站在了氘这边，他会解决剩下的事情，和当地政府去交涉，等有结果了，我再出面。”

沅辞解释了几句，长指揉弄着她有些散乱的长发，轻声哄她下楼去吃饭。

姜意也只有在沅辞面前才会这么懒散，磨蹭了几分钟，才和他一起下了楼。陈时延在楼下等他们，这也是姜意第二次见到他，第一次见他的时候沅辞的伤势还很重，姜意和他并没有过多的交流，这次才算是正式见面。

陈时延年龄和他们相差不大，可以当作挚友来相处，只是不知道为什么，他会下意识地拧着眉，似乎在想着什么人。

后来她听一三说，那是因为他之前所在小队的队长跑去沙漠了，陈时延还没有把人追回来。

他们三人坐在矮桌边吃饭，煮饭的阿妈不时会端菜上来，把冷菜撤走。沅辞和陈时延偶有交谈，多是在聊当地的局势或者氘的近况，姜意安安静静地吃着饭，觉得这样的气氛比前几天好太多了。

沅辞和陈时延还有事没谈完，姜意对他们谈话的内容不感兴趣，索性走到了寨子边上，去看河流和远处的山川。

一三照旧守在她的身边。

“像尤川那样的寨子是不是很少？”姜意坐在大石头上，问一三。在这里他依然保持极高的警惕，严阵以待。

“姜小姐问的是规模还是寨子风气？”尤川的寨子是大寨，还有自己的武装力量，在金三角找不出几个这样规模的。尤川不允许管辖范围内有买卖毒品、种植罂粟的情况，这一点在金三角这片土地上更是少有。

一三把知道的信息如实告知。

姜意在河边坐了将近半个小时，有小野兔蹦跳着过来喝水，还用爪子扒拉着脸。

沅辞找来的时候，就看见她屈着长腿坐在石头上，偏头看着渐淡的日光，长发落在背后，有着和这个地方截然不同的明亮颜色。

沅辞陪姜意看完了黄昏日落后，便一起回了竹楼。

有一件事姜意从来没有提起过，也不清楚沅辞知不知道，她之所以喜欢黄昏，只是因为和他初见的时候刚好日落。

所有的喜欢，不过是爱屋及乌。

姜意和沉辞在缅北待了近半个月。

陈时延的伤还没有养好，倒是沉辞后背的伤开始慢慢愈合。他的伤口并不深，但受伤面积有些大，容易引起感染。

这些天都是姜意给他换的药。

第一次给他换药的时候，姜意难受得说不出话，沉辞哄了她很久都没有哄好，只能捏着她的下巴，轻柔地吻她，从额头至耳后，到唇畔。

有过亲密默契的少年时期，有过脸红心跳的时刻，也有过最亲密的接触。

在缅北地区的最后一天，沉辞带姜意去了寨子后面。

穿过林子和花丛，姜意看见的是一片湖泊，浮光跃金，边上有着许许多多的野花，金灿灿的阳光和微醺的热风落满这里。

远离前几日的动荡和不安，这里仿佛是一个世外桃源，最爱的人就在身边。

也是在这一天，沉辞向姜意求了婚。

很久很久之后，姜意依然能清晰地记得这个下午。

前一秒她还在野花丛中随风晃荡，像是艳丽至极的层层波浪，下一秒身侧的那个人叫住了她。

“姜意——”

在她回望过来的那个瞬间，热风拥吻、花海涟漪，而沉辞眉目带笑地看着她，声色清朗而动人：

“你愿意嫁给我吗？”

风过，草叶微微摇晃，温柔生长，然后收集起每一粒星尘和浪漫，统统揽进怀中与梦里。

直到黄昏，直到天边落下金红的光，直到千万朵玫瑰都盛开。

至此，再敬你。

番外一

001.

高一的一节物理课，学校安排了几名听课老师和学生过来听课，沉辞也在其中。

姜意在座位上专注地写题的时候，听见走过桌旁的几个人在聊天。

“不是说不来了吗？”

“之前不知道是这个班。”

她听见声音抬起头的时候，就看见课本上放着的一盒纯牛奶和沉辞转过去的背影。

物理课上，老师讲解了一张往年的物理竞赛卷，在讲完最后一道压轴大题的常规解答方式后，姜意意外地听见老师叫了一声沉辞的名字，让他上台写一遍他当年的解法。

历年压轴题的第三小问都是最难的。

沉辞参加了去年的这场物理竞赛，答卷出来后，姜意还拿着卷子研究了好久他的解题思路。

如今他上台，握着粉笔的长指骨节分明，在黑板上利落地写下公式与解题步骤，字迹清晰，工整漂亮。

7.19J 的热量。

至今姜意都还记得这个答案，也记得当年沉辞跟她讲解时，说的那一句：7.19，刚好是你的生日。

002.

全校运动会的时候，姜意带着书去了图书馆的阅览室，沉辞坐在对面，懒懒散散地支着脸翻着书。

而姜意再怎么喜欢物理，在学习的时候，偶尔也是会神游的。

不知不觉，姜意在试卷名字那一栏写上了沉辞的名字，蓦然反应过来的时候，沉辞已经拿走了那张卷子。

半分钟后，他把卷子连同自己的课本都递了过来，说道："扯平了。"

翻开的课本扉页上赫然写着"姜意"两个字。

003.

平安夜那天，姜意和沉辞在电玩城门口碰见了顾岷一行人。顾岷像是感冒了，戴着一个厚厚的黑色口罩，神情倦怠。

那些人约不到沉辞，就去找了顾岷，他不胜其烦才答应出门，碰见沉辞后，表情才稍微好了那么一点。

因为游戏币剩了几个，玩其他游戏又不够，姜意就去夹娃娃了，但是一个都没有夹出来，不甘心的她又去买了五十个游戏币。

沉辞过来找她时，最后一个币也被娃娃机吃了进去。有的人物理十分厉害，实际上一个娃娃都夹不到。

另一边，一个酷酷帅帅的寸头大哥都快要夹满一麻袋的皮卡丘了。

这一天，电玩城外下起了人造雪，路灯投下的光影斑驳。

姜意在想着娃娃机里的玩偶的时候，沉辞送了她一个圣诞限定款的皮卡丘。

“圣诞快乐。”

姜意不知道怎么回事，忽然想起玩抓娃娃机时听到隔壁机子的表白，下意识回道：“我可以做你的圣诞老人吗？”

话音刚落她就反应过来自己说了什么，直接用皮卡丘玩偶挡住了自己的脸。

她有一点点不好意思，此刻脸红心跳。

004.

很多物理公式离开地球后，就要换一种新的计算方式。

宇宙庞大浪漫，其中所有的原子都不会湮灭，每一粒原子都来自一颗爆炸了的恒星，所有人都是星尘。

姜意在另一个省份的高校集训时，就在想，有没有可能和喜欢的人来自同一颗恒星，或者曾经浮沉在同一片银河里？

到后来高三快要毕业的时候，姜意在书房里吃着西瓜看习题，沉辞在陪她。

窗户被打开了一半，微风波动掀起了窗帘，在那片柔软如云朵的阴影下，仿佛已是春和景明。

他不住在神殿中，也不在银河里。

他就在她身边。

番外二

001.

最早在国外参加训练和比赛的那一段时间，姜意过得很艰难。

一切算是新的开始，而身边也没有可以完全信任的人，只有她自己。有那么一个月，她几乎天天做噩梦。

梦里有过湖底的鬼怪，也有过沼泽里的毒蛇，但更多的是一片空空荡荡的黑。

她什么都没有，也许什么都要失去，一切好像又回到了曾经的阴郁期。万物不生长，妖魔鬼怪却横生遍野。

梦里的她年幼娇弱，无从抵抗，却也不想屈服，那也是她第一次梦见姜白。

“我很怕，叔叔，我很害怕……”

“不怕，叔叔陪你走这一段路吧。”

他拉住了她的手，走过刀山火海，也走过无边黑暗，最后停在春和景明前，说了梦里最后的一句话——“叔叔一直都在。”

天终于亮了。

而万丈阳光，生于她心中——

他在世界明亮之处，是她仰望的光芒。

002.

国内举办了一场大型赛车比赛，姜意被邀请当场外解说员。

不少商场显示屏现场转播了比赛实况，而就在直播快要结束的时候，镜头转到了场外解说员的身上。

其中一个解说员第一次在镜头里出现时，就引起了网上的讨论。解说员的姓名牌上写着“Jiang”，上网搜索，一整页都是她曾获得的奖项与比赛事迹。

这也是大众第一次对赛车这个圈子，有更进一步的认识。

比赛已经结束，在镜头移开的前一秒，Jiang 的身边来了一个人，他的手撑在桌面上，下一步似乎是要低头。

而在镜头之外，他弯腰亲了亲她。

有人眼尖地发现，这貌似就是已经退圈的大明星沅辞。

那一秒的影像模糊不清，没人敢确定那人是沅辞，只能从女生那边下手。可像是有人在刻意隐瞒一般，这件事最后也没能掀起任何波浪。

只是一张模糊不清的画面，却引起了微博与论坛上的无数尖叫。

他仿佛是过去那几年里，音乐圈的一场美梦。

003.

2020 年的烟火大会在江边举行，两岸的星火璀璨浪漫，暮春的景色浓艳到了极致。

附近有人在卖棉花糖和糖葫芦，还有人在送烟花棒，姜意和沅辞经过他旁边时，有人送了姜意好几支烟花棒。

那人还帮她点燃了烟花棒，末端像是星星在跳跃闪烁。

在离江边有些远的广场上，喷泉还在喷着，周围往来的人很少，大部分人都在江边看烟花，没有人注意到这个方向有人在接吻。

姜意手上的烟花棒一点一点燃烧殆尽，余晕是金色的光，只是她无暇顾及。

沅辞摘下了口罩，和她接吻。

所有的浪漫像天上的星星，所有的烟火都在坠落。

银河在人间，你在我怀里。

004.

姜意很早的时候问过自己，为什么会喜欢沅辞？在情窦初开的时候，她遇见了他。

不知道怎么形容这种感觉才能最贴切，只是在很久之后，她都会想起那一天。

有一年暑假，他们约定了时间去跑步，下午超负荷运动累得她气喘吁吁地在小路边停下，坐在路边的竹椅上缓和着呼吸。背后是攀满山墙的蔷薇花，墨绿的枝叶缠着绮丽的重瓣花朵，浪漫旖旎。

她趁沅辞不注意，从包里拿出汽水，一把拧开了它。

汽水的气泡争先恐后地涌了上来，瞬间弄湿了她的脸颊，空气中都是水果汽水的味道，清甜、微酸。

姜意已经做好了自我检讨的准备，然而沅辞注意到这一切，什么也没有说，只是伸手撑在她膝盖旁，朝她倾身靠了过来。

那么一瞬间，姜意屏住了呼吸，长睫毛微微颤动，忘记发生了什么，又或者是下一秒会发生什么。

气息拂过，像云一样柔软的触感。

沉辞只是在用纸巾擦她脸颊上的汽水，他们之间的距离那么近，姜意一抬眸，就能落进他凝视的目光里，那是神明也会沦陷的目光。

让她魔怔。

在某一年、某一天，她又梦见了那一天，汽水的气泡疯狂涌上，右半边脸上都是清甜的汽水。

梦里的他像那天一样靠了过来，却是吻上了她的脸颊。

梦与现实相反，可又有人说，梦能成真。

如果可以再回到那一天，你能不能亲亲我？

005.

沉辞精通密码学，姜意曾经看见过他一本书的最后一页写满了字符，可她研究学习了很久，也只会了一点栅栏和恺撒，还有进制转换密码。

大半年过去了，她还是没有破解出明文。

有一天突然在物理文献上看到了自己的名字，Jiang Yi，Yi Yi。

鬼使神差般，她用自己的名字缩写作为密钥试了一遍，解出了一小句的明文。

于浩歌狂热之际中寒，于天上看见深渊，于一切眼中看见无所有，于无所希望中得救。

于姜意这里，他得以见天光。

“一年零七个月，我很想你，但还能忍。”

006. 对你偏心

沉辞退圈前的最后一首歌的名字叫作《11.8.6.8.》，引起了众多粉丝及路人对这几个数字的猜测。他们从栅栏密码想到恺撒密码，甚至想到了进制转换和多重加密。

有人研究了很久，最后也没想通这串数字的真正含义是什么，毕竟没有任何提示，也不是任何特殊的日期。

11.8.6.8，对应最常见的“QWE”键盘，是“爱意”。

番外三

001.

沅辞退出娱乐圈后的第二年，陈时延结婚。

沅辞和姜意去美国参加他的婚礼。陈时延的妻子也是华人，叫千钰，看起来娇气又可爱，但姜意不止一次看到氘的人叫她“队长”。他们个个人高马大，却对这个绑着马尾、白衣黑裤的女孩言听计从。

姜意和千钰对上视线时，对方弯了弯笑眼，朝她跑了过来。

“那时候因为在执行任务，不能和你直接见面，后来也没有机会。”

她的话音很轻快，活力满满。

“我叫千钰，是先前负责保护你的安全官，你好呀。”

姜意在这时候才知道，在塞内加尔和美国参加赛事时，氘派来的安全官就是千钰，一支队伍八个人，专门负责她一个人的安全。

赛场上除了有专业的医护人员随时待命，她在比赛前后的出行安全也有人在暗中负责。

只是这些事情，姜意在很久之后才知道。

哪里是诸事顺遂，只是有人替她安排好了一切。

002.

在美国住下的第一个夜晚，姜意和沅辞提到了千钰。

那天她和千钰坐在别墅后院的台阶上，聊了一个下午。姜意并不明白，在氘这种地方，她一个人得经历过多少，才能有资格成为队长。

在千钰提到有一次跳车去追嫌犯时，姜意问了一句："受伤了吗？"

千钰歪了下头，想了想，没放在心上般说道："好像受伤了，不过去包扎一下就好啦，麻醉针都不用打。"

后来和沅辞提到她时，姜意才知道，千钰很早就加入了氘，出色地完成过许多任务，危险的、机密的、九死一生的……太多了。

最后她为了救陈时延曾经的心上人，去了一个战乱不断的国家，在一场爆炸里失去了踪迹。陈时延找了她两年，最后追到大沙漠才找到了她。

得经历过多少事情，才能对苦痛点头致意？

姜意并不明白。

同时，在另一边，别墅的露台上，千钰正在滔滔不绝地感慨着："我好喜欢那样的女孩呀，又酷又帅还是冠军！我那时候如果不去学格斗，而是去当赛车手，就可以名正言顺地飙车了……"

陈时延无奈地低笑了下，过去把她抱在怀里，低头亲了亲她的发顶。

"不可以，那样你就遇不见我了。"

003.

在姜意离开美国两个月后，千钰没忍住，跑去问陈时延："你那个朋友什么时候会再来美国啊？就是特别好看的那个人。”

正在办公的陈时延将视线从电脑屏幕上移开，落在千钰脸上，皱了下眉，问道：“沅辞？”

千钰连连点头：“他会和姜意一起来的吧？”

陈时延问道：“你是想见姜意？”

千钰忙不迭地说道：“是啊，要不你去约约沅辞？说你下个月生日，要不然我生日也行，或者我们去中国也行。”

陈时延冷冷地开口道：“我生日不在下个月，你生日也不在。”

他的语气不善，千钰觉得怪酸的，隐隐反应过来，问道：“你不想我去见姜意吗？”

陈时延没说话。

要是他说他不想千钰分过多的注意力在旁人身上，未免太小气。

见陈时延不说话，千钰又问道：“你在想什么？”

他淡淡地说道：“我在想怎么把你据为己有。”

千钰欲言又止，说了句：“你不清醒。”

004.

暑假第二周，姜意跟着导师去了西部省份的一个天体物理研究基地，基地在山区小镇边上，姜意和导师一行人还没有到达目的地就被拦在了山路上。

一个光着膀子的当地大哥对他们说，前面发生了大面积山体滑坡，路被堵住了，一个小时后雨势还可能会变大，劝他们尽快原路返回。

导师顶着雨，站在车边和拦路的负责人聊了几句后，让几个学生先回县城的旅馆，他自己则留在这里帮忙。

但男生们都留了下来，姜意和两个身体素质比较好的女生也下了车。

前方路段发生山体滑坡，有几辆车被埋在了下面，救护队的人赶过来还需要很长的一段时间，大雨可能还会阻碍救援进程。

姜意没想到在这里会碰见顾岷。

他是第一批医护人员的负责人，下车的时候看见了姜意。她穿着雨衣，但身上还是湿了大半，小腿处和手上都是泥。顾岷皱了下眉，问道："沉辞知不知道你到了这里？"

"还没来得及说。"她是来这里参观基地的，原本打算到达了地点再告诉沉辞，而眼前这种情况，下着雨又遇到山体滑坡，她没有时间去联系沉辞。

有一个人小跑过来，跟顾岷大致说了下前方山体滑坡的情况。时间匆忙，顾岷转头对姜意说了句："这里有专业救援人员，你先上车待着。"

雨太大，姜意只能半睁着眼看他，睫毛有水珠。

"可能有十多个人被埋在了里面，"她擦了一遍脸上的水，说道，"你们人手不够。"

说完她就转头走到了导师身边，继续帮忙开出一条方便通行的路来。

一直忙到当晚九点，雨越来越大，能见度不高，所幸被埋人员都被顺利救出，只有一个还处于昏迷状态。

在离开前，顾岷托人把一个药箱送到了姜意的车上，那人解释道："在雨地里待了这么长时间，可能会感冒，要吃药预防一下，顾医生把用药说明写在里面了。"

姜意想起顾岷那张冷淡的脸，笑了下，很轻地说了声"谢谢"。

像顾岷这样看起来心性冷淡的人也会对众生如此善良。

005.

姜意后来再见到陈拙言是在学校的大礼堂内，他依然是学校的主要赞助商，而姜意已经是学校研究院的学生代表，两人坐前后排。

陈拙言和身旁人正在交谈，转过的那张侧脸在灯光下异常清俊。

在那天之后，姜意都没再见过他。

很长的一段时间里，他们依然保持有联系，谁都没有提起那天的事，但姜意知道，她和陈拙言可能回不到从前了。

姜意是难过的，可她不能改变什么，重来一次，所有的结果还是一样。

下午四点，姜意刚准备离开了礼堂，突然被人从后拽住了手腕，很轻的一下，一秒便松开了。她回头，看见了陈拙言。

“有时间聊一聊吗？”

姜意点点头，和他走到了另一边。

在礼堂附近的湖旁，陈拙言问姜意：“非他不可了吗？”

姜意没有犹豫，说了声“是”。她还是觉得自己不适合说抱歉这种话，只能直白地解释道：“那天联系不上他，我是真的很害怕，我不敢想如果失去他，我会怎样，但至少……”她忽然停住，没有把后半句话说出来。

如果失去沅辞，她这辈子可能永远都不会快乐。

但陈拙言已经明白了她的意思，无奈地笑了下，说道：“我明白了。”他一直身处局外，心如明镜，理智且清楚结局。

“你不用对我抱有歉意。”陈拙言看向她，“毕竟动心这件事，该抱歉的是我。”

姜意迎上他的视线，酸涩和难过顷刻间铺天盖地袭来。可她什么话都说不出来，看着春色与湖水在他身后潋滟闪光。

只有陈拙言知道，这天和那时候的初见一样，阳光灿烂，而她近在咫尺，如果那时候他再靠近她一点，现在或许就会不一样……可能更好，也可能更糟糕。

他的宿命从此被分为两段。

006.

沈柔退役后的三个月零八天，她在楼底下的花坛边遇见了林路。

下着小雪，很冷。

她原本是打算去超市买火锅底料的，没想到会碰见他。连前男友都算不上，顶多就是她暗恋他，而他心里有别人，遇到危险后他先救了心上人……事情经过真的很简单。

只可惜周东昀那个木头人明明提醒过她，林路和那谁谁谁走得很近，是她没心没肺什么都不在意。

混蛋啊混蛋。

沈柔打算只当作没看见他，也没听见他喊自己，蹦蹦跳跳地往另一边走，然而一走远，她的眼泪还是掉了下来。

一点都不公平啊，她什么都没有做错，凭什么要被欺骗和利用？

她在超市里逛了快一个小时，才慢吞吞地踩着雪回去，要到家了，一抬头发现林路还没走。

林路对她说："我错了。"

他又说了很多很多的话，但也没什么好解释的，毕竟有些事是事实。

沈柔一直都没有开口，直到林路低声问她"我们还有可能吗？"的时候，她才说道："没有了。"

他们本来就是因为赛车认识的，现在她退役了，他们之间唯一的一点交集都没了。她很坚定地告诉自己，有些事、有些人，绝对不能回头看一眼。

要往前走啊。

007.

沈牧有些烦。

秦蔺那家伙最近打游戏上瘾了，经常三更半夜来问他：在吗？

他还以为有什么大事，也不管正在进行的视频会议了，结果刚回复完，秦蔺就发来了一条组队邀请的游戏链接。

沈牧差点被气笑。

这也让沈牧想起了以前上大学那会儿，他们读的是封闭式大学，校内实行军事化管理。秦蔺三天两头就想翻围墙出去上网，一个人半夜翻墙不太稳妥，还要拉上他。

头顶上就是大月亮，一看就知道那天不是一个适合翻墙的日子。

可是秦蔺不死心，撒泼打滚就是要出去，什么理由都用上了，还骗他说学校后门那条街来了个老大爷，他卖的烤土豆超级香！

然后他们被保安大爷养的狼狗追着跑了大半个操场。